KB235373

건너가는 마음

건너가는 마음

건너가는 마음

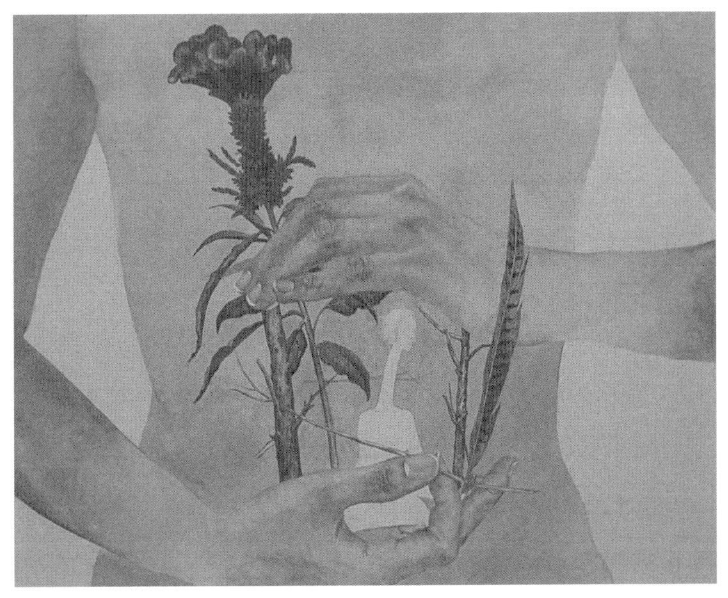

하기정 산문

모악

작가의 말

　문구점 진열대 앞에서 학용품을 고르며 설레는 입학생처럼 새 노트북을 장만하여 만든 폴더 이름이 'Keep a diary everyday'였다. 그날의 형편에 따른 형편을 형편없지만, 형편이 되게 하려고 적어보았던 글이 모였다. 평생 쓰고도 남을 거대한 용량의 노트에, 날마다 스며드는 생각들을 썼다. 시의 영역 밖에서 기다리고 있던 마음이, 닿고 싶은 어딘가에 건너가 머물면 좋겠다 싶었다. 나의 마음이 너의 마음으로 건너가 누군가에게 또 이어 달려갔으면 좋겠다. 혼자 두고 보기에 아까운 것이라고는 할 수 없겠으나 이 글을 읽고 음, 이런 형편없(있)는 사람도 있군! 이 인간은 얼마나 형편없(있)게 사는지 조금 궁금해 하는 사람이 있으면 싶다. "여기 좀 봐! 너도 그렇게 생각하지 않니?" 이어 달리는 마음을 누군가 동의해주기를 바라면서. 혼자 있을 때 나는 조금 괜찮은 사람일까, 생각하면서. 그 미숙함 사이에서 쓰기 정말 잘한 사람이 되고 싶어서, 혼자에게 거는 마법처럼. 아, 나는 이제 여기서 영영 헤어 나오지 못하겠구나, 저주의 주문처럼.

건너가는 마음이 이어 달리는 마음으로 가닿을 수 있도록 아름다운 표지 그림을 주신 장영애 화가님께 감사드리며, 하늘에서 지켜보고 계실, 나의 근원이신 두 분께 이 산문집을 바친다.

2024년 12월
하기정

차례

1부

빈 문서와 빛문서 사이에서

마음 관성의 법칙

전속력으로 달려가는 마음에 제동을 걸고, 휘청이다가 다시 제자리에 서려고 하는 것을 '마음 관성의 법칙'이라고 하겠다. 휘청거림은 신도 제압할 수 없어서 어쩔 수 없이 격하게 흔들리는 몸을 갈등의 표출이라 해도 되겠다. 제동이 잘 안 되어 넘어진대도 다시 일어날 수 있으니 원위치로 돌아오려고 하는 마음 관성이 작동하기 때문에 우리는 실패했을 때, 마음을 다잡고 다시 한번 시도하는 힘이 생긴다. 오직 넘어지지 않으려는 마음 하나 때문에. 넘어지더라도 아주 세게 넘어지지는 않을 것이다. 한 번 다쳐봤기 때문에. 사나운 마음이 다가와 메치기하고 급소를 찌르려고 덤벼들어도, 안다리를 걸거나 업어치기를 하려고 달려들어도 넘어지려고 하는 순간, 몸을 지키기 위한 낙법을 익히듯 넘어지는 연습이 필요하다. 평정심을 유지하려는 마음의 습관 때문에, 마음을 다치지 않게 하려는 안간힘의 발가락 때문에, 겨우 버틴다.

과음으로 달린 다음 날 다시는 술을 먹지 않겠다고 다짐하는 것이 마음 관성의 법칙이다. 마음을 제자리에 다시 가져다 두는 일, 달려가는 마음에 브레이크를 밟고 잠깐 멈췄다가 다시 돌아오려는 마음의 움직임들, 제자리에 돌아오려는 안간힘들이다. 좋은 꿈을 꾸었을 때는 기쁨과 허무가 동시에 일고, 나쁜 꿈을 꾸었을 때는 안도와 위안이 동시에 인다. 꿈은 현실의 대리만족이 아니다. 생각지도 않은 상황을 꿈속에서는 당연한 것처럼 경험하지만, 현실에서 실현되는 꿈은 드물다. 일상을 반영하지만, 일상을 반성하지는 않는다. 꿈에서는 맘껏 범죄를 저질러도 무해하다. 발동하되, 제동이 없는 자유로운 여행이다. 꿈은 현실과 대치하지만 배반하지는 않는다. 아무렇게나 넘어져도 다치지 않는다. 한없이 해가 없는 꿈이라서 날마다 꿈꾸기 위해 잔다. 간밤에 꾼 꿈을 점검하면서 마음을 현실의 원래 자리에 두는 것이 마음 관성이다. 그 자리에 생활의 얼굴과 정면으로 마주하다 보면 마음이 쓰릴 때가 있다. 환삼덩굴에 문질러진 것 같은 마음일 때, 나에게로 돌아와 정지하려고 하는 마음과 대면하게 된다. 꿈은 현실로 착지하고 정지하려는 관성의 신비한 세계이다.

종종 크고 작은 실수를 저지르고 그때마다 후회한다. 때로는 잘한 일이라고 생각했던 것도 결과가 마음먹은 대로 나오지 않을 때도, 절망 안에서 절망 아닌 한 가지를 찾으려는 습성으로 살아간다. 넘어지지 않으려 발버둥 치며. 넘어져 봤던 기억의 관성으로. 그러니 우리는 각자 마음의 손잡이를 단단히 잡아야 한다.

밤의 산책자들

밤 산책을 즐기는 것은 해 질 무렵부터 해가 완전히 져서 검은 장막이 불투명하게 모든 것을 덮기 시작할 때의 황홀감을 좋아하기 때문이다. 모든 사물이 어둠의 일부로 들어가 밤의 검은색으로 편입된다. 얼굴은 지워지고 모습이 떠오른다. 긴 것과 짧은 것, 모자란 것과 넘치는 것, 모난 각과 둥근 둘레를 도는 마음의 단점이 가려지고 밤의 검은 보자기 안에서 평등하다. 하루의 일과는 이제 잘 일밖에 없어 여유로운 시간이다. 앞은 깜깜하고 귀가 예민해지는 시간, 낮의 입술을 다물고 밤의 귀를 여는 시간이다. 앞이 보이지 않아서 이름을 부르는 시간이다. 뒤돌아보기 좋은 시간이다. 낮의 두근거림과 긴장과 수축을 반복하며 하루를 쪼던 짱짱함의 허리띠를 느슨하게 놓을 수 있어 좋다. 오늘 남은 시간은 이제 잠을 자고 꿈을 꿀 수 있는 시간이다. 악몽이든 길몽이든. 꿈은 현실과 다른 여행이어서 좋다. 무릎이 펴지는 시간이다. 아직 이루지 않은 것들의 목록 속에 잠자고 꿈꾸는 일은 살아 있는 한 지속할 것이다.

서쪽 하늘은 포도주 한 잔 들이켠 하느님 얼굴처럼 발그레하게 물들기 시작한다. 이완기에 접어드는 때에 마음을 밤길에 흩뿌리고 흩뿌린 마음을 따라 집으로 되돌아오는 길을 기억한다. 저녁에 내일이라는 씨앗을 심는다. 마음을 송사리 떼처럼 풀어 놓으면 자유가 와서 헤엄친다. 보이지 않으므로 상상하기 좋은 시간이다. 그립고 보고 싶은 마음이 생겨난다. 생각나는 것들을 글로 쓰지 않고 생각은 생각으로 날려 보내어 좋다. 검은 잉크가 물에 풀어져 명주실 목도리처럼 부드러우니, 당신의 목에 감기는 것은 오늘을 견딘 말들이다. 좀처럼 풀리지 않았던 낮의 일감들이 저녁 여섯 시를 알리며 일제히 켜지는 근린공원의 가로등처럼 묘책이 반짝 들어온다. 마음 따뜻한 사람들과 함께 곁불을 쬐어도 좋은 시간이다. 내가 죽어도 지구가 돌고 사랑하는 사람들은 삶을 이어갈 것이니 걱정이 없다. 느슨하여 아름답다.

밤을 산책하는 동안 지나치게 쏠려 있어서 빽빽한 마음을 맘껏 흩어놓는다. 지나치게 멀리 간 마음을 하나로 모아서 지팡이 삼아 더듬으며 마음을 다잡기도 한다. 산에 올라 발아래를 내려다보는 심정으로 나는 나로부터, 너로부터 멀어져 간다. 뉘엿뉘엿 지는 해를 따라 나가서 어둠이 내릴 때까지 어슬렁거린다. 낮의 일터와 광장에서 긴장했던 표정의 근육을 푼다. 말과 말들이 건너느라 소란한 물살의 소리를 흘려보낸다. 센 물살의 가운데에 놓인 징검돌처럼 버틴다. 정신을 차리느라 다른 생각이 들어올 틈이 없었던 마음에 물길을 내준다. 익숙한 밤의 거리를 걸으면, 보고 있으나 안 보이고 듣고 있으나 들리지 않는다. 상상의 문을 두드리기에 좋은 시간이다.

밤과의 산책은 경직된 마음을 풀어헤치고 끼를 내는 시간이다. 꽃집 투명 유리관 속 화병에 꽂힌 꽃들을 보는 즐거움이 있다. 동네를 어슬렁대면서, 늘 보는 거리와 간판들, 얼굴이 익은 동네 사람을 지나치기도 하면서. 매일의 내일은 분주함으로 허덕이게 될 것을 예감하면서 몸과 마음의 지팡이를 짚으며 더듬어본다. 낮의 실수에 대해 맘껏 자책하면서 내가 나에게 말한다. '아, 또 그랬군, 벌써 몇 번이나 같은 실수를 저지르는 거야.' 내 손이 내 손을 때리며 손뼉을 치기도 한다. 아무것도 원하는 것 없이 어디서 박꽃이 핀다. 둥지에 새가 깃든다. 저녁달이 내려다본다.

진흙으로 빚은 배

우리 배를 만들지 않겠니? 친구가 물었다. 오랫동안 못 만났던 친구였다. 꿈의 목소리는 현실로 돌아오는 징검돌을 던져 놓았다. 그와 나는 골목 하나를 사이에 두고 어린 시절을 보냈다. 그때도 우린 여름방학 숙제로 배를 만들었다. 찰흙은 대문 밖을 나가면 어디에나 흔했다. 배를 직접 타본 적은 없었다. 그래서 우리는 미술 과제로 한사코 배를 만들었다. 종이비행기는 숱하게 날려보았다. 내 손에서 이륙한 비행기는 허공을 향해 날다가 금세 포물선을 그리며 곧 쓰러지듯 마당에, 운동장에 착륙했다. 종이비행기를 만들어 날린 것도 비행기를 타본 적이 없어서였다. 잠시 허공을 날아본 것처럼 배를 만들며 바다를 상상하는 게 좋았다. 바다에 가려면 두 시간은 족히 걸려야 닿을 수 있는 내륙에 살았고 바다를 본 적이 없었기 때문에 마음대로 상상할 수 있어서 상상하는 일에는 걸림돌이 없었다.

다 만든 배는 뒤란 그늘진 곳에 말렸다. 진흙으로 빚은 배는 걱정 하나가 더 생겼다. 부서지지 않고 잘 마르는 일이었다. 항해도 하기 전에 난파하는 배란 있을 수 없는 일이라고 생각했다. 우리의 손을 떠난 진흙 배가 금이 가지 않고 단단하고 가볍게 잘 마르기를 바라면서 아침마다 뒤란으로 가 보았다. 누가 건드리거나 발로 찰지도 모른다고 생각하면서 자면서도 배를 생각했다. 조바심에 눈 뜨자마자 달려가 나무판자 위에 놓인 배를 살짝 들어 올렸다. 아기 새를 손에 움켜쥐는 마음으로. 살살 만졌다고 생각했는데 뱃전이 떨어져 나갔다. 소용없는 일에는 희망을 빠르게 접을 필요도 있다. 마른 흙덩이로 돌아간 파편들을 미련 없이 던져버렸다. 다시 빚으면 된다. 꾀가 나서 한 번 빚을 때 서너 개씩 만들었다. 그렇게 만들어진 여러 척의 진흙 배 중에 검은 진흙이 회백색으로 잘 말라가는 것들도 있었다. 그러다가도 온도와 습도가 맞지 않으면 서서히 금이 가거나, 너무 바짝 말라서 모두 바스러져 버렸다. 서너 번 실패를 거듭했다. 찰흙 만들기는 만들고 나면 모든 건 운에 맡겨야만 했다. 같은 날, 같은 흙, 같은 모양, 같은 조건과 환경에서 만든 배도 어떤 배는 잘 말랐고 어떤 배는 금이 가는지 궁금했다. 세상에는 복권 말고도 요행으로 이루어지는 일들이 참 많다는 것을 알게 되었다. 요행은 잘도 비껴가고 다행인 순간들에 가슴을 쓸어내리는 일들이 더 많았지만, 요행보다 다행인 순간들이 더 많다는 게 얼마나 진짜 다행한 일인가 생각했다. 그러나 여전히 어떤 순간은 요행을 바란다. 몇 십 년 만에 찾아왔다는 일식을 맨눈으로 보는 일에, 쏟아지는 별똥별을 두 손으로 받는 일에, 분꽃 잎이 여는 순간을 쪼그리고 앉아 바라보며 눈에 담는 일에, 비 온 뒤 무지개를 보는 일에, 어느 순간 시가 술술 잘 써지기를 바라는 일에……

  우리 배를 만들지 않겠니? 친구에게 물었다. 오래전의 목소리로.

나는 오늘 밤에 꿈을 꿀게. 네가 와야 완성되는 꿈이야. 떠난 후론 우리는 한 번도 만나지 못했잖아. 우리가 생각했던 것을 빚자. 우리 앞에 진흙이 준비되어 있었다. 이게 전부 다야. 금이 가더라도 어쩔 수 없어. 한 번쯤은 요행을 바라보는 것도 나쁘지 않잖아. 배를 타고 너는 동쪽 바다로, 나는 서쪽 바다로 가자. 우리는 손바닥을 비벼 타래를 꼬고 한 뼘씩 끊은 다음에 타래를 얹고 으깨어서 이어 붙였다. 갑판을 만들고 뱃전을 만들어서 각자의 이름을 새겼다. 난파하더라도 배는 주인 곁으로 돌아올 것이었다. 돛을 만들 때는 조심해도 조바심만큼 결과가 나오지 않을지도 몰라. 진짜 배를 만드는 기분으로 진짜 배를 띄우겠다는 마음으로, 멀리 나가겠다는 마음으로, 어쩌면 다시 돌아오지 못할 수도 있다는 것을 예감하면서. 어쩌면 이 일로 시를 쓸 수도 있겠다는 요행을 바라면서. 곁에 노가 있다면 저어 갈 수도 있을 것이다. 진흙으로 만든 배는 현실에서 지극한 이상으로 나아가는 갈망이었다. 꿈이었지만, 지독한 현실이었다.

꿈을 꾸는 일과 꿈을 쓰는 일

현실과 꿈은 서로 섭동하고 연동한다. 꿈이 아무리 잡히지 않은 뜬구름일지라도 그 잡고 싶은 마음은 현실에서 기인하여 은유적으로 반영한다. 꿈에서 어떻게든 드러나기 마련이며 꿈에서 깨어난 아침은 한동안 끝나지 않은 꿈의 사건으로 들어가 수습하기에 골몰하며 개꿈과 진꿈을 구별한다. 아무리 꿈이라지만, 얼토당토 않는 꿈은 마음에 두지 않고 버린다. 은유와 징표를 구별하고 예지하는 것을 추측하다가 결국은 해몽이 좋은 쪽을 택한다. 그래야 또 꿈꿀 수 있으니까. 현실과 꿈은 속고 속아주고 덮어주는 관계이다. 이 작당모의가 없으면 현실의 세계가 얼마나 재미없을까.

간밤에 꾼 꿈은 과거처럼 느껴질 때도 있고 미래의 일처럼 낯설때도 있다. 시를 쓸 때도 과거의 문장이라고 생각했는데 미래의 문장에 닿을 때가 있다. 지난날이 현재를 간섭하고 미래를 포섭한다. 아침이면 간밤에 꾼 꿈을 잊는다. 그러면 시의 문장 속에서 있지도 않은 것을 잊은 양 가진 것 없어도 잃어버린 것을 찾는다. 꿈속에서는 늘 어딘가를 향해 길을 걷고, 꽃을 기다리고 있다. 요행을 바라는 건 꿈에서도 마찬가지이다. 풍성하고 아름드리나무의 초록 숲을 보기를 원했다. 그리고 거기서 시가 써지기를 바라고 있었다. 그러니 꿈은 미래의 일에 대한 과거의 반영이며 현재 서 있는 곳의 좌표이기도 하다. 간절히 갈망하는 미래의 지나간 얼굴이다.

내가 만들어내는 얼굴의 표정들을 살피고 있다. 그 표정 중에는 두려움의 날들이 많다. 어느 날은 불씨가 하나도 없는 식은 재를 두 손에 망연자실 쥐고 손가락 사이로 빠져나가는 회색 먼지들을 뿌옇게 날려볼 때도 있다. 식은 재는 물질의 변화 과정을 완벽하게 재현한다. 먼지가 되어 사라진다. 젖은 성냥을 들고 불을 붙이려고 부단히 애쓸 때도 있다. 절실함이 희미해지고 날숨만 있고 들숨이 없는 답답한 세계에서 두려움에 질릴 때까지 서 있을 때도 있다.

꿈은 직유하지 않고 은유한다. 과장과 반어로 드러내기도 한다. 옴니버스 시리즈로 꾼 꿈들이 너무나도 생생하여 아침에 일어나 한참을 멍하니 앉아서 꿈을 해명하고 헤쳐 나오려고 노력한다. 과거의 사람들을 한 명씩 만나는 꿈을 꾸었다. 친구들, 친지들, 모르는 사람들까지도 한 편의 꿈에서 모두 만났다. 며칠 전에는 꿈에서 아버지가 우거진 수풀을 말끔히 깎아주어 내가 발 디딜 곳을 마련해주었다. 서너 평 남짓한 아담하지만, 비옥한 땅이었다. 능금나무를 심으면 빨간 능금 서너 바구니는 족히 수확할 것 같은 땅이었다. 아버지는 죽어서도 딸에게 물려줄 것이 많나보다.

스승님이 초대한 집은 커다란 나무가 자라고 달이 뜨는 곳이었다. 마루에 걸터앉아 밤하늘을 보며 스승님께 물었다. "이곳에서 달과 별을 자주 올려다보시나요?" 스승님은 대답 대신 나를 바라보았다.

다정한 눈빛이었다. 서쪽에는 전봇대에 달아 놓은 가로등이 켜져 있었다. 나는 언제든지 불을 끄면 달과 별을 볼 수 있겠다고 생각했다. 혼자 해본 생각은 스승님의 대답 같은 것이었고 꿈을 깬 후 스승님의 말이라는 걸 알았다. "별이 보이기를, 달이 뜨기를 기다리지 말고 달과 별을 볼 수 있도록 너의 눈을 돌려라."

　매일 밤 어딘가를 떠나는 꿈을 꾼다. 집이라고 찾아간 곳은 내 집이 아니었지만 내 집이라고 생각이 들 만큼 익숙한 장소였다. 현실이 가 닿는 곳은 꿈속이었고 꿈에서 본 것은 현실이었다. 가장 두려운 건 희미하게 사라지면서 이별하고 있는 것들이다. 돌아오지 않을 시간, 식은 모래, 사람들이 사라진 마을, 샘솟지 않는 우물에는 관처럼 뚜껑이 닫혔다. 절실한 것들이 희미해지고 있다. 날숨만 있고 들숨이 없는 세계다. 머지않아 질식사할 것이다. 욕망이 없는 날은 무엇이라도 잡고 싶다. 차가운 손바닥을 비벼 불이라도 피울 것처럼, 안간힘을 쓰며 꿈을 쓰는 일, 꿈에서도 꿈을 꾸고 깨어서는 꿈을 쓰고, 시를 쓰면서도 시 쓰기를 갈망하는 일.

사월 바다의 시

바다에 봄이 오면 파도를 조심하는 알밴 물고기들. 파고를 재면서 파랑의 큰 물결과 작은 물결을 어루만지며 지느러미로 살살 달래며 바다의 온도를 잰다. 세상 어미들의 일인 양, 손마디에 밥물을 재는 어미처럼 식솔을 이끄는 일이다. 그 바다에 그물을 던지면 울음처럼 물고 올라오는 것들이 있다.

사월 바다에 먼저 가서 기다리는 사람은, 시간을 둘둘 말아서 주머니에 넣는 사람은, 얼굴이 지워진 사람은, 괘종시계에 장착한 몸을 업고 똑딱똑딱 한낮을 지나는 사람은, 바다로 가서 무거운 돌 신발을 신고 가라앉는 사람은, 봄 바다는 더 깊고 봄밤은 더 긴 머리를 늘어트리고 먼저 간 사람의 옷자락을 들춰보는 사람은, 슬픔과 미안에 젖은 사람은, 먼지 묻은 사과를 닦아 바구니에 진열하는 사람은, 진열장에 갇힌 사람은, 봄 동백처럼 뚝뚝 끊어지는 마음은, 싱싱한 얼굴을 떨구는 사람은, 동박새가 쪼는 봄은, 옛날에 바다로 들어가 나오지 못한 사람은, 건져주지 못한 사람은, 못 다 울어 남아 있는 사람

은, 드리운 그늘을 구름의 망토라고 부르는 사람은, 비를 데리고 오
는 사람은, 다 젖었다고 투명 망토를 찢으며 외치는 사람은, 드러눕
는 사람은, 벚꽃이 툼벙툼벙 떨어지는 얼굴 위로 짠 눈물을 삼키는
사람은. 바다에 나가 돌아오지 않을 사람을 기다리는 일은, 견딜 수
없는 봄날들은.

장마는 장미처럼

어제의 모자란 잠은 재난처럼 따라온다. 그 때문에 눅눅한 잠과 끈적한 눈꺼풀이 무거웠다. 간절한 것이 좀 있어야겠다. 배가 고픈 상태가 기다려지는 것은 먹는 즐거움이 앞에 도사리고 있기 때문이다. 나에게 욕망이 필요하다. 나는 욕망을 갈망한다. 욕망과 갈망은 들숨과 날숨처럼 반반씩 들어차서 사이 좋게 지냈으면 좋겠다.

장마는 지루하고 긴 비를 뿌린다. 한 달 내내 빗소리를 듣는다. 하늘은 빗줄기를, 비의 줄기를 끊을 생각을 하지 않는다. 비는 마음의 감옥을 만들어 놓는다. 오염된 물 위로 떠내려가고 있는 것들, 점점 멀어지는 것들, 급류에 휩쓸려가는 것들, 개미들은 물을 피해 나무에 오른다. 나뭇가지를 붙잡다가 함께 떠내려가는 것들, 불어난 물에 눈물을 보태는 것, 만류하는 것, 끝내 건너가고 마는 것, 건질 수 없는 것. 건너기를 실패하는 일들, 실종된 사람들, 다시 돌아오지 못하는 것들, 익사체들의 총집합.

유머를 빼앗는 사람들, 우수雨水의 계절이 우수憂愁를 줄줄이 데려오는 시간, 눈물로도 모자라 흘러내리는 것들, 흘러내리는 벽지와 서늘한 빗줄기의 온도들. 장마는 왜 장마일까. 오랜 비는 재난이니까 마가 낀 것처럼 느꼈던 것일까. 내리는 장대비가 삼[麻]대처럼 길쭉길쭉해서 장마라고 했을까? 긴 장마에 빨래 속으로 스며드는 습기와 양산하는 곰팡이. 여우비라도 좋으니, 잠깐이라도 해가 나타났으면…….

장마는 장미처럼 가시를 달고 향기를 내주며 산뜻해지면 안 될까, 시종일관 질척대거나 끈적거리며 벽지를 흘러내리게 하는 나날들 말고. 종일 비 내리는 창을 바라보면 장마와 함께 넘어가는 것이 보인다. 한 시대를 배웅했다. 고아가 되었다는 감정과 이별이 공포처럼 덧없다. 공적인 것과 사적인 것의, 혼자 차지하는 두 층위의 슬픔. 내가 개입할 수 있는 세계는 없다. 손을 뻗을 수는 있으나 만질 수는 없다. 유리창 너머로 지켜볼 따름이다. 그러나 아름다운 것을 보는 눈은 내가 개입할 수 있는 세계다. 유일한 나의 것이다. 만지고 보고 향기 맡고 상상하는 것. 유일한 충분함으로 들숨과 날숨으로 연명하는 것.

빗소리와 허튼소리

비가 내리는 날에는 빗소리로 잠을 부르고 빗방울이 떨어지는 리듬의 음정과 떨어지는 자리마다 색다른 소리를 구별하느라 귀가 재미있어 잠이 달아난다. 장소와 대상에 따라 부딪치는 소리가 다르게 들리며 화음을 이루는 빗방울 연주를 감상하느라 잠은 완전히 밀려난다. 빗소리를 곁에 두고 귀를 열고 자장자장, 눈꺼풀은 무거운데 애써 눈을 부릅뜨고 빗방울이 내딛는 발소리에 이름을 붙여보기도 한다.

넓은 오동나무 잎에 툭, 떨어지는 빗방울이 미끄러진다. 나뭇가지에 촙촙 스며든다. 우산 위에 뚝뚝 떨어지는 굵은, 발목을 적시는, 종아리와 팔뚝의 솜털이 일어서는, 찬 기운에 오소소 기분 좋은 소름을 돋게 하는 빗방울의 발자국들.

하늘에서 내려오는 아름다운 손님들, 여름의 밤비, 겨울의 밤눈. 귀를 열고 듣는 밤눈은 아름다운 영상과 음악, 밤을 뚫고 들어오는 당신, 푸른 손길의 리듬, 덩굴째 기어오르는, 빗소리에 몸이 말린다.

빗소리에 오그라드는 덩굴손이 있다.

빗소리에 앞뒤도 재지 않고 갑자기 튀어나오는 말이 있다. 판단 이전의 말, 순수한 순금의 말, 뜬금없이 하는 말이 순금처럼 눈을 찌를 때가 있다. 백 퍼센트가 아니라 일 퍼센트의 불순물 때문이다. 그러니까 순수한 금은 없다는 것, 순수한 거울, 순수한 눈물, 그를 기억하고 있는 사람이 살아 있는 한, 죽음은 유보되고 뒤로 밀려나면서 완벽한 죽음마저도 없다는 것, 말은 말을 만들어내며 자꾸만 기어나와 도마 위에 눕는다는 것, 도막도막 끊어지는 것, 칼을 내어주며 '그러니 내 배를 가르시오.' 산 자 앞에 피를 흘리는 것, 순백의 피를.

불현듯, 불 켠 듯

글을 쓰다가, 더 이상 한 발자국도 나가지 않고, 머뭇거리다가 주저앉아서 급기야는 능력 없음의 괴로움과 자책에 머리를 뜯으며 고통스러울 때, 불현듯 '불현듯'이라는 부사가 떠올랐다. 불현듯 떠오르는 문장들은 위험에 처해 있을 때 앞뒤 맥락 없이 어디선가 '짜잔!'하고 날아오는 슈퍼맨의 빨간 망토처럼 반갑다. 숨겨진 것을 들추고자 할 때, 내게 없는 생각을 찾아 헤맬 때, 불현듯 느닷없는 정전 상황에서 전깃불이 번쩍 켜지는 순간, 불 켠 듯 환하게 떠오르는 아이디어처럼. 그러나 글은 아이디어로 쓰는 것이 아니라서, 내가 쓰고도 내 마음에 드는 글은 사실 불현듯 떠오르는 글이 아니다. 오래전부터 생각하고 있었던 웅크리고 엉켜있고, 도사리고 있었던 실타래가 마침내 풀리며 오랫동안 나에게 물어왔던 깃이 스르르 술술 나올 때가 아주 가끔 있는데, 그런 글이 마음에 들었다. 나도 모르게 언젠가 들어왔던 것이 부풀대로 부풀어 툭 터져 마침내 불거져 나올 수밖에 없는 상황, 밖으로 쏟아져 나오는 순간을 받아쓰는 글이 대체로 만족스러웠다.

불현듯, '불현듯'이 낯설게 느껴지며 궁금해지는 마음. '불현듯'은 '불 켠 듯'에서 나왔다. 중세국어 쌍자음 'ㅎㅎ'은 'ㅋ'과 'ㅎ'의 중간 발음으로 국어사전에 설명한 바에 따르면 '혀뿌리로 목젖의 앞쪽을 거의 마주 대면서 내쉬는 숨으로 그 자리를 세게 갈아 내는 소리'라고 설명한다. 사전에 풀이된 대로 혀뿌리를 목젖에 대며 가까스로 소리를 내어 봤지만, 쉽지 않다. 옛사람들은 지금보다도 얼마나 발음을 섬세하게 구분하고 소리를 냈는지 말해준다.

짠 걸 먹고 물을 부르는 '물켜다'는 짜증이 날 정도로 매우 목이 말라서 지금 당장 물을 벌컥벌컥 마시지 않으면 안 되는 상태동사이다. 목말라 죽는 게 아니라 갈구의 스트레스 때문에 죽을 것만 같을 때, 허기진 배에 짠 라면을 먹고 난 후, 몸이 본능적으로 초과한 염분을 희석하기 위해 물을 들이마시지 않으면 안 되는 갈급한 상황, 물을 밝히는 것이 물켜는 순간이다. 음운의 변화에 대해 말하려 한 것이 아니라, 글이 안 써져서 불현듯 생각나서 적어봤지만, 불현듯 찾아온 생각은 느닷없고 뜬금없이 오는 게 아니다. 좋은 글은 우연하지 않고 곰곰 생각에 생각을 거듭할 때만 구원자처럼 찾아온다. 그러니까 어떤 것에 대해 진심으로 간절할 때 불현듯 온다.

그러나 극적인 장치를 위한 영화나 드라마에서는 앞뒤 맥락도 없이 진짜 '불 켠 듯' 찾아올 때도 있다. 훅, 하고 들어오는 뜨거운 사람처럼. 미야자키 하야오가 이 방면에서는 대가이다. 애니메이션 「하울의 움직이는 성」에서 골목길을 걷고 있는 소피에게 불한당들이 추파를 던지자, 하울이 짠, 하고 구원자처럼 나타난다. 그가 소피의 손목을 불현듯 잡고 공중으로 붕 떠오르는 장면은, 소피가 하울에게 불현듯 쏟아지는 사랑의 감정을 받아들이며 벅차오르는 순간을 그린다. 그 찰나를 놓칠세라, 히사이시 조의 오리지널 사운드 트랙이 돌아간다. 장면 가득 울려 퍼지는 음악은 왈츠다. 하울과 소피가 공중에서 왈츠에 맞추어 걷는 장면은 둘이서 추는 사랑의 춤곡이다. 불현듯 나에게 시가 와서 내 손목을 잡고 부웅 날아올랐으면. 양 날개에 달콤한 꿀을 가득 싣고 날아오르는 꿀벌처럼 풍요로울 텐데. 그러나 그런 요행은 꿈에서도 일어나지 않는다. 연고 없이 불현듯 찾아오는 영감이란 없다. 영감도 끊임없이 좋은 글을 쓰려고 노력하는 사람에게만 찾아올 테니까. 요행만 바라는 사람에게는 쉽게 나눠 주지 않을 테니까.

완보동물과 미련곰탱이

나무늘보나 달팽이처럼 아주 느리게 움직이며 걷는 완보동물을 좋아한다. 거북이처럼 토끼를 따를 수 없다는 것을 알면서 무모한 일에 가치가 있다고 생각하면, 덤벼드는 사람은 매력적이다. 이토록 빠른 세상에서 그토록 천천히 사는 동물이라니. 일단 너무 느려서 남이야 속이 터지든 말든 경솔한 실수를 할 리는 없을 것 같다. 인간이 세는 초 단위를 분 단위로 너그럽게 늘려서 느리게 생각하고 느리게 말하고 느리게 사랑할 것이다. 치타나 날다람쥐나 파도를 뚫고 날아오르는 학꽁치, 얼마나 더 가야 하는지 어디로 가는지도 모르면서 무작정 앞이라고 생각하는 곳으로 달리고 있는 인간들의 무리. 빠른 것을 좋아하는 인간의 기억에는 느린 동물에 관해서는 관심 밖에 있는 것 같다. 어떻게 하면 더 편하게 살고 어떻게 하면 부자로 살아볼까, 생각하는 생물은 인간밖에 없다. 한시도 못 견디고 '빨리빨리'를 외치면서 뛰어간다.

모든 면에서 인간은 참 끈질기다. 그런데 최근에 인간보다 더

한 독종을 알게 되었다. 세상에서 가장 느린 동물은 크기도 작아서 1.5mm의 몸집을 가진 '라마조티우스 바리에오르나투스'라는 어렵고 긴 이름을 가진 놈이었다. 걷는 놈 밑에 기는 놈, 기는 놈 밑에 더 납작 엎드린 이 녀석의 질긴 생명력을 안다면 벌려진 입을 끝내 다물 수 없다. 영하 273.15도라는 절대온도에도 살아남는다. 이 친구는 일생을 거의 반절은 죽은 상태로 살기 때문에 웬만한 일에는 스트레스를 안 받는 무반응 상태로 지내는 것에 이골이 난 녀석이다. 죽겠다 싶으면 미리 죽어버린다. 반가사 상태로 살아남는 걸 택한다. 위기가 닥치질 때마다 죽은 체하는 걸 택한다. 끓는 물에 넣어도 웬만해서는 죽지 않는다. 바싹 말려도 물을 부으면 다시 살아난다. 도대체 말린 미역도 말린 고사리도 아니고……. 죽을 정도의 고통을 주어도 죽지 않고 미련곰탱이처럼 견디고 살아난다. 그래서 생물학자는 그 녀석의 성정에 맞게 별명도 곰벌레라고 지었는지 모르겠다. 생김새도 인간이 보는 미적 기준으로 보면, 엄청나게 못생겼다. 미인박명이라고 했으니, 어떻게든 못생긴 쪽으로 진화하여 생존하기 위한 선택적 조건이었을 것이다. 이 녀석은 장수의 비밀도 이미 알고 있었던 것이다.

결론적으로 이 동물이 멸종할 수 있는 확률은 거의 없다. 생각해보면, 인간처럼 질기고 지독하면서도 고통에 예민하고 민감한 동물도 없을 것이다. 그중에서도 가장 못 참는 건 '불편함'에 대한 감정인 것 같다. 그리하여 초고속으로 지금 여기까지 왔다. 역시 인간만큼 엄살을 많이 떨며 곧 죽을 것처럼 사는 동물도 없다. 우리의 말투 속에서 드러나 있다. 배고파죽겠다, 배불러죽겠다. 더워죽겠다 추워죽겠다. 웃겨 죽겠다. 미워죽겠다. 행복이 진짜 죽을 때까지 오래 지속된다면, 결국은 권태 때문에 죽을 것이다. 자극에 반응하지 않은 미련한 곰탱이처럼 무디고, 모르는 게 약일 때도 있다. 위험 요소로 느끼지 않는다면 자기방어를 할 이유도 없을 것이다. 잘사는 방법은 둔감함과 민감함이 적절한 상황에서 적절하게 반응할 때인 것 같다. 사랑의 표현마저도 과유불급일 테니까.

그때의 날이 여기까지

불안의 공식은 현재와 미래의 시간에 0을 곱한 것과 같다. 현재 상황에서 미래의 모든 희망의 조건들을 대입해도 0이 나오고야 만다. 어느 하나가 나머지들을 모두 흡입해버리는 블랙홀. 이곳은 질량의 무게도 부피도 시간도 없다. 지금 남아 있는 것마저 잠식한다. 이와 같은 공식에 훈련된 사람들은 어떤 심리상태일까. 대부분은 조급증과 완벽하게 살려는 욕심이 지나쳐서이다. 완벽하지 않을 것 같으면 시도조차 하지 않으려는 사람들의 습관이다. 불안은 스스로 자기 살을 파먹고 산다. 자기가 파 놓은 함정에 들어가서 흙을 덮는다. 아무리 노력해도 제로섬 게임처럼 불안의 총량은 언제나 요철(凹凸)로 맞물려 있다. 불안은 불안으로 막는다. 전혀 도움이 되지 않는 사고체계에서 흘러나오는 망상으로 하루를 겨우 살아간다. 아랫돌을 빼내어 윗돌에 쌓아봤자 탑의 높이는 언제나 같고 언제나 무너지게 되어 있다. 쓸모없는 불안에 절어서 한 발자국도 나아갈 수 없는 사람들의 고질병이다. 그 병은 오직 자신만이 치료할 수 있다는 것을 알기에 더 고통스럽다.

　이 병의 세계에 있음을 자각한다. 깡말라 있던 미역이 물을 만난 것처럼 부풀어 오른다. 극단의 처방만이 살길이라는 것도 안다. 나는 스스로 치유할 수 있음을 알고 있다. 아는데 하지 못하는 게 답답하고 머리가 묵직한 두통에 시달리고 식욕을 떨어뜨리고 소화를 방해하고 뼈마디의 관절에 가서 공격한다. 무엇이 그토록 그렇게 하는지. 나 자신 안에 있다는 것을 안다. 조증과 울증이 시계추처럼 오고 가서 다시 온다. 몸 상태가 마음을 지배한다. 언제부터인가는 기분이 마음에 있는 게 아니라 몸에 있다는 생각을 한다. 컨트롤 타워의 주인이 바뀌었다. 회복과 복구가 필요하다. 0의 자리 대신에 놓일 다른 숫자가 필요하다. 스스로 절실하게 그것을 원하고 있다. 그것이 언제부터였을까. 내가 자궁에 착상할 때부터였을까, 젖을 떼고 바닥을 딛고 일어서며 말을 배워서 기억하는 능력이 생겨났을 때 찾아온 반갑지 않은 손님, 비명을 지르면 놀라서 달아나기를 희망하는, 여전히 깊은 어디에서 웅크리고 도사리고 있는 그것.

꿈길밖에 길이 없어

지금까지 들어본 노래 중 가장 슬픈 노래는 '꿈길밖에 길이 없어 꿈길로 가니'로 시작되는 노래이다. 사람과 사람 사이에 일어날 수 있는 일 가운데 가장 큰 슬픔은 사랑하는 사람을 만나고 싶은데 만날 수 없는 상황에 대한 감정이 아닐까. 현실에서는 만날 수 없어 꿈길을 찾아 나섰지만, 꿈에서조차 '그 임도 나를 찾아 길'을 떠나가는 바람에 꿈속에서도 어긋나고 못 만난다니, 두 연인이 이다지도 기구하고 억울한 운명이라니. 그럼에도 불구하고 그 어긋난 꿈길에서라도 우연히 만나기를 바라는 절실함에 더 마음이 아려온다. 이 노래의 주인공 화자는 아름다운 사랑을 할 줄 아는 능력이 있는 사람이다. 한편으로는 애초에 현실이 아닌 꿈에서만 그리운 임을 보려 한다는 마음은 자발적 이별을 꿈꾸고 있는 것이 아닌가 하는 생각도 들지만, 어쨌거나 간절한 그리움과 안타까움은 사랑의 극대화이기도 하니까. 이 노래는 사랑하는 두 연인이 꿈속에조차 만나지 못하고 영원히 어긋나게 함으로써 영원불변의 끝없는 현재진행형일 수

밖에 없는 사랑을 말한다.

꿈의 매력은 불가능성을 잠깐 가능성의 세계로 돌아가게 하면서 동시에 그것이 실현할 수 없다는 현실을 자각하게 만드는 것에 있다. 이율배반이다. 서로 버티면서 대항하고 유지하는 구조이다. 현실은 지금 처한 상황이나 상태라는 한계를 말함이고 실현은 미래에 대한 기대나 꿈꾼 것을 실제로 이루는 것을 말한다. 그런데 그 '이룸'은 꿈에서나 가능한 것들이 있다. 이마저도 마음대로 꿀 수 있는 것은 아니지만. 간절히 바라는 것을 꿈꾼 아침은 그래서 허망하고 그렇기 때문에 절실하다. 이 길항 속에서만 앞으로 나아간다.

간절히 그리워하면 꿈에 찾아온다. 벚나무 가지 끝에 유독 왼쪽으로 뻗은 한 가지에 벚꽃이 흐드러지게 핀 것을 보았다. 탐진 그 꽃을 황홀감에 차서 바라보다가 너무 아름다워서 눈물이 났다. 아름다운 것을 보니 땅에 묻혀 있으나 하늘에 있다고 믿는 두 사람이 생각났다. 꿈길밖에는 다시는 만질 수 없다는 생각이 들자 설움이 복받쳐 꿈에서 깨어나서 다시 울었다. 꿈에서 나와 보니 꿈은 뭉개진 구름처럼 형체를 알 수가 없었다. 그토록 그리던 대상이 뭉개져 있다. 어떤 장면에서 어떤 모습으로 나왔는지 모르게 엉켜 있었다. 다만, 노래가 되어 입술에 새어 나왔다. 꿈길밖에 길이 없어 꿈길로 가니…….

앞뒤만 바꾸었을 뿐인데

같은 두 음절이지만, 앞뒤를 바꾸면 뜻이 달라지는 말들이 있다. 한자의 개별적인 뜻은 같지만, 어떤 게 앞에 오고 뒤에 오느냐에 따라 의미가 달라지고 미묘하게 벌어진다. 뜻의 차이가 생기고 말맛과 어감에 틈을 낸다. 감정과 정서의 예민하고 섬세함을 정확한 언어표현으로 치환하고자 하는 말의 쓰임새를 고민한 노력이 보인다. 미묘한 감각에 대한 차이의 틈새조차 메우고자 하는 언어 운용 능력이 뛰어난 사람들이 잘 다룬다. 복잡한 사람의 마음을 좀 더 사실에 가깝게 표현하려는 마음 작용의 결과일 것이다. 말의 뜻을 전달하려 하기보다는 말의 감각과 정서의 차이를 구별하려고 하는 노력이 언어 감각의 발달을 가져왔다. 우리나라 말은 어감을 더 미세하게 쪼개 나누고 차이에 따라 구분해서 쓰려고 하는 습관이 있다. 의미를 전달하는데 효과를 보려고 하는 소통과 전달의 과학적 방식이 놀랍도록 뛰어나다는 생각이 든다. 하나의 컬러도 미세한 차이를 발견하여 시각적 감각에 따라 나누어서 부르기를 좋아한다. 파랗고 퍼렁고 시퍼렇고 푸르스레하고 푸르딩딩한. 작은 픽셀로 더 쪼개어 나누려고 하는 말의 민감한 작용은 얼마나 더 사실과 진실에 다가서려는 욕망의 결과인지 알 수 있다.

같은 한자지만, 앞뒤를 바꾸어 뒤집어서라도 말의 차이를 벌려 놓고 구분하려 한다. 현실現實과 실현實現은 같은 뜻의 한자어를 앞뒤만 바꿔 쓴 건데 다른 층위의 관계에 있다. 바라던 바가 꿈이 아닌 현실에서 실현되면 얼마나 좋겠느냐만, 현실은 기회를 잘 주지 않는다. 현실은 몸이 거처한 현재의 시간과 마음이 있는 자리, 지금의 상태이면서 꿈이 이루어지기 전에 꿈을 향해 나아가려는 태도이다. 실현을 향해가는 진행이기 때문에 '아직'이라는 도달하기 이전의 가능성이 도사리고 있다. 상황을 진단하면서 실현하기 위한 실행 점검의 연속선이다. 열매[實]를 맺는 일은 꽃이 진 뒤의 일이기 때문에 뒤에 온다. 실현은 더 이상 나아갈 필요가 없는 멈춤의 상태이다. 그러니까 현실은 지속적인 이상향을 향해 나아가는 움직임의 발로이자 의지가 담겨 있지만, '실현'은 정지 상태이다. 어떤 기미나 조짐이 없는 상황, 엔딩이 아니라 엔드. 그래서 여지가 있는 고달픈 현실은 가능성의 희망을 함의하고 있다.

이별離別과 별리別離는 '서로 갈리어 떨어짐'이라는 뜻으로 앞뒤만 바뀐 동의어이다. 그렇지만 어떻게든 딴지를 걸어본다. 소리 내어 보고 어감의 차이를 벌려본다. 자모음이 다르고 음색이 다르고 뜻은 같으나 느낌이 다르다. 이별은 이별하는 상황을 말하고 별리는 이별한 후에 오는 쓸쓸한 정서를 뜻하는 것 같다. 사랑한 후의 이별은 사랑이 완전히 식었을 때 헤어지는 쌍방의 자발적인 이별이어서 떨어져 있는 각각의 개별적인 사람으로서 완전한 분리를 의미하지만 별리는 석별의 정이 느껴진다. 애틋해서 이별한 후의 후유증이 남아서 다시 움트는 그리움의 정서가 짙게 드리워져 있다. 이별은 이별했다는 현실의 사태이고 별리는 이별의 자각으로 인한 쓸쓸하고 공허한 마음의 상태이다. 그리워하며 이제는 되돌릴 수 없음을 아파하는 것이다. 역시 내 맘대로 하는 생각이지만.

매매賣買는 팔 매賣가 먼저 나오고 살 매買가 뒤에 있다. 무엇인가를 팔아야 돈이 생기고 돈이 있어야 살 수 있기에 당연한 이치이다. 사고파는 매매. 그런가 하면 부부夫婦는 유교 사회에서의 영향으로 당연한 것, 지아비가 앞에 온다. 왜 아니겠는가. 남녀 혼합 학교에 다닐 때 무조건 남학생 번호가 앞에 왔다. 지금은 변화가 일어서 어느 초등학교에서는 수년간 남자아이 번호를 무조건 앞에 붙였다가 개선하여 여자아이들을 앞에 두다가 그것도 비합리적인 것이라고 여겼는지 가나다순으로 번호순을 정하기도 한다. 그러나 가나다순이 합리적인 방법일까? 하 씨나 황 씨들이 반발하지 않을까? 그마저도 뒤집어보면, 앞번호가 무조건 좋은 이유가 있을까? 합리적인 합의일까? 편리와 합리 사이에 어떤 게 더 좋고 옳을까? 번호순이 뭐라고 옳고 그르다고 할까? 꼬리에 꼬리를 무는 질문들은 이제 그만.

반절半折과 절반折半은 '하나를 반으로 가름, 또는 그렇게 가른 반'이라는 뜻이 똑같다. 그러나 나만 그런가, '시작이 반절이다'와 '시작이 절반이다' 중 왠지 후자가 더 자연스럽게 느껴진다. 모두가 통용하는 언어습관에서 온 까닭이다. '절반의 사랑'과 '반절의 사랑'도 느낌이 다르다. 절반의 사랑이 더 자연스럽다. 아무래도 '반절'은 물질적인 어떤 것을 나눌 때 쓰는 말이 아닌가 싶다. 이에 반해 절반은 정신적인 의미의 반半을 뜻하는 것 같다. 느낌은 뜻보다 더 섬세하다.

뜻이, 표면이라면 느낌은 내면이다. 그래서 더 깊숙하게 닿고 먼 곳까지 상상의 바깥까지 도달한다. 가르고 나누는 것을 먼저 재고 생각하면 반절이고 나누어진 것을 보니 반절인 것은 절반이다. 그러니까 사랑한 후에 보니 그건 도달하지 못한 절반이었고 애초에 반절만 사랑하리라 다짐한 것은 아니었다는 뜻이다. 절반은 사후적이고 반절은 사전적이어서 계산적이다. 두 사람이 사과를 공평하게 나눠 먹을 때 반절을 주는 것이지, 절반을 주는 것이 아니다. 절반이 어느 위치인지 사과의 둘레를 계산한 다음에 쪼개야 하므로. 말이 되는지 모르겠으나.

숙성熟成과 성숙成熟은 둘 다 '완전하게 이루어짐'의 뜻한다. 숙성은 익어야 이루어지는 것이고 성숙은 이미 이루어진 것이 익는 단계를 거쳤다는, 혹은 그렇게 되어가고 있다는 뜻이다. 어느 정도 구분하기는 어렵지 않다. 숙성은 생물학적인 외형을 말하는 것이고 성숙은 내면을 말한다. 과일은 숙성할 뿐이지 성숙하지는 않는다. 숙성은 나아감이 없고 성숙은 뒤의 과정이 더 남아 있다. 숙성의 과정이 지나치면, 탈이 난다. 썩는 일밖에 없다. 그러나 성숙은 끝없이 이루어야 할 과정이 여전히 존재한다. 숙성은 한계점이 명확하지만, 성숙은 무한정이다. 숙성은 이미 익어버린 상태고 성숙은 이루어진 사람이 더 이루어지기 위해 앞으로 나아가는 것이다. 숙성의 도가 지나치면 망하지만, 성숙은 한계가 없다.

내왕來往과 왕래往來, 오고 가고, 가고 오고의 차이. 이걸 어떻게 또 벌려 놓을까. 일말의 차이가 없다는 생각이 들지만, 이 둘을 갈라놓고 어떻게든 틈을 만들어 본다. 지속적인 거래의 성사는 말하는 사람의 입장에서 오고 가버리는 '내왕'이 아니라, 가서 (다시 돌아)와야 하는 '왕래'를 써야 한다. 그러므로 좋은 사람과는 서로서로 내왕의 관계가 아니라 왕래여야 한다. 갔으면 돌아와야 하는 사이. 만날 때 안녕, 떠날 때도 안녕하며, 다시 오고야 마는 일. 궁극에 인간이라는 우리는 이 지구에 온 '내왕인'이다. 왔으니까 반드시 가야만 하는 사람들이다.

미안하다는 말의 아름다움

  사랑한다는 말을 자주 하는 사람보다 미안하다는 말을 자주 하는 사람에게 더 끌린다. '사랑한다'라고 던지는 발화자의 마음이 충실한 자기감정에서 출발하여 자기를 돌보는 고백의 감정이라면, '미안하다'는 말은 상대를 향해 쏘아진 빛이 그이를 통과하여 발화자로 되돌아오기 때문이다. 내가 너의 전부가 될 수 없음을 알고 너도 나의 전부가 될 수 없다는 것을 이해하고 알기에 미안未安하여 마음이 편안하지 않은 상태. 나는 너를 사랑해서 충분히 사랑하고 싶은데 언제나 영원히 백 퍼센트는 다 못 채우는 사랑이라서 마음이 편하지 않은 상태. 이런 마음을 진짜 사랑이라고 부르면 안 되려나.

  사랑의 감정이 자기 자신만 바라보는 것이라면 미안의 감정은 상대의 입장을 더 생각하고 헤아려 그이의 마음 편에 서서 '나'를 생각해보는 것이다. 사랑한다는 말이 상대를 향해 쏘는 일방적인 통보라면 미안하다는 말은 내가 상대를 향해 쏘아 올리는 빛의 색깔과 파장을 헤아려서 가늠해보고 눈이 부시거나 어둡지 않은지 다시 돌아보는 일이다. 미안하다는 말은 내가 너를 사랑하기 때문에, 너를 위해 나를 다시 한번 제대로 돌아보는 일이다. 너를 보듯 나를 보는 일, 나를 보듯 너를 보는 일이다. 그러므로 나는 너를 사랑하는 일은 잘한 것이지만, 완벽하게 사랑하지 못해서 미안하고, 나는 나를 사랑하기 때문에 너를 사랑하는 일이다.

사랑하는 사람에게 미안하지 않은 상태를 유지하기란 쉽지 않다. 쉬운 일이 아니기에 아름답다. '미안하지 않은' 상태로 살아가는 일의 어려움을 느끼는 사람만이 진정으로 사랑할 자격이 있는 사람이라는 생각이 든다. 기왕 사랑한 김에 맘껏 사랑하는 일만 남은 것이다. 그것을 깨닫는 것은 쉬운 일이 아니지만 어려운 일도 아니다. 우리는 사랑을 다 한 번쯤은 해본 사람들이므로. 연인들의 발화는 연소해서 다 타버린 남은 재를 바라는 게 아니라, 늘 미루며 발화시기를 연기한 채 영원히 꽃봉오리로 남고 싶은 욕망이 꿈틀거리고 있다.

죽도록 아픈 이별은 없다

두려움의 본질은 대상에 대해 정체를 모른다는 것에 있다. 상대를 모르고 형체가 불분명하고 대상의 물성을 모르고 일의 원인과 인과관계에 연관성이 없어 추측이 어렵고 본말을 가늠할 수 없다. 이별을 앞둔 연인들의 두려움은 감당할 수 없는 슬픔의 질량을 가늠할 수 없기 때문이다. 슬픔과 두려움과 괴로움의 복합체가 한 덩어리로 단단하게 뭉쳐서 가슴을 누르는 고통을 상상할 수 없기 때문이다. 그 독한 독을 해독할 수 있는 것은 오직 망각의 힘에 있다. 우리는 잊은 후에 다시 일어나 돌아서서 갈 에너지를 겨우 얻는다. 그러나 아주 잊는 것은 슬픈 일이다. 눈물은 기체로 휘발되지만 울었던 기억마저 잊는 건 아름답지 않다.

2009년 5월 23일, 그 일이 일어나기 전날 밤의 꿈은 내가 나로부터 육탈하여 슬픈 얼굴로 내 죽음을 목도하는 꿈이었다. 나는 하염없는 연민이 차올라서 계곡 아래 누워 있는 내 주검을 내려다봤다. 그날 이후 슬픔의 행렬은 끝을 알지 못했다. 애도의 물결은 노란

리본으로 촛불로 번졌다. 죽음이 남긴 것과 의미를 만들어가는 일은 산 사람들의 일이었다. 한 사람이 스스로 목숨을 버려야만 할 수밖에 없는 이유를 납득하는 일은 남아 있는 사람들에게는 고통이다. 애도의 서사는 슬픔 그 자체를 오롯이 바라봐야 한다. 죽음을 기억하는 이유는 죽음이 망자의 몫이 아니라 남아 있는 사람들의 것이기 때문이다. 단절이 아니라 기억이기 때문이다. 고인의 기억은 추념 속에서 길이길이 기린다. 죽은 사람은 산 사람에게 전해지고 이어진다. 제사의 의식은 고인이, 음식을 흠향하시어 부디 산 사람이 당신을 영원히 잊지 않게 죽음을 기억하고 '잇게' 하는 의식이다.

나라마다 죽음을 받아들이는 방식은 다양하지만, 멕시코 사람들이 환대하는 사후의 방식에 매료된다. 멕시코의 축제 중 잘 알려진 '죽은 자들의 날'은 망자를 기리는 날이다. 이날은 뿔뿔이 흩어져 멀리 떠난 가족들이 한자리에 모여서 망자를 기억하고 노래한다. 생전에 망자가 지니고 있었던 물건들을 진열하고 생전에 좋아한 음식과 음료를 차려 놓고 산 자들이 죽은 자와 함께한다. 다시 생각하면 '아직' 살아 있는 사람들이 거행하는 미래의 죽음을 미리 체험하는 방식의 하나이기도 하다. 망자 앞에 바치는 셈파수칠의 눈부신 노란색 꽃은 태양빛을 닮았다. 내가 아직 살아 있으므로 저 눈부신 빛을 볼 수 있는 한 당신을 잊지 않겠다는.

멕시코의 이 죽은 사람들을 위한 축제는 인류가 전하는 구전의 매력적인 걸작의 하나이기도 하다. 이런 매력을 놓칠 수 없어 리 언크리치가 감독한 애니메이션 「코코」는 인간의 사후세계에 대한 이야기를 담았다. 영화는 말한다. 죽음 이후의 진짜 죽음은 망자를 망각하는 것에 있다고. 그러므로 죽음을 잊는 것은 죽은 사람을 완전히 죽이는 일이 되는 것이라고. 주인공 미구엘이 코코에게 "기억해 줘!"라고 노래로 외치는 이유는 이 때문이다. 죽음 이후에 망자를 망각하는 것은 망자의 영원한 소멸을 의미한다. 망자를 기억하는 한 영원히 살아 있을 것이며 망자를 망각하는 것이 진짜 죽음이라는 것이다. 따라서 사별은 아픈 이별이지만, 죽도록 아픈 영원한 이별은 아니라는 것. 잊힌 죽음보다도 더 끔찍한 죽음은 없다는 것. 그러므로 우리는 죽을 때까지 그를 잊지 않아야 한다. 나는 당신을, 당신은 나를 Remember me!

정곡

대화가 싸움으로 번지는 것 중 하나는 서로에게 과녁이 되고 싶지 않은 부분을 공격받을 때이다. 내가 너에게 네가 나에게 던지거나 찌른 정곡 때문이다. 살면서 숨기고 싶거나 표적이 되고 싶지 않은 약점들을 한두 가지씩은 다 안고 산다. 약하고 아픈 곳은 숨기고 싶은데 상대가 알아차리고 공격하는 일은 냉혹한 먹이사슬의 피라미드 관계로 이루어지는 동물의 세계에서는 흔하고 자연스러운 일이다. 목마른 기린이 물 마시러 오는 걸 기다렸다가 낮게 수그리고 물을 마시는 순간에 긴 목을 덥석 물고 늘어지는 악어 떼를 「동물의 왕국」에서 종종 봤다. 안타깝고 끔찍하지만, 기린은 긴 목의 매력 때문에 때로는 걸림돌이 된다. 기다란 목 때문에 몸을 더 낮게 구부려야 하고 위험한 상황이 닥치면 치명적이다. 그걸 상대가 알아차리고 가격하는 일이 정곡이다. 가장 작은 새와 가장 빠른 새를 화살로 쏘아 맞히는 일은 명사수가 아니라면 웬만해서는 쉽지 않다. 들키고 싶지 않은, 아프고 다친 마음의 급소를 상대가 가격하는 비열한 일들이 세상에는 많다. 상대의 감정을 자극하여 그 사람을 절망에 빠트리거나 일어서지 못하게 만든다.

어제 한 사람과 통화를 마치고 한참 생각해보니, 그가 던진 정곡에 찔렸다는 걸 알게 되었다. 널뛰는 마음은 합리화와 자정 능력을 빼앗아버렸다. 물은 더러워진 곳으로부터 멀리 흐르면 흐를수록 자정력이 커진다. 이 방법밖에 도리가 없어서 집을 나와 천변을 걸었다. 물결은 내가 걷는 방향과 다르게 흘렀다. 도시의 하천은 계곡물처럼 깨끗하지는 않지만, 쉬리도 살고 하류에는 수달도 산다. 물살이 내 걸음보다 빨랐다. 따라잡을 수는 없지만, 내딛는 발걸음만큼 시간이 흘렀고 되돌아오는 길에는 들끓었던 마음이 어느새 조금 식어 있었다. 물결의 방향과 거슬러 돌아오는 길에는 마음이 너그러워졌고 한결 산뜻했다. 내가 혹시 모르게 다른 사람에게 상처를 주거나 그 부류의 틈에 나도 모르게 휩쓸려가지 않으려면 이성적인 판단과 합리화가 필요했다. 그러면서도 용서와 너그러운 마음이 생기는 것은, 상대를 향한 것이기도 하지만 실은 내 마음이 편하기 위해서이다. 일종의 자기최면술 같은 것으로 나의 상처를 가격했던 타자가 밉지 않다는 것을 세뇌한다. 어떻게 해도 개선의 여지나 돌이킬 수 없는 상황이라면 자기합리화로 정신승리 하는 것도 나쁘지 않아 이 방법은 꽤 도움이 된다. 정신승리가 결코 어리석은 것만은 아니라는 것. 너도나도 우리는 모두 같은 중생이구나, 하는 자비의 마음이 솟구치게 된다. 용서와 인정이 들어오면 분노는 틈입할 수 없다. 마음의 평화를 찾는 것도 정신승리에서 온다. 천변길에서 만난 한 무더기의 개똥 앞에서도 잠시 눈살을 찌푸리기만 하고 우회하는 마음이 필요하다. 살아가면서 종종 이런 상황에 직면하게 될 때, "음, 그건 그저

개똥같은 일이었어. 밟지 않아 천만다행이야." 내가 나에게 하는 이
한마디면 된다. 설사 밟았다 하더라도, "음, 역시 그건 그저 개똥일
뿐이었어." 이런 정신승리.

잠, 꿈

한 편의 꿈은 은유 덩어리이다. 예지몽으로 불확실한 미래에 힌트를 주기도 하고 지나간 일을 반복 재생하며 뒷북을 치기도 한다. 아직 현실을 파헤치지 않은 광산의 단단한 바위 속에서 그 안에는 보석이 될지 돌덩이로 남을지 모르는 가능성의 원석처럼. 매일 밤 오지를 여행하는 꿈을 꾼다. 한 번도 가 보지 않은 곳을 향해 걷거나 뛰거나 구르거나 차를 몰면서 목적지가 어디인지도 모른 채 여행한다. 낯선 길을 헤매기도 하고 익숙한 길을 처음인 양 맞이할 때도 있지만, 매번 출발하고 번번이 닿지 않는 짧은 여정의 꿈길이다. 꿈속에서는 익히 만났던 사람을 다시 만나고 이웃을 만나고 부모님이 살아 있어 슬픔이 없고, 산 사람과 죽은 친척들이 함께 모여 평소의 어느 날처럼 웃는다. 그중에는 모르는 사람도 있다. 현실에서 모르는 사람이 꿈속에서는 익숙한 사람이다. 꿈속에서 아는 사람들이 꿈 밖에서는 모르는 사람이 되어 있다. 잠은 그렇게 그립던 사람을 만나게 하는 꿈의 징검다리이다. 그러나 악몽에 빠지거나 넘어지는 헛다리일 때도 있다.

오래된 영화 중에 「나이트메어」가 있다. 꿈의 악몽이 현실에서 그대로 실현되고 현실의 악몽이 다시 꿈으로 이어지는 이야기. 주인공은 고통을 벗어나려고 잠을 자지 않는 방법을 택한다. 더 고통스러운 일은 꿈속에서 예지한 일이 현실로 실행되는 과정에서 주변 사람들의 불행을 미리 아는 괴로움이다. 내 앞에 사랑하는 사람이 언제 죽을 거라는 걸 미리 아는 일은 고통 그 자체이다. 더구나 예견한 불행이 그대로 실현되는 과정을 아무 대책 없이 지켜봐야 한다니. 미래를 알 수 없다는 것이 얼마나 다행인지, 이 영화는 말해준다. 아무런 노력 없이도, 혹은 죽도록 노력해도 일어나게 될 일은 반드시 일어나게 되어 있으므로. 삶이 이어지는 한, 꿈도 연속된다. 꿈이 없으면 삶도 없다.

지난 몇 년 동안 지구인들은 꿈에서조차 경험하지 못했던 전염성 질병으로 인해 서로 간 접촉을 방해받았다. 한동안 사람들은 접촉 대신 접속했다. 이 재난은 최소한 움직임을 자제하는 게 처방전이었다. 최고의 안전지대는 내 몸이 나 홀로 있는 방식을 최대한 유지하는 것이다. 이것 또한 지나가고 있지만, 행복한 삶이란, 아주 보통의 하루를 살아가는 것이라는 걸 사람들에게 자각하게 했다. 어떤 큰 재난을 누군가의 꿈속에서 예지한다면, 막을 수 있을까, 일어날 일은 일어나고야 마는 것일까. 밤의 꿈속에서 각자 잡은 손들을 놓지 않으려면 꿈의 바깥에서 무엇을 해야 할까.

어두운 밤의 시간을 부정적인 이미지로 여기는 것은, 헛된 꿈을 꾸게 되는 시간이기 때문인지도 모른다. 그러나 헛된 꿈마저 없다면, 세상에 무슨 재미가 있을까. 기억에 남는 꿈들은 길몽보다는 악몽이

지만, 꿈은 모험이라기보다는 일종의 경험이며 나의 경우엔 체험에
가깝다. 아침에 일어나면 꿈속의 사건 때문에 한동안은 멍하게 앉아
있어야만 현실 세계로 돌아올 수 있다. 꿈 속의 내가 현실 속의 나
보다 오히려 더 나다운 순간을 경험하면 꿈 밖으로 나와서도 얼마간
정체성을 잃어버리게 된다. 귀는 멍하고 소리는 바닷물 속에서 듣는
고래의 초음파처럼 환청이 들려오면서, 들을 수 없던 음역을 뛰어넘
기도 하고 가청주파수 너머의 세계를 경험하고 겨우 빠져나와 어리
둥절하고 있는 나 자신을 만나게 된다. 그렇게 밤의 바깥에서 꿈을
꾸고 꿈의 안쪽에서 나는 잠을 잔다.

북두칠성을 세는 저녁

머리 위에서 누군가 신호를 보내고 있는 것 같아서 올려다보았다. 깜빡깜빡 별처럼 지나가는 밤 비행기였다. 먼 나라로 데려다주는 별 같은 밤 비행기가 지나가는 서쪽 하늘에서 동쪽 하늘을 깜빡이는 불빛을 따라 선망의 눈으로 바라보았다. 밤하늘을 날아서 멀리 떠나는 사람의 마음은 어떨까? 그 마음자리를 헤아려보는데, 잠시 후 또 한 대가 깜빡이며 뒤따라오고 있다. 게다가 첫 번째 본 비행기가 갑자기 회항하며 동쪽에서 서쪽으로 방향을 바꾸기까지 한다. 무슨 일 난 게 틀림없다는 걱정이 들었다. 납치극이라도 벌어진 걸까? 머릿속에는 온갖 삼류 스토리를 만들면서 눈에 힘을 주고 빛의 움직임을 관찰했다. 크기로 봐서 그렇게 높이 뜬 것도 아닌데 누가 다치기라도 하면 어떡하지? 그 순간 또 한 대가 깜빡이며 날아오고 있지 않은가. 내가 뭘 본 거지? 하는 찰나, 머리에 스파크가 일었다. 그러면 그렇지, 비행기가 아니라 드론이었다. 걱정했던 마음은 어리석음의 비소로 바뀌었다. 누군가 천변에서 드론을 높이 날리고 있나 보다. 상상과 허상은 잠깐. 다행히 비행기가 아니라는 것에 한숨 놓였다.

비행기와 드론, 인공위성과 우주정거장, 그 사이에서 떠도는 별들과 그것을 바라보고 싶어 하는 나 같은 지상의 사람들. 밤하늘은 이야기로 가득 차 있다. 이 세상에 아무 일 없이 조용한 곳이라곤 없다. 한쪽에서는 전쟁이 일어나고 사람들이 죽고, 슬픔과 마주하고, 사랑하며 인연이 닿아 마주치고 갈등하며 부딪친다. 충돌하는 마음들이 모여 숨으로 가득 찬 이곳에 우리는 모두 하나의 외로운 별이라서. 우주에서 깜빡이는 처음인 별이라서 그렇겠지. 그렇게 부대끼면서 살고 있는 게 보통의 별들이겠지. 전쟁으로 아이들이 죽어가는 끔찍한 별이 아니기를. 사람이 사람을 죽이는 슬픔의 고통은 없었으면 하는 별. 그런 희망만 남은 별.

별과 별이 이어지면 별자리가 되듯 사람과 사람, 당신과 내가 연결된 자리. 멀리 있어 아름다운데 반짝이기까지 하는 별. 별을 자주 올려다보는 마음이 있다면 이 세상에 전쟁은 일어나지 않을 것 같다. 누구를 미워하는 마음도 사라질 것 같다. 전쟁 중인 병사들이 고향의 노래를 부르며 각자의 집을 향해 뿔뿔이 흩어져서 전쟁이 끝나는, 그랬으면 좋겠다. 미워했다가도 그 미워하는 생각이 부질없다는 것을, 곧 알게 될 거니까. 서로를 죽이다가도 사람은 언젠가는 결국 죽는다는 걸 알게 될 테니까.

일곱 개의 별을 함께 묶어 하나의 이름을 붙인 것은 그 별들이 지구로부터 떨어져 있는 거리가 비슷하고 밝기가 비슷하기 때문일 것이다. 모든 별자리 이름은 이 두 조건을 가지고 서로 연결되어 하나의 이름을 가졌을 것이다. 내가 있는 자리와 당신이 계신 자리를 연결하는 일. 연결되지 않으면 완벽한 존재가 아니다. 내가 있으니, 당신이 있고 당신이 있으니 내가 있다는 것. 새벽 세 시의 북두칠성은 화단 소나무 사이에 걸쳐 있다가 네 시를 넘으면 점점 아파트의 동과 동을 지나 십오 층 꼭대기에서 잠깐 쉬다가 서쪽으로 진다. 저녁에 핀 별은 아침에 진다. 꽃처럼, 숭어리 숭어리. 새벽에 깨어나 창문을 열고 북두칠성에게 인사한다. "좋은 새벽인데 넌 자다 일어나 오줌도 안 누니? 왜 오늘은 그렇게 눈물을 글썽거려? 자꾸 아른거려서 셀 수가 없잖아." 출석을 부르듯 일곱 개의 별을 세어본다. 꼭짓점을 이어서 국자를 만들어 본다. 그리고 내가 본 것이, 진짜 북두칠성이기를 바란다. 어느 날 밤엔 종종 북두팔성일 때가 있다. 다시 세어 봐도 여덟 개가 맞다. 일곱 개의 별 중에 별이 되고 싶은 인공위성이 눈물 글썽이는 푸른 별을 내려다보고 있다.

일기

어제는 발설한 후 꼭 닫은 입술 같다. 목구멍으로 꿀꺽 삼킨 말 중에 소화되지 않는 말들이 오늘 있다. 서랍에 넣다가 어제를 이루는 말들을 꺼내 보았다. 어제는 오늘과 다르고 내일은 또 다른 어제이므로 서랍 속으로 들어갈 목록은 늘어난다.

어제와 다른 공기, 어제와 다른 그림자, 어제와 다른 티셔츠, 어제와 다른 이별, 어제와 다른 목소리, 어제와 다른 입맛, 어제와 다른 숨소리, 어제와 다른 꿈, 어제와 다른 기다림, 어제와 다른 출발, 어제와 다른 도착, 어제와 다른 꽃, 어제와 다른 나뭇잎, 어제와 다른 새, 어제와 다른 여름, 어제와 다른 별빛, 어제와 다른 월식, 어제와 다른 비, 어제와 다른 무지개, 어제와 다른 물소리, 어제와 다른 파도, 어제와 다른 노래, 어제와 다른 문, 어제와 다른 출구, 어제와 다른 계단, 어제와 다른 비상구, 어제와 다른 거리, 어제와 다른 골목, 어제와 다른 걸음, 어제와 다른 신발, 어제와 다른 숟가락, 어제와 다른 양말, 어제와 다른 손톱, 어제와 다른 그믐, 어제와 다른 한숨, 어제와 다른 웃음, 어제와 다른 눈물, 어제와 다른 화분, 어제와 다른 기차, 어제와 다른 뗏목, 어제와 다른 날씨, 어제와 다른 재난, 어제와 다른 사과, 어제와 다른 비밀, 어제와 다른 속죄, 어제와 다른 일터, 어제와 다른 시, 어제와 다른 은유, 어제와 다른 눈사람, 어제와 다른 팥배나무, 어제와 다른 입술, 어제와 다른 벌레, 어제와 다른 접시, 어제와 다른 열쇠, 어제와 다른 질문, 어제와 다른 무덤, 어제와 다른 라디오, 어제와 다른 골짜기, 어제와 다른 바다, 어제와 다른 파티, 어제와 다른 유리잔, 어제와 다른 사람, 내일 또 오는 사람.

나열된 것 중에서 중복된 대상 속에서 또 다른 온도와 습도에 따라 다르게 반응하는 화학 작용들, 판도라 상자를 열면 칼을 숨긴 혀들이 날름거린다.

꿈과 시

꿈은 노골적으로 말하지 않아서 틈이 많다. 궁극을 말하고 싶어서 주변을 서성이고 헤맨다. 꿈은 그래서 사랑을 닮았다. 당신에 대한 사랑의 비의를 품고 그것을 당신이 읽고 알아차리기를 바란다. 단도직입으로 말하지 않고 에두른다. 마음의 문장으로 가서 그대에게 꽂히기를 바란다. 꿈은 예단하지 않는다. 바라던 것을 꿈에서 이뤘다면, 현실에서는 대체로 이루지 못한다. 꿈은 그래서 시를 닮았다. 여백이 많고 은유가 헐겁고 비유가 버겁고 비약으로 도약하기도 한다. 간격이 넓은 징검돌이다. 시를 건너는 사람은 시인이 듬성듬성 던져 놓은 징검돌 사이에서 마음에 드는 돌을 골라 그 틈새를 채우며 폴짝폴짝 건너는 일이다.

현실에서 바라던 바가 꿈에서 실현되면 현실에서는 실현되지 않았다. 간절하게 바라던 바를 갈망하던 중, 꿈에서 이루어지는 꿈을 꾸었다. 설레발을 친 것이다. 아침에 일어나니 허망했다. 꿈은 너무나 생생해서 빠져나오니 허탈했다. 노골적으로 꾼 꿈은 실현되기 힘들다. 얼토당토않은 일을 당한다. 상 받을 일이 없는데, 꿈에 상을 받았다. 수많은 사람이 운집하였고, 시상식은 생중계되었다. 내 이름이 호명되었는데, 단상까지 가는 길이 너무나도 멀었다. 시상식에 입고 갈 옷이 너무 낡았고, 예의에 맞지 않았다. 목이 늘어날 대로 늘어난 양말은 자꾸 벗겨졌다. 내 이름을 반복해서 불렀으나 발길이 떨어지지 않았다. 경품 추첨장에서 당사자가 현장에 없으면 다른 사람으로 넘어가는 것처럼, 수상자가 한참 기다려도 오지 않으니, 주최 측에서는 내가 단상까지 달려가는 동안 관객들에게 퀴즈를 내고 있었다.(막무가내다.) 퀴즈를 맞히는 사람에게 상이 돌아간다고 했다.(비합리적이다.) 단상까지 가는 동안 수상소감을 생각했다. 단상에 드디어 도착하니 밤이었다.(비시간적이다.) 아직도 객석은 경기를 지켜보는 관중석 같았다. 드디어 마이크 앞에 서서 수상소감을 말했다. 아주 잘 하지는 않았으나, 마음에 들었다.(때로는 자화자찬을 한다.) 그러던 중 갑자기 재난 상태에 돌입한 듯 군인 한 명이 나와서 수상식 장에서 공지사항을 전달했다.(느닷없다.) 위기라고 했다. 이유도 없이 다짜고짜 위험하니 어서 피신하라고 했다. 선혈이 낭자한 거리를 걸었다. 희생자가 생겼다.(무법천지다.) 사지가 찢긴 사체가 널려 있는 피로 물들거리였다.(끔찍하다.) 업적도 공적도 없는 수상은 재난에 가까웠다.(비논리적이다.)

여기서 꿈은 깼다. 꿈 때문에 마음이 허전했다. 꿈이라서 다행인 것과 꿈에서 실현된 것이라서 텅 비어 있다. 꿈은 현실을 예견하는 은유여서 은근히 말해지고 비유적으로 나타나는 것인데, 생각하다가 꿈과 시가 별반 다르지 않다는 것을 깨닫는다. 꿈은 시이고 시는 꿈이다. 이루고 싶은 것이 이뤄지는 가능과 불가능성을 믿고 끝까지 나아가는 것. 대체 불가능한 꿈은 없다. 대체 불가능한 언어는 없다. 대체 불가능한 시는 없다. 시는 불가능성 없음의 모순을 향해, 그 불빛들을 향해 뛰어드는 수밖에. 끝까지 대체할 수 없을 것 같은 저 말들을 향해. 꿈속에서는 현실과 달리 나는 매력적이고 복잡한 사람이 된다. 정체로부터 벗어나 탈바꿈하고 탈피하고 한 번도 가보지 않은 언덕을 날아다닌다. 환골탈태한 변태의 생활자로서 이런저런 의도 없이 경험하고 곧 경험치를 잊어버리고 늘 새로운 사람으로 낯설게 태어난다. 꿈에서는 꿈을 꿔도 실망하지 않는다, 범죄 현장을 맞닥뜨려도 용서가 난무한다. 비열함이 범람한다. 모두가 가해자고 모두가 피해자다. 무법천지의 발자국들이 어지럽다. 거기서 꿈꾸는 사람은 늘 주인공이다. 꼭대기에서 굴러 떨어져도 죽지 않고 살아나는 주인공. 삶의 절망 따위는 개밥그릇 위에 떨어진 고명처럼 시시하다. 개밥의 도토리처럼 남아서 최후의 순간까지 살아남는 쓸모없음의 잔해 같은, 전리품이나 되는 양 진열한다. 두 손바닥 사이로 흘러내리는 모래알의 허무함 속에서. 꿈과 시는 서로를 파고든다.

미련한 미련

　정해진 목적 없이 길을 걷다 보면 이런저런 생각들이 한꺼번에 몰려와 병목현상을 일으킨다. 결국은 다 빠져나갈 거면서 서로 먼저 가겠다고 발발거린다. 생각을 정리하는 데는 어디 갈 데를 정해놓지 않고 걷는다. 걷는다는 것을 생각하면서 새로울 것이 하나도 없는 익숙한 길을 밟는다. 보도블록이 깔린 길은 보폭을 재기에 알맞다. 시각장애인을 위한 가운데 노란 선을 밟으며 눈 뜬 채 앞으로 나아가 본다. 아침 생각과 정오의 생각이 다른 것처럼 뜻하지 않은 일이 불쑥불쑥 찾아오다가 꼬리를 감추고 들어가기도 한다. 오 분 뒤의 미래를 예측할 수는 있지만, 예단할 수는 없다. 더 나은 삶에 대해 기대하는 사람은 늘 속는다. 나무에 기름을 발라놓고 올라가라고 채찍을 가한다. 절반도 오르지 못하고 대부분 미끄러지기 마련이지만, 미련은 지나온 것에 대한 옛날의 발자국을 남기는 일이니까. 미련은 달콤한 아이스크림의 끝맛 같아서 또 부르지만, 단것이 지나치면 짠맛을 부르고 매운맛을 부르니까. 맛이 자꾸만 맛을 부르고 도착이란 없는 법이니까. 버리지 못한 미련한 미래의 맛. 생각지 않은 일들이 불쑥 날아오르는 마술쇼 같은 것이니까. 더 나아질 거라는 미련한 미련으로 가보는 것이니까.

오늘의 쓸거리를 생각하며 나갔다가 동서로 남북으로 가도 다시 돌아와야만 하는 길을 걷는다. 모퉁이를 확인하고 나서야 유턴하는 길, 음……. 생각을 하면서도 그다음 생각할 것이 떠오르지 않는다. 생각은 좀처럼 만나지 못하고 막혀 있다. 아무것도 생각나지 않아서 'ㅁ'자로 시작되는 것들의 목록을 적어보다가, 참 미련하구나, 하는 생각을 해보다가 시작되었다. 'ㅁ'자로 시작되는 것들의 목록을 써보자고. 실 꾸러미 하나를 들고 줄줄 풀어 본다. 공처럼 감겨 있는 생각의 실 꾸러미를. 어디로 튈지 모르는 생각의 탁구공을.

미련을 사전에서 찾아보니 동음이의어와 다의어 관계인 뜻이 많다. 미련未練, 아닐 미와 익힐 련, 미련의 한자어 뜻은 '깨끗이 잊지 못하고 끌리는 데가 남아 있는 마음'이라고 되어 있다. 련練의 뜻은 익히다, 단련하다, 경험하다, 익숙하다, 의 뜻이 있다. 그러니까 아직 경험하지 못하고 익숙하지 못한 것, 단련되지 않은 것들이다. 한자어가 없는 '미련'은 '터무니없이 고집을 부릴 정도로 매우 어리석고 둔함'을 뜻한다. 어떤 일이나, 이미 떠나버린 사람에 대해서 미련을 버리지 못하고 미련을 갖는 마음은 매우 어리석다는 뜻일지도 모르겠다. 낱말의 뜻은 사전적인 뜻풀이도 되지만, 어떤 사안에 대해서 인생의 선배처럼 해석해 준다. 그러나 어디까지나 해석이지 답이 아니기에 문제의 정답은 푸는 사람의 것이다.

사전을 찾다가 더 재미있는 걸 알았다. 우리 속담에 '미련은 먼저 나고 슬기는 나중 난다'가 있다. 그러니까 뭐든지 미련한 상황을 경험해 봐야 슬기가 뒤따른다는 뜻이니, 미련한 일을 두고 후회하지 않아도 된다. 반드시 미련한 짓을 해 봐야 지혜와 슬기가 생기니까 말이다. 사람이 지혜로워지려면 미련해 봐야, 자신이 얼마나 미련한 사람인지를 깨닫게 된다. 선 미련 후 지혜. 그러니 성공했다고 생각하는 모든 사람은 예전에는 다 미련한 사람들이었다는 것을. 그러니까 자신이 미련하다고 생각하는 사람은 현명한 사람이 되기 위한 통과의례라고 생각하면 될 일이다.

꿈멍

꿈을 많이 꾼 날 아침은 그것들을 어떻게든 정리해야 하루를 시작할 수 있다. 복합적으로 연루된 꿈은 현실로 돌아와 사건을 정리하느라 정신이 멍하다. 지난밤에는 세 편의 짧은 단편을 꾸었다. 한 편은 현실에서 절대로 일어나면 안 되는 일이라서 끔찍했고, 한 편은 미래를 예견한 것 같아서 무서웠고, 마지막은 지금 나의 생활과 생각을 반영한 것 같아서 부끄러웠다. 생계와 생활에 대한 고민을 담고 있는 예지몽 같은 장면들, 꿈에서만 가능한 과장과 비약이지만, 꿈이라서 다행한 일들이었다.

꿈과 현실은 삶의 짝다리처럼 디디며 절룩거린다. 통제 밖이기 때문에 제멋대로 꿔지는 꿈을 내 멋대로 해석하기도 한다. 현실이나 꿈이나 기뻐하고 슬퍼하고 분노하고 안도감을 느끼는 일들은 무질서하게 섞여 있지만, 그 안에서 감정의 재료는 공평하다. 정서와 감정의 모든 것들. 할 수 있는 것과 할 수 없는 것. 할 수 없으나 끝까지 해보는 것들. 사람살이는 늘 부딪치고 깨지고 여러 층위의 무지개떡처럼 아름다운 색으로 나누기도 하고 서로 오밀조밀하고 헐겁게 영향을 주고받으며 반영하고 간섭한다.

인터넷 창을 열면 너무나도 복잡하고 공포스럽고 슬픔에 가득 찬 세상 사람들의 이야기가 그 위에 한 겹을 더한다. 하루도 잠잠할 날이 없다. 그런 속에서도 고요를 느끼는 사람들은 이 모든 것들로부터 자발적 외면을 하거나 외부의 것들에 영향을 받지 않으려고 부단히 노력하는 사람이다. 꿈은 비현실이지만 꿈은 꿈으로 끝나지만은 않는다. 고양이가 식사 후 자신의 몸을 핥고 정리하듯 꿈에서 빠져나오기 위해 꿈멍을 때린다. 생각하고 받아들일 것은 받아들이고 정리할 건 정리하고 무시할 건 무시한다.

꿈과 꿈, 나와 꿈 밖에서 꿈을 꾼 사람으로서의 분인. 나눠진 사람이 하나로 합체하기 위해 물끄러미 현실의 몸을 더듬는 꿈멍은 힘든 꿈을 꾼 노동의 피곤한 정신의 요철을 가다듬고 메우는 시간이다. 꿈과 현실은 몸과 맘 같다. 따로일 리 없이 서로 기대고 영향을 주고받는다. 시간의 줄에 묶인 개처럼.

사그라지는 중입니다

어제도 그믐 오늘도 그믐입니다. 음력을 살펴보고 달이 안 보이니 그믐이구나, 혼잣말합니다. 그믐은 깜깜한 밤이지만, 사라진 달이 아니라 사라지고 있는 달이어서 사라지고 있다는 것을 환히 드러내고 있습니다. 며칠 전부터 사그라질 준비를 하고 있었던 것이지요. 얼마 동안은 그믈어 가던 달이 점점 그믈어서 이제는 완벽한 그믐이 되었습니다.

밤하늘을 올려다보는 일은 반짝이는 별을 찾기 위해 내가 하는 일입니다. 요즘은 밤하늘에 반짝이는 것 중 인간의 눈으로 가장 잘 보이는 것은 인공위성일지도 모른다고 생각합니다. 화원에 핀 조화처럼 별 밭에 핀 인공별이죠. 그래도 나쁘지는 않아요. 별처럼 보이니까요. 별을 찾는 사람들의 눈에만 볼 수 있는 인공별이니까요. "나는 내가 빛나는 별인 줄 알았어요. 한 번도 의심한 적 없었죠. 몰랐어요, 난 내가 인공위성이란 걸. 그래도 괜찮아 난 눈부시니까." 인공위성도 이렇게 가요를 제멋대로 바꿔 부르며 울먹일지도 몰라요. 나는 조화를 좋아하지는 않지만. 조화를 좋아하는 사람들의 마음에는 진짜 꽃인 양 생각하는 마음이 있기 때문에 꽃이거니 생각하는 그 마음을 이해합니다. 꽃은 아니지만, 꽃인 것처럼 생각하면 꽃이 아닌 것도, 아닌 것이지요.

내가 지금 올려다보는 하늘은 아파트 고층의 세 개 동이 갈라놓았습니다. 칠백사 동과 칠백오 동 사이에서 조각난 하늘입니다. 사 층 아파트 베란다에서 하늘을 보면 언제나 같은 구도로 구획해 놓았지요. 그 사이를 철 따라 희미한 별들이 지나간답니다. 지난 겨울밤에는 오리온자리의 벨트를 이루는 별 세 개가 사선으로 걸려 있는 것을 매일 보았지요. 밤 열 시 무렵이면 칠백일 동 꼭대기에 걸려 있어요. 나는 밤하늘 시계라고 불러요. 밤하늘 시계를 보는 일은 경건한 아름다움을 느껴요. 자다가 몇 번을 깨어나 저렇게 아름다운 밤하늘의 시계를 보고 있으면, 보고 싶은 사람이 생각이 나지요. 보고 싶다는 말은 그래서 바라보고 싶다는 것이지요. 그립다는 것은 그리운 얼굴을 마음의 연필로 그리고 싶다는 뜻이겠지요. 곁에서 말이지요. 밤하늘에 가장 가까운 사람은 바로 당신이라는 달입니다. 사그라지는 내가 사그라지는 당신을 바라보고 있습니다.

아름답다

아름답다, 라는 말을 좋아해요. 누군가 나에게 작은 소망이 무엇이냐고 묻는다면 서슴지 않고 대답할 수 있어요. 하루에 한 번은 아름다운 생각을 하거나 아름다운 장면을 보거나 아름다운 말을 듣고 살았으면 좋겠다는 소망 말입니다. 그게 안 되면 하루에 한 번은 아름답다는 말이 내 입술 틈 사이로 새어 나오길 바라요. 아름다운 슬픔, 아름다운 기쁨, 아름다운 패배, 아름다운 이별, 아름다운 나이, 아름다운 시간, 아름다운 나무, 아름다운 구름, 아름다운 책. 아름다운 것을 한 아름 안고 아름다움의 공기를 타고 나는 아름다운 색깔 풍선으로 잠깐씩 날다 오고 싶죠. 그밖에 나머지 아름다움은 일하고 밥 먹고 시 쓰고 일하고 밥 먹고 시 쓰고. 그러면, 하루는 아름답고 아름다운 것들로 가득하고 그런 세계는 꿈이고 현실은 물이 새서 똑똑 떨어집니다만, 아름다운 상상이 있어서 다행입니다.

시간은 오고 부엌 창문으로 새소리가 지나갑니다. 자동차 소리도 끼어들고 친근한 참새와 멧새가 어디서 날아와 웁니다. 현실이 꿈을 간섭하고 꿈은 현실에 딴지 걸고 무서운 꿈을 꾸고 난 아침이 붕괴하는 걸 느낍니다. 순간 잔해더미에서 겨우 건져낸 시를 붙잡고 생각하고 걷다가 책상으로 돌아와 쓰는 일은 아름다워요. 이보다 아름다운 시간이 있을까 생각하며 시를 쓰고, 시를 쓰다가 밥을 먹고 쓰는 일이 먹고사는 일의 절반을 덮고도 남을 때, 이보다 더 아름다울 수는……하고 뒷말을 생각하다가 하품이 나오면 모자란 잠을 채우고 꿈을 꿀 수 있다면 말이지요. 남은 시간을 확인하면서 조금씩 죽어가는 일은 아름다워요. 이 모든 아름다운 것을 좋아해요. 아름다운 것을 생각하는 내가 좋아요.

어느새 개울가로 나가 바위에 앉아 있어요. 물결이 부딪치며 흐르는 고요 속에 소란을 가려내는 일. 절집 담장 밑에 신우대 부대끼는 소리. 그 속에 참새나 곤줄박이가 앉았다 날아가는 소리, 작년 가을 마른 잎 속에 돋아나는 새잎이 있어요. 산수유가 아슴아슴 노란 기운을 피워 올리고 매화향 뜰에 벌이 날고 붉은 동백이 툭, 떨어집니다. 피고 지는 일의 순서와 질서를 지키는 일. 올해도 쓴 머위가 도톰한 순을 밀어 올립니다. 아, 아름다움을 나열하니 숨이 차네요. 고요 속에서 꿈틀거리는 소란은 아름답죠.

오늘 새가 와서 울어요. 이 나무에서 저 나무로 날아가는 작고 가벼운 새가요. 살아 있다는 것이, 기이한 일이죠. 평범한 날이어서 신기하고요. 이런 날은 살고 싶은 마음이 고동칩니다. 훗날 죽기에 좋은 날씨이기도 하지요. 구구꾸구구 산비둘기가 박자에 맞추어 울어요. 저녁 까치가 날아요. 나는 지구의 한가운데에 있고 우주의 가장 변방에 있어요. 아름답게 점점 사라지는 작은 점으로.

오늘을 이루는 말들

어제 던져 놓은 돌멩이, 빠지기 위해 놓인 징검돌, 팔월의 잠자리, 무덤 위를 맴도는 나비 두 마리, 선분 위의 픽셀을 한 점 찍었지. 하루를 더 살았으니까, 오점을 하나 더 보탰지. 지금은 아오리가 초록으로 익는 계절, 자두가 담긴 바구니를 비울 시간. 양버즘나무의 커다란 손바닥이 떨어지는 자리, 저녁 무렵 무릎이 시려오는 방울벌레의 울음, 집으로 돌아가는 사람들, 어깨 위에 점성이 헐거워져 빠지는 머리카락 사이로 지나가는 바람, 계좌번호와 무관한 현관문의 비밀번호, 공적도 없이 공적인 주민등록번호, 낮 동안 혼자 지내는 화분, 겨울을 건너 생존한 단 두 개의 화분, 이사 온 기념이 된 선물, 두 개의 쓸모가 숨겨진 흙, 암흑 속에 발을 숨긴 돈나무와 산세베리아, 저녁의 이사, 옆집 이삿짐이 내려가는 소리. 사다리차를 타고 올라갔던 세간들이 다시 내려가는 소리, 계약이 만료되는 소리, 쌀 씻는 소리, 양파를 써는 소리, 국이 끓는 소리, 밥통이 뿜어대는 밥 냄새, 김치를 씹는 소리, 후루룩 뜨거운 걸 삼키는 소리, 수제비처럼 끊어지

는 시간의 선분 위에서 베개를 던져 놓고 부리는 잠. 내일 던질 돌덩
이를 손에 쥐고서.

봄밤에 드는 생각

시간이란, 흘러가고 다가오고 움직인다. 태어나는 것이며 지나가
는 것이고 잊히는 것이고 잃는 것이고 앓다가 사건이 종료되는 것이
다. 나빴다가 좋아지며 아득해서 숨이 가쁘고 멍하고 아쉽고 그립고
환희와 고통이 장소를 가리지 않고 느닷없이 닥친다. 변한다는 것이
불변하는 것이다. 목소리가 모여서 흘러가고 구급차가 다급하게 왔
다가 멀어져가는 소리이다. 색이 바래는 것이고 바라는 꿈이 누적되
어 기둥을 이루다가 붕괴한다. 함구하고 터뜨리는 것이고 틈에 빠지
고 우물을 메우고 사건을 엄폐하려다 드러난다. 사라지는 향기이고
일 광년 전에 태어난 별이 오늘 내 눈에 도착하여 보이고 그 별들이
부딪쳐 또 백 년쯤 지난 뒤에 별똥별로 내릴 것이다. 헌 집을 허물고
새로 짓는 집이다. 죽음으로 가는 길이고 탄생하고 재생한다. 순환과
궁극으로 가는 길이고 잿빛이었다가 흰빛이었다가 붉게 타오르는
것이다. 들숨과 날숨의 간격을 재는 박자이다. 생활에 리듬을 주는
시계추이며 떨어지는 물방울의 낙차이며 당신과 나의 간격이다. 이

별하는 속도이며 과거와 현재와 미래의 삼중주이다. 뒤에서 달려오
는 다음 주자에게 넘겨주는 바통이며 환희의 노래와 춤이다. 첫 일
월의 다짐이며 십이월의 어김없는 후회이며 헤어짐이다. 오물의 자
정 능력을 갖춘 냇물이며 출렁거리는 한 통의 물을 들고 가는 조바
심이며 새를 쥐려는 사람의 심장이다. 잠이며 꿈이며 횃불처럼 점화
되었다가 꺼지는 죽음이며 정거장과 종착점이며 영원한 회귀이다.
불씨를 일으키는 풍구가 점화한 모닥불이며 지금 내가 하고 있는 이
짓, 쓸데없는 중언부언이다. 끝도 없는 나열이어서 봄밤에는 미래에
슬어놓을 알들을 위해 품을 자리를 데우는 일이다. 결코, 끝나지 않
은 이야기여서 내가 사라져도 누군가 잇는 실이어서, 이 세상에 없
는 아름다운 사람을 사랑하는 일이어서.

좋은 시를 쓰기 위한 리츄얼

책장을 정리하다 오래전 수첩에 써놓은 글이 눈에 들어왔다. 읽다가 얼굴이 화끈거려 견디기 힘들었다.

· 좋은 시를 쓰기 위한 리츄얼

하나, 시어들을 모으기: 어떤 단어가 순간적으로 훅, 들어올 때가 있다. 이를테면, 지금 내게 온 '시계공'이나 '용접공' 같은 단어들을 적어 놓고 주머니에 넣고 조약돌처럼 만지작거리기. 동화 속 당나귀 실베스터가 가지고 있던 요술 조약돌처럼 단어를 앞에 놓고 좋은 시를 써달라고 주문을 걸기. 모아 놓은 시어들을 쓰다듬기. 닳아 없어지기 전에, 문장으로 나올 때까지 대상과 낱말이 함의하고 있는 질감과 양감의 결을 느끼기.

둘, 시 쓰기 직전에는 다른 사람의 시를 읽지 않기: 동질감이 건네주는 바통을 쥐고 쓰다가는 자칫 방금 읽은 시의 아류가 될 수 있음.

셋, 화자를 숨기기: 지나치게 개인적이고 시시콜콜한 시가 될 수 있음.

넷, 해야 할(또는 하고 싶은) 이야기를 다 말하지 않고 상관물로 대체하여 숨기거나 생략하기. 직진하지 않고 에둘러 가는 길의 아름다움, 덧붙여 결락을 적재적소에 배치하기. 시행을 짧게, 의미적 요소의 볼륨 있는 시를 쓸 것.

다섯, 손쉬운 직유에 안이하게 기대지 않기. 다만, 은유의 층위를 하고자 하는 말에서 벗어나 모호하게 하지 않기. 당연히 직유보다는 은유를 즐겨 할 것.

여섯, 낯설고 새롭기 위해 날카롭게 자신을 벼르기: 기시감이 드는 말을 버릴 것. 시어와 의미의 적절한 배치.

이렇게 공식을 세우듯 시를 쓰는 일은 시를 망치는 지름길인데, 제 딴에는 비장한 각오였을, 이제 막 시를 쓰기 시작한 문청(생물학적 나이가 아니라, 시를 쓰기 시작한 초년생으로서의 나)으로서 치기가 적나라하게 드러났고 좋은 습관도 아닐뿐더러 잘 알지도 못하면서 아는 척을 했구나, 생각하니 누가 볼까 창피해서 수첩을 버리려다가, 치기 어린 시절도 나를 이루는 하나의 과정이라는 생각이 들어서 오후 내내 서글펐다.

꿈의 일방통행로

끝나지 않은 말들을 꿈속까지 데리고 왔으나 시에 이르지는 못했다. 꿈에서 깨어보니 가지고 나온 것 없이 빈손이다. 말은 문장이 되지 못하고 시는 시가 되지 못하고 활자로 널브러져 있었다. 현실에서는 모르는 사람을 꿈에서 만났고 연인도 아니고 인연도 아닌, 그 사람과 헤어졌다. 헤어지고 돌아오는 길에 생각했다. 연이 아니어도 이별이 있구나. 내가 모르는 이별이 초 단위로 일어나고 있구나. 먼 데로 떠나기 위한 에너지가 필요했다. 그렇지 않으면 그 자리에서 붕괴할 것 같았다. 헤어질 사람에게 진 우정의 빚을 시로 대신 갚으면 어떻겠냐고 물었다. 그래도 된다는 것인지 안 된다는 것인지 대답 대신 여백으로 가득 찬 흰 종이 한 장을 풀밭에 놓고 갔다. 그는 헤어지는 마당이니 돌려주려는 생각은 접으라고 했다. 종이비행기인지 돛단배인지 모를 것을 접어 풀밭에 날렸다. 작별은 서로에게 일방이 되었다. 우리는 모두 서로가 떠내려 온 사람들이었다. 마음의 함몰과 해일이 일었지만, 순간이었다. 보내주고 돌아오는 길에는 빛진 우정을 갚겠다고 자동차에 연료를 가득 채워 넣었다. 갔다가 다시 올 수 있을 만큼 넉넉했다.

현실은 꿈에 들어가면 왜곡되고 훼손되기도 하고 꿈에 들어갔다 온 것들은 현실로 다 돌아오지는 못한다. 실감 나게 꾸었지만, 체감으로 이어지지는 않았다. 직진만 할 수 있는 꿈의 직선에서 일방적으로 나아간다. 꿈에서 깨어나 보면 언제나 평상시. 평정심을 잡으려면 연옥이 필요하다. 꿈의 문고리를 잡고 현실을 걸어 잠그는 연옥. 현실로 들어가는 문을 열기 위한, 잠시 이생과 저 생을 이어주는, 이승과 저승을 오가는 연옥. 전소하지 않고 뜨겁기만 한 연옥.

늦가을과 초겨울 사이의 아침 낮과 밤의 새벽 같은, 이슬을 털어내듯 깨어나야 하는 시간, 끝나지 않은 말은 여전히 남아 있다. 현실에서 체감할 수 없어서 다행인 것. 꿈으로만 기억되는 것. 나밖에 모르는 것. 꿈으로만 남겨진 것, 꿈이라서 허망한 일. 꿈과 현실의 격전 끝에 깨달음의 도착지에서 망연자실하는 것. 날마다 말도 안 되는, 논리라고는 찾아볼 수 없는 실패한 시뮬레이션으로부터 기어 나와서 꿈에서도 받은 상처를 말리느라 현실을 또 까먹는다. 막무가내 일방통행로에 들어섰다가 정지하지도 못하고 후진하면서 꿈에서도 인생을 이어가야 한다니.

매미가 우는 밤

매미는 새보다 일찍 일어난다. 새들보다 시간 감각은 둔하지만, 시각적 예민함은 더하기 때문일지도 모른다. 해가 지고 가로등 불빛이 꺼지는 첫새벽까지 운다. 떼로 우는 매미를 소음공해로 생각하는 사람들이 있다. 나는 둔한 편이어서 매미가 등을 긁어주듯 시원하게 운다고 생각하면서 책을 읽다가 졸고 있는데, 문득 좋아하는 것들은 등 뒤에 있다는 생각을 한다. 돌아보아야 보인다. 생각해 보니, 언젠가부터 나는 여름을 좋아하고 있다는 걸 알았다. 청춘 아닌 내가 청춘을 마주 보고 있는 슬픔의 정면 같아서 좋았다. 푸른 여름은 수박의 겉과 속, 빨강과 초록의 보색을 함의한 채 강의 반대편에 서 있는 청춘 같다. 그 시절에 수박의 줄무늬처럼 밑줄을 그어보는 시간, 겉만 핥고도 속의 맛을 알아버린. 청춘을 이제 멀리 보냈구나, 생각할 때부터 여름이 좋았다. 질투는 내게 없는 것을 상대가 쥐고 있을 때 생기는 거니까. '여름의 반대말은 손바닥, 뒤집으면 소나기가 쏟아졌다.' 시의 한 문장은 여기서 나왔다. 여름 아닌 것들이 떨어져 내린다. 쥐고 있던 것들이 털려 나간다. 내가 갖고 싶은 것을 여름은 다 쥐고 있다. 매미 울음만 한정 없이 듣는 밤, 보름 동안이나 아무것도 쓰지 못했다가 어제의 꿈 때문에 다시 쓰게 되었다. 거미줄이 가득한 빈집에 들어가는 꿈이었다. 악몽인지 길몽인지는 시간이 지나야 안다.

한 해의 반절이 지났다. 절반이나 남았다. 양가적 감정이 동시에 드는 날들. 올해도 창백한 푸른 점은 백팔십 번 자전을 반복하고 두 계절을 지나고 있다. 지구는 공전하고 속수무책 관전하는 사람들은 자라고 늙어간다. 이제 절반을 훨씬 넘어서 와 있다. 이제 반절을 넘었으니 잘해보자 나와 잘해보자. 배경이 배경으로 잘 살았다. 비바람은 부는데 비는 내리지 않았다. 비는 다른 곳에서 내렸다. 바람은 비의 배경이 되고 복선이 되고 경계가 되었다. 비가 오는 구역과 비가 오지 않는 구역이 새로 경계를 짓는다.

꿈과 각성의 시간이 교차할 때마다 울음을 그칠 줄 모르는 매미를 생각한다. 이제 좀 쉴 때도 되었는데. 아픈 엄마를 업고 병원에 달려가는 꿈을 꾸고 난 후에는 내가 아팠다. 명치에 얹혀 있는 것이 내려가지 않았다. 삼재는 삼 일 후면 괜찮아지니까. 오늘이 삼 일째 꾸는 꿈이니까. 오늘이 지나면 벗어날 것이다. 다행히 밖에서 일감이 기다리고 있다. 집 밖을 나가서 나의 쓸모를 기다리고 있는 곳으로 가야지. 생활과 생계와 교환되는 활동을 하러 가야지. 살아서 이어지는 깃들에게. 무용한 것을 무용한 그대로 보전할 수 있으려면. 생활에 들어가는 최저비용을, 노는 것과 일하는 것의 등가 관계를 서로 팽팽하게 잡아당기려면. 살아가는 이유를 굳이 대려면. 극단에서 관계를 잡아당기며 유지하는 것들. 서로 바꿀 것이 없을 때 관계는 깨진다. 내게 없는 것이 네게도 없을 때 연인들이 헤어지는 것처럼 맞물릴 것 없이 헐거워지는 볼트와 너트는 헛돌기 마련이다. 용도가 폐기 처분될 수밖에 없는 상황, 서로 더는 줄 것이 없을 때 내게 없는 것이 너에게도 없다고 느껴질 때, 이별이 자연스럽게 온다. 자연스러운 일이라고 느껴지는 것 중에는 슬픈 일들이 많으니까. 매미가 우는 밤엔 다른 것들도 따라서 우는 법이니까. 모든 작별에게 안녕을.

돌 생각

저녁을 지어 먹고 책상 앞에 우두커니 앉아 있다. 언제부턴가 거기 놓였던 돌멩이 두 개가 눈에 들어온다. 남쪽 바닷가에서 주운 돌이다. 그 옆에 하나의 돌이 더 있다. 중서부 지역의 어느 산과 들 곁을 휘돌아가는 냇가에서 주워 온 돌이다. 하나는 바닷바람을 하나는 강바람을 맞은 돌이다. 다른 곳에서 비를 맞았고 어딘가로부터 굴러 와서 그날 거기 자리 잡고 있었던 돌, 또 한 번 구르기를 기다리고 있었던 돌, 그래서 내게로 온 돌, 그날의 온도와 그날의 말을 품고 있는 돌, 하나는 넓적하고 둥글고 하나는 작고 뾰족한 모가 났다. 둘다 자연스럽게 무늬가 있다. 뾰족한 돌은 이마에 띠를 두른 것처럼 하얀 줄이 있고 하나는 검정 바탕에 밀가루를 뿌린 듯한 작고 흰 점들이 많다. 시간에 깎여서 맨들맨들한 표면을 가진 두 개의 돌을 바라본다.

돌 속에는 수없이 들었던 많은 귀와 말하지 못한 무거운 입이 들어 있다. 넓적한 돌 위에 모난 돌을 얹는다. 걱정 하나가 얹힌다. 무너지지 않을까 하는 걱정. 오래 버티기를 바라는 희망 하나가 생겼다. 걱정도 욕심이고 희망도 욕심이다. 하고자 하는 마음들 속에서 기인한 몸살이 살고자 하는 엄살로 돌아서려고 할 때 돌이 눈에 종종 들어왔다. 책상 위에서 서로 떨어져 있던 돌이 탑을 쌓는 사건을 통해 이야기가 하나 얹힌다. 견고해지려는 욕심이 하나 더 생겼다. 둘 다 납작했으면 쌓고 싶은 생각이 들지 않았을 것이다. 둘 다 뾰족했으면 탑을 쌓는 일도 없이, 시도조차 하지 않았을 일이었다. 아무것도 하지 않았으면 아무 일도 일어나지 않았을, 돌 위에 돌을 얹어 놓고 나는 근심을 하나 얻었다. 이 돌에도 적막과 결핍이 공평하게 들어 있을 것이다.

사진, 사진들

사건 현장의 뉴스는 CCTV 속의 생전 마지막 모습을 담은 영상 사진을 보여준다. 그리고 그가 이 세상을 등진 이유에 대해 추측한다. 마지막이라는 트라우마는 여기서부터 시작한다. 사진이 어떤 것을 기정사실화하는 것에서부터. 사진은 사실을 담고 있(다고 믿)기 때문에 그만큼 사실을 왜곡하거나 오해를 품고 있다. 더구나 사진이 진실을 담(고 있다고 믿)기 때문이다. 사진은 자체증거임과 동시에 자체인멸의 속성을 가지고 있다. 프레임 바깥을 생략한, 혹은 배제된 것들에 대해 카메라의 눈을 빌려 찍은 사람을 제외하고는 알 수 없다. 현장의 전달은 오로지 프레임 안에서만 작동한다. 숨길 수 있는 가능성이 다분하며 현실적이고 즉각적이다. 과거이면서 유동적인 해석이 가능한 미래의 장면이다. 사실이라고 말하면서 실사한 풍경 안에는 숨기기에 가장 적합한 것이 사진이라는 매체의 진실이다.

사진은 사진으로서 증거한다(고 믿는다). 사진이 그만큼 폭력적일 수도 있다는 말과 같다. 사진은 시각의 전면을 차지하지만, 부가 설명이 없기 때문에 말이 들끓고 생생한 허구가 틈입한다. 어떤 사진들, 보도사진 중에는 특히 많은 함정이 있다. 연출을 숨기기 위한 연출이 가능하다. 이런 모든 것들이 사진의 허구적인 매력이다. 사진은 함정을 함의하고 있다는 사실을 말해주기 때문에 증명하려 한다. 결혼을 증거하고 학생임을 증명하고 단체의 일원임을 증명하고 죄수라는 걸 증명하여 증표로 남기기도 하고 실물 대조를 위한 원본의 사본이 되기도 한다. 사진은 사진으로 증빙한다. 헤어진 연인들은 서둘러 사진을 정리하고 머릿속에서 지우려 한다. 증거를 지우기 위한 증거의 용도로 쓰이기도 한다. 그래서 사진은 상황에 따라 증거 인멸의 가능성을 다분히 내포하고 있다.

자신의 인물사진을 보며 잘 나왔다고 말하는 것은 실물보다 더 맘에 들게 나왔다고 생각될 때이다. 이와 동시에, 사실은 실물과 왜곡되게 나왔다는 진실이기도 하다. 사진은 이렇게 속이기를 좋아하고 속이기를 원한다. 프레임 바깥에서 진실을 외면하고 사실을 증거하고 진실을 밝혀내기를 원한다. 그래서 사진처럼 정지된 채로 역동적이고 시끄러운 매체는 없다. 끊임없이 말하고 증거하며 틈새를 파고들어 밝히려 들고 조작하고 심지어 아름답기도 하다.

셀프카메라는 한순간을 영원히 좋은 채로 남기고 싶어서 표정을 만들고 매무시를 만지고 다듬고 마음에 드는 표정을 짓기 위해 근육을 긴장한다. 본래의 나로부터 가장 괜찮은 자신의 모습을 화석처럼 굳히고 싶은 한순간이 사진 찍는 단 몇 초의 순간에 연출된다. 포착된 이미지로 혹은 카메라의 시선 밖에서 벗어나 잘려나간 장면과 사건과 사물, 사람들. 제외하거나 포함하거나 사진이라는 도구로 일망타진하려는 것들. 한순간에 사진 한 장으로 자신이 만들어낸 서사

안에 포섭하려고 하는 관습들. 박제와 박멸, 증명할 수 없는 증명사진, 백일과 돌, 죽지 않은 영정사진, 시간의 사진들과 기념사진들. 그리고 폐쇄회로 속을 걸어 나오는 한 사람까지. 그 움직이는 사진은 그가 마지막 길을 걸어가고 있다는 것을 아는 사람의 가슴 속에만 남아 있다.

무해한 꿈, 무해한 아침

현실에서는 무모해 보이는 여행이었다. 둘째 아이가 경비행기를 타고 여행을 떠나자고 했다. 재질은 형편없는 플라스틱이었다. 모험심이 무모함의 상상을 초월하는 일이었다. 그러니까 우리 셋은 허접하게 조립한 플라스틱 재질의 비행기를 타고 목적지를 향해 날아갈 참이었다. 앉을 의자도 없이 급조립한 플라스틱 프로펠러에 매달려 갈 요량이었다. 요령도 없는 꿈에서는 모든 것들이 당연했다. 누구도 스스로 한 계획과 행동에 대해 무모한 짓이라고 탄식하지 않았다. 지극히 최선이라고 생각했고 목적 없는 일을 순차적으로 진행하기 위해 각자 맡고 있다고 생각하는 일을 했다. 장성한 아이 둘을 데리고 남쪽을 향해 떠나려고 짐을 꾸렸다. 짊어져야 할 할당량의 무게를 배낭에 나눠 담고 며칠간 머무를 비상식량도 넣었다. 어느 소도시에서 내렸지만, 그 도시가 우리를 받아주지 않아서 다시 국립공원이 내려다보이는 상공을 날다가 산자락 아래로 더 내려가니 작은 도시가 내려다보였다. 아이들과 나는 어느 빌딩의 칠 층 높이 옥상에 불시착했다. 최선이라고 생각했다. (옥상에 착륙한 경비행기라니! 꿈에서는 이상한 것이 이상향이 되기도 한다.)

꿈속에서도 무모한 것이라는 걸 자각했지만, 모험은 무모함에서 나오는 것이어서 우리 중 누구에게도 해가 되지 않는 이상, 설령 해가 된다 해도 감안하고 실행했다. 모험에 위험이 따르지 않는다면 그것은 모험이라고 할 수 없다고 생각했다. 한편으로 나는 아이들을 책임져야 하는 모성 본능과 의무감 속에서 우리의 이런 행동이 얼마나 무모한 것인가를 누군가는 확인해야 했으므로 안전요원을 불렀다. 기다렸다는 듯이 제복을 입은 두 명의 남자가 올라왔다. 그들의 제복은 탈옥을 꿈꾸는 죄수가 입었던 것과 같았다. 심지어 감옥 밖에 있는 사람들을 조롱했다. 조롱에 대한 납득할 만한 이유는 없었다. 꿈에서는 늘 인과 과정이 생략되고 의미가 전복되고 장면만 있다. 맥락 없는 맥락과 과정은 과정을 뛰어넘고 생략하고 점프하여 얼토당토않은 이야기가 다 통하는 세계니까. 악당들의 악랄한 계략이 평범하게 통용되고 그것만이 전부일 때도 있는 것. 그렇게 조롱 속에 놓여 있는 그들이 우리를 말렸다기보다는 그렇게 하도록 부추겼다. 순간 아이들이 위험에 처할 수 있다는 확신이 들었다. 그들은 보호자인 내게 모든 책임을 떠넘겼다. 아이들을 말려주기를 바랐다. 내 의도를 알아차린 듯 그들은 바람 부는 날씨에 비행은 무모한 짓이라며 버스를 타고 가기를 권했다. 마침 그 건물의 일 층이 버스터미널이었다. (꿈은 스토리 구조가 엉성하고 플롯도 깨지고 금 가고 형편없이 허술하기 짝이 없기 때문에 매력적이다. 허무맹랑한 삶도 곧 가차 없이 깨지고 무너져 내릴 테니까.) 버스를 타기 위해 내려가다가 아이들은 안보이고 나만 홀로 남게 되었다. 아이들을 애타게 찾아도 보이지 않았다. 전화 통화도 되지 않아 쩔쩔매고 있었다. 전화기의 숫자 버튼은 위치가 뒤섞이고 바뀌었다. 아이들과 통화하는 일에도 비밀번호를 입력해야 하고 전화를 걸 때마다 실패했다. 급박한 마음에 이 꿈으로부터, 이 잠으로부터 깨어서 나와야 한다는 생각이 들면서도 한편으론 아, 이건 꿈이니까 괜찮아. 꿈속에서도 꿈이라는 걸 자각했다. 이중 삼중의 겹겹이 꿈, 첩첩이 잠인 세계로부터의 도망이라니, 이게 바로 무모한 모험이 아닐까, 결국 파국으로 치닫는 지점에 와서야 깨달았다. 이건 꿈이야!

나는 또 낯선 곳에 가기 위해 표를 끊고 승차하려고 줄을 서고 있었다. 도착지가 적히지 않는 차표를 들고 광장의 한가운데에 서 있었다. 광장에는 서로 흩어졌던 사람들이 사람을 만나러 오는 인파로 가득했다. 저 멀리 아이들이 기다리고 있었다. 광장의 한가운데로 들어갔다. 가슴을 쓸어내리며 두 아이 곁으로 뛰어갔다. 다음 장면 없이 꿈은 여기서 끝났다. 해피엔딩이다. 깨어나니 알았다. 꿈이어서 무해한 꿈, 현실에서는 일어날 수 없는 것이라서 다행인, 현실에서 일어나야 하는데 아쉬운 꿈, 꿈은 꿈으로 이해하는 현실. 현실로 따라오기도 하는 꿈.

꿈은 현생을 어떻게든 보여주려 한다. 생활과 시간의 단면을 전면 전처럼 심각하게 경험하며 전편으로 맞닥뜨린다. 꿈조차도 꿔 보지 못한 것들이 이뤄지고 깨고 나면 허망함의 빈껍데기를 이고 가는 소라게처럼 덧없다는 생각이 든다. 현실도 허망할 때가 있는데, 나쁜 꿈을 꾸고 나면 깔깔한 혓바닥 밑에 모래알을 굴리는 것 같다. 그런 꿈을 꾸고 난 날엔 힘이 부처 헤어 나오기조차 버겁다. 지난 과거의 사람들. 중요한 인연도 아니고 내 삶의 한 귀퉁이를 돌아설 때 만났던 별다른 영향력이 없는 사람들이 나와서 삶을 헤집기도 한다. 생활을 질질 끌고 꿈속까지 따라 들어오는 장면들도 있다. 칸칸이 나누어진 집에 들어가는 꿈, 무덤으로 들어갔다가 다시 살아나온 적도 있다. 얼굴도 모르는 할머니들이 나와서 반긴다. 이건 내가 언젠가 죽어서 들어갈 집일지도 모른다.

낳아 보지도 않은 얼굴의 아이를 잃기도 하고. 수백 명의 아이들이 물속에서 빠져서 나오지 못했다. 그 아이들을 건져내느라 공포와 슬픔이 송두리째 빼앗아 가는, 죽음보다 깊은 절망에 허우적거릴 때도 있다. 우여곡절 속에서 요동치는 마음의 파도가 감은 동공을 움직이게 하고 꿈에서 허우적거리며 나오고 싶어진다. 꿈을 관장할 수는 없지만, 관망할 수 있다. 내 집이 아닌 너의 집에서 산길을 걷고 물을 건너고 사나운 짐승을 만난다. 위기에서 구해줄 사람이 생각나지 않는다. 한적한 언덕길을 오르다 꽃을 보기도 하고 닿지 않을 높은 곳에 핀 아름다운 꽃이 내 것이 아님을 자각한다. 적중이다. 아무런 해가 없는 꿈을 꾼 무해한 아침이다.

빈 문서와 빛문서 사이에서

돌아와 저녁을 지어 먹고 우두커니 앉아 있다. 모니터 앞에서 기다리는 사람이 된다. 제목 없음. 파일명이 지어지기 전, 빚을 독촉하는 사람처럼 빈 문서의 모니터는 깜빡인다. 자음과 모음이 문장으로 건너오지 않을 때, 내 앞에 난로와 주황 귤이 있다면 귤껍질을 벗겨 뜨거운 불구덩이 속에 집어 던지며 타다닥, 알갱이가 터지면서 내는 소리를 물끄러미 바라나 보고 있을 덴데. 이 상상을 하면서 푸른 솔잎이 툭툭 투두둑 나뭇가지 부러지는 소리를 내며 태워본 적이 있는 전생처럼 먼 과거를 내 앞에 가져다 두기도 한다. 거기서 글이 나오는 것은 아닐 텐데, 정지된 영상과 냄새와 소리를 무릎 담요처럼 끄집어내면 어디서 따뜻한 기운이 와서 덮어준다. 그러면 나는 잠깐 행복하고 아름다운 사람 같다.

빈 문서 앞에서 빚을 지고 있다. 갚을 도리가 없어 몇 걸음 걸어 개수대로 와 쌓아놓은 설거지를 시작한다. 음식물의 흔적을 닦아내고 물로 씻어낸다. 글 쓸 생각이 아니라 아무 생각 없이 매일 반복하는 일들, 매일 해야 하는 당연한 일들. 깨끗하게 닦아놓은 그릇은 무엇이든 담길 것이다. 아침에 먹을 밥을 위해 쌀을 씻어 놓는다. 그리고 또 해야 할 일을 찾는 것에 골몰한다. 쓰기 위한 예열이 아니라, 벗어났으면 하는 회피의 심정으로.

책상 앞에는 돌멩이 두 개가 놓여 있다. 내가 주워 온 돌이다. 그 옆에 돌이 하나 더 있다. 네가 준 돌이다. 돌 위에 돌을 얹는다. 하나는 작고 하나는 커서 무너지지 않는다. 하나는 넓적하고 하나는 동글해서 쌓기에 견고해졌다. 둘 다 넓적했으면 밋밋했을 것이다. 둘 다 뾰족했으면 무너졌을 것이다. 생활의 균형이라 해도 좋을 것이다. 생활의 얼굴과 정면으로 마주하면 마음이 쓰릴 때가 있다. 자기검열과 자기 갱신의 과정이 필요할 때면 한 번씩 넘어져도 괜찮다. 브레이크를 밟고 똑바로 서기 위한 안간힘이 작동한다.

오후에는 수신인 부재와 주소지 불분명으로 내가 보낸 시집이 반송되어왔다. 시인께서는 어디로 이사 가셨을까. 연락할 방법이 없어서 사인을 한 속지를 뜯어낸다. 변죽도 못 울린 시詩들은 시들시들 반죽이 되겠지. 그리고 잠깐 조문하듯 죽은 글자들을 연민하자. 아주 잠깐만. 시가 되어보려고 애쓰던 문장은 짓이겨지겠지. 밀가루 반죽처럼 찰지게 짓이겨져 다시 태어날 종이들에 대해. 깨끗하게 지워진 글자들에 대해 무한한 순백의 종이에 대해 그 평화와 무한한 가능성에 대해. '제목 없음'의 시작에 대해. 나는 또 빈 문서 앞에서 빚쟁이처럼. 제목이 없는 사람처럼. 재목을 고르는 목수처럼.

역습의 매력

어떤, 좋은 소설은 터를 파고 관정을 뚫어 물길을 내고 시간의 흐름에 따라 순차적으로 철골을 하나하나 심고 골조가 구축한 틈새를 메우며 벽돌을 쌓고 시멘트로 미장을 하고 외벽에 페인트를 칠하는 과정을 충실하게 보여주는 것이 아니라, 집 전체가 붕괴의 기미와 조짐을 단번에 보여준다. 암시가 아니라 명시의 밝은 햇빛 아래 적나라하게 물이 새는 장면을 보여주고 지붕을 뜯고 철골을 무너뜨리고 벽을 허물고 기둥을 해체하는 방식을 보여준다. 그리고 비로소 물이 새고 있었던 원인을 나만 몰랐다는 듯 물밀듯이 밀고 몰려오는 것. 이것을 보여주기의 역습이라고 해도 좋겠다. 좋은 단편소설 하나를 읽은 오후에 드는 생각이다. 원시 부족 마을에 떨어진 콜라병처럼 모든 것이 맥락 없이 덥석 들어와서 손등을 물렸다. 이런 소설은 마지막 페이지를 다 읽고 나서 다시 처음으로 돌아가서 읽는다. 처음이 끝인 것처럼, 끝이 처음인 것처럼.

무던하게 그윽한 사랑

여전히 내게 시는 아득히 먼 데 있다. 첫 시집을 낸 밤에는 시집을 베고 자다가 악몽을 꾸었다. 지나치게 뜨거운 말과 드라이아이스처럼 쩍 달라붙는 차가운 말들이 책장 사이를 빠져나와 온통 어지럽혔다. 소용돌이 속에서 좌고우면하던 가운데에 책장에 꽂혀 있던 시집 한 권이 눈에 들어왔다. 페이지가 열리는 대로 한 편을 골라 읽은 것이「그윽한 사람」이었다. 속수무책이었다. 내게 좋은 시란, 알고 있었던 것을 공감하면서 고개를 끄덕이게 하는 시보다는 모르는 세계 앞에 쿵, 하고 던져 놓는 시이다. 그런 시 앞에서는 절벽을 본다.

…… 왜…… 그렇게…… 그럴까…… 그건…… 그렇지만…… 그래서…… 그렇다고…… 그토록 자주 아프면…… 글쎄요라니…… 시원찮게도…… 그러나…… 그래…… 그러니까…… 그렇게도…… 그윽하게…… 그치지 않고…… 그려 놓은…… 그림…… 그 아래…… 그저…… 그냥 어쩌지도 못하면서…… 그게…… 글쎄…… 그러면…… 그 너머…… 그리운

이 헐겁고 여백투성이인 말의 구조물 앞에서 망연자실한다. 온통
표지판으로 가득한, 온전한 문장이 되지 못한 말들로 아득한. 의문부
사로 출발하여 최선을 다해 질문하거나 최선을 다해 접속하여 접촉
하려는 의지의 표명들. 상황을 뒤엎거나 최선을 다해 말하려 할 때,
할 말 앞에서 전전긍긍하는 애피타이저 같은, 그러나 궁극에는 맛을
볼 수도 없는 음식 앞에서 불가능한 말들은 최선을 다하고 있다. 머
뭇거리고 생략된 말줄임표 안에서 말을 더듬는 발화자는 생각이 현
실, 또는 문장으로 실현되기를 바라는 것이 아니라, 기능을 상실하게
하면서 다른 방향으로 밀고 나가 구축한 기존의 질서를 무너뜨리려
불을 붙이는 발화체 같다. 밖으로 간신히 나오는 말은 시녀가 되어
표지가 가리키는 방향대로 가보려는 흔적이다. 따라서 여백은 더 분
주하고 밀도가 높다.

버퍼링 같은 표식이 일러주는 화살표대로 따라가다 보면 어떤 말
들은 자학하기 위한 주저흔과 포획되지 않기 위한 방어흔들의 수많
은 자국 안에 내 발을 들여놓을 수밖에 도리가 없다. 접속사 안에 접
촉자들은 붐빈다. 통로가 여기밖에 없기 때문이다. 저 첫 번째 말의
서열에서 벗어난 주변부의 말, 단호하지 못하지만, 어떤 사태의 추이
를, 한발 물러선 두 번째 자리에서 재고해 보는 것.

표지가 쳐놓은 그물망 안에는 우리가 뛰어들어 얼마든지 만들어

낼 수 있는 사연으로 가득하다. 모든 말들이 건너오고 건너갈 수 있다. 이 시는 그러한 모든 것들의 징검다리이다. 모든 이야기를 집어넣어 대응해도 조응하여 관통하고 만다. 오독해도 통한다는 말이 아니라, 다르게 읽을 수는 있지만 틀리게 읽어서는 정독할 수 없다는 말이다. 그러므로 그물망 안에 버벅거리는 것은 말하려 하는 것에 최대한 가깝게 가고 싶다는 뜻이다. 그러나 현실現實과 실현實現은 앞뒤만 뒤바뀐 게 아니라 뜻도 다르다는 것, 우리가 현실에서 꿈을 이루거나 기대 따위를 실현하기는 요원하다. 꿈이 현실 때문에 실현될 수 없는 것으로 보았을 때, 모든 말은, 도대체 이 말이라는 것은 불확실할 수밖에 없다. 우리가 할 수 있는 말이란, 얼마나 적은지, 말 앞에서 얼마나 골똘해야만 하는지, 그래서 함부로 발설해서는 안 된다는 것을. 많은 할 말 앞에서 이 시는 우리가 열을 올리며 하는 말들이 얼마나 가벼운지 말하는 것 같다.

그러나 사실 이 시는 너무 많은 말을 하고 있는지도 모른다. 혹은 말을 했지만, 아무 말도 하지 않았을 수도. 그윽하기 그지없는 시인은 깊숙하고 은근하고 아늑하여 고요한, 이 말 앞에서 언제나 한 발짝 늦게 도착하는 진실을 붙잡으려고 안간힘을 쓰는지도 모른다. 그러니 '자, 그 그만 그만'하라고 종용하는 순간에 새롭게 사랑이 다시 시작하는 것이다. 그윽한 사랑을 더듬더듬 망설이며 계속해 보겠다고, 그것이 시가 할 일이라면. 이다지도 무던하게. 그윽한 사랑을 계속해 보겠노라고.

그래서 관습적으로 사용하는 말들이란 '우리'의 말이지, '나'의 말이 아닌 것이다. 시인은 발명에 관한 한, 영원히 짝사랑하는 사람으로만 남는다. 그래서 다시 사랑하라고 한다. 내가 너에게 한 말이 얼마나 믿을 수 없는 말들이었는지, 의심의 여지 없이 얼마나 닳고 닳아빠진 말들이었는지 생각 좀 해보라고. 옥타비오 빠스는 오죽했으면 이렇게 외쳤을까. '뒤짚어엎어라 (……) 공알을 까버려, 짓이겨라 (……) 새 말을 만들어라, 시인아!'

너무 좋거든 달팽이처럼 다가가세요

책을 읽다가 좋은 문장을 만나면 그 페이지에서 더는 넘어가지 못하고 머무른 페이지를 펼쳐 엎어 놓은 채 방안을 서성인다. 물 한 잔마신 후 방금 읽은 글이 잔상으로 얼룩얼룩 무늬가 움직일 때까지 남아 있는 상이 흔들거리다 사라질 무렵, 다시 엎어놓은 페이지를 열어 보고 그 문장을 다시 읽는다. 천천히 눈으로 한 번 소리 내어서 한 번 더 읽는다. 그리고 기억 속에서 지워질 때까지 멈춰서 더는 읽지 않는다. 잔상이 영영 사라지지는 않은 채로 어느 구석에 희미하게 남기 마련이니까.

좋은 음악을 만나면 가장 좋을 때 듣기를 멈춘다. 반복 재생하다 보면 어느 날은 반드시 느낌이 없는 순간이 오고 거기서 멈추지 않고 디 듣다 보면 이제는 징말 지거워시 생긱하고 싶지 않은 괴로운 순간까지 오고야 만다. 그 이별의 수순이 두려워서 그 노래가 들릴까 봐 당분간 멀리한다. 시간이 지나면 물려서 듣기 싫은 순간이 반드시 오기 때문이다. 좋아했던 것이 한때, 라는 기억 속으로 멀어지고 있다는 자각이 들면 괴롭다. 그러므로 그렇게 되기 전, 좋은 순간에 거기서 멈춘다. 그러면 시간이 흐른 후 어느 날, 첫 마음처럼 그 노래가 다시 생각난다. 그 노래를 처음 만난 날의 계절과 그즈음 함께 들었던 사람들을 생각한다. 좋은 것들의 재생 목록은 그렇게 같은 패턴을 만든다. 이별의 순서와 질서를 잘 알면 재회의 기쁨을 누리기도 한다. 뭐든 진짜 좋은 것을 만났다면 지나치게 좋아하지 않는 편을 택한다. 좋아하는 사람도 좋아질 것 같으면 거기서 멈추고 더 알거나 들춰보려고 하지 않는다. 만나는 일과 헤어지는 일을 함부로 하지 않고 적절하게 조율할 수 있으면 좋겠다. 그러면 마음이 다치지 않을 것이다. 좋아하는 사람이 있다면 너무 빨리 알아가지 않으려고 한다. 그러므로 달팽이처럼 천천히 다가가서 그 사람이 천천히 스며들 때까지 시간을 두고 오래오래 다가가기. 배를 밀며 온 몸으로 다가서고 있다는 감각을 느끼면서 바짝 붙지는 말고 적당한 거리에서 멈춰서 오래오래 바라보기.

남산타워

몇 년간의 간격을 두고 지금까지 남산타워에 다섯 번 정도 오른 것 같다. 탑 전망대에서 서울 시내를 내려다볼 때마다 이 거대한 도시는 몇 배씩 비대해지고 있다는 당연한 사실을 새삼스럽게 확인하곤 했다. 열 살 무렵 처음 남산타워에 올랐을 때, 아무리 서울의 높은 빌딩이 전 세계 건물 높이 순위의 수치를 경신하며 갈아치운다 해도 남산타워보다 높을 순 없다고 생각했다. 서울 시내 어디서든 남산타워를 볼 수 있고 늘 거기 남산 꼭대기에서 서 있기 때문에 보지 않으려고 해도 안 볼 수가 없다고 믿었다.

탑이 도시 전체를 대표하는 곳이 파리 외에 아직 알지 못하는데, 에펠탑이 막 세워지던 때, 그러니까 지금 생각하면 선견지명이 뛰어났던 사람이라고 말하지 않을 수 없을 텐데, 철탑이 도시 전체를 잠식해버릴 정도로 유명해질 것이라는 걸 예견한 사람들이 있었겠지만, 다수의 파리시민은 뼈대만 얼기설기 얽혀 세운 고철 덩어리가 아름다운 파리를 망치고 있다고 생각했다. 에펠탑이 기어코 세워지게 되자 파리를 사랑하는 시민들이 자발적으로 행동을 감행했다. 그도 그럴 것이, 보기 싫은 고철 덩어리 탑이 파리 시내 어디를 가든 보였기 때문이었다. 아무리 그래도 눈을 감고 돌아다닐 수는 없는 노릇이어서 이들은 '파리 시내에서 에펠탑을 안 보는 방법'이라는 타이틀을 내걸고 플래시몹을 하기로 했다. 모월 모일 모시에 에펠탑 아래 파리를 열정적으로 사랑하는 젊은 남녀 수백 명이 모였다. 이들은 「파리의 찬가」를 부른 후 약속이나 한 듯 보기 싫은 에펠탑을 안 보려고 에펠탑에 오르기 시작했다. 에펠탑에 오르니 눈앞에서 에펠탑이 사라지고 고요하고 중후한 잿빛 지붕이 내려다보이는 아름다운 파리 시내만 가득했다. 그들을 그렇게 참다가 더는 못 참겠다 싶으면 정기적으로 에펠탑을 오르며 보기 싫은 고통을 극복했다는 이야기는 허풍 같은 진짜 허풍이다. 말 같지 않은 허황한 상상일 뿐이지만, 확실한 건 에펠탑을 보지 않으려면 에펠탑에 오르는 수밖에 없다. 내가 나를 거울에 의존하지 않고 정면으로 볼 수 있는 사람은 영원히 너밖에 없듯이. 그래서 너는 나를 향한 영원한 오해일 수밖에 없다는 것과 상동이듯.

그럴 리는 없겠지만, 누군가 남산타워가 보기 싫다면 남산타워 전망대에 올라가 우주가 팽창하는 속도에 어떻게든 발맞춰 보겠다는 듯, 시야가 뿌옇도록 점점 멀어지고 부풀어 오르는 거대 도시, 서울특별시를 감상하면 된다는 뜻이다. 물론 다음 사람들을 제외하고, 그럴 사람은 아무도 없겠지만. 남산타워를 보기 싫은 사람은 남산타워에서 데이트하다가 어떤 연유로 이곳에서 헤어지게 된 연인들뿐일 것이다. 그러니까 "남산타워에 함께 오른 연인들은 헤어진다는 속설이 있대. 그래서 지금 남산에는 한 발자국이라도 멀어질까 봐 두려워 족쇄를 걸듯 수많은 연인 커플이 서로 이름을 새겨 넣고 채운 열쇠 탑이 녹슬고 있대.” 누군가는 아마 나처럼 또 허풍을 떨었을지도 모른다. 아마 열 커플 중에 아홉 커플은 대부분 남산에 다녀왔고 이들 중 헤어진 연인들은 얼마든지 있을 테니까.

파리의 에펠탑처럼 남산타워가 보기 싫으면 남산타워에 올라가면 된다. 그렇기 때문에 남산타워를 보기 위해 남산타워에 가는 일은 모순이다. 그리움의 모순이 여기에 있다고 하면 과장이라고 할지도 모르겠으나 그리움의 대상이 탈출하지 못하도록, 그리움이라는 좋은 감정 안에 가두어 두려면 그 사람 앞에서 영원히 떨어져 있는 일이다. 당신의 마음속에 있는 그 ‘당신’으로부터 해방되려면 당신 속으로 들어가면 된다. 그리움으로부터의 해방은 내가 당신이 되는 일이다. 당신이 내 속으로 들어와 더 이상 생각하고 싶지 않은 지경에 이르면 그리움은 말소된다.

2부

혼자인 것의
아름다움

낮잠의 맛

낮잠을 자다 깬 여름날의 오후는 내가 지금 여기 없는 사람 같다는 생각이 든다. 지구가 돌아가는 소리인지 이명인지 모를 금속음이 들리고 도무지 생각이란 것이 없고 눈앞에 날고 있는 파리의 존재와 나의 존재에 대한 가치의 서열을 가릴 수가 없다. 화분의 관엽식물과 나라는 종을 비교했을 때 생명의 우열에 의미가 없다. 판단력이 없고 이성이 없다. 외계에서 뚝 떨어진 생명체 같다. 제정신이 들 때까지 십 분 정도의 시간. 나는 붙박이장처럼 정지된 체 미지근한 온도를 지닌 사물이 되어 우두커니 소파에 배치되어 있다.

해가 지는 서쪽을 바라보며 지구가 반 바퀴 돌며 낮이 밤으로 밤이 낮으로 바뀌는 한쪽 얼굴에 대해 반쪽의 표정에 대해 궁금하지 않다. 의식이 없고 체면도 없다. 어디에도 소속되지 않아서 직책도 없고 자격이 없어 평화롭다. 관계의 고아처럼 자유롭고 미아처럼 헤맨다. 없는 사람처럼 각오가 없고 편견이 없다. 오래전부터 정지된 채로 시간의 더께가 쌓이는 고가구처럼 감각은 두꺼운 가죽 속에 숨어서 어딘가 가려운 생각이 들면 무릎까지 덮은 장화 위를 긁는다. 긁어도 시원하지 않고 감각이 사라지고 도무지 시간이라는 것이 어디로 가고 있는지 몰라서 왼쪽 귓구멍에서 오른쪽 귓구멍으로 외계인이 보내는 주파수가 관통하는 느낌이 든다. 가청주파수 안에서 이명처럼 삐, 하고 울리며 알 수 없는 신호를 보낸다. 관계의 끈마저 풀어져 버려 사람이 낯설다. 인연이 끊기고 전생만 있는 것 같다. 공간과 시간 감각이 뒤범벅된다. 산머리 붉은빛이 일출인지 일몰인지 시간이 뒤통수친다.

낮잠 후의 멍한 경험은 아무 생각 없이 산다는 것이, 이렇게 자유로울 수도 있구나. 이토록 가벼워서 날개가 있다면 날아갈 수 있겠구나. 생각한다. 십 분이 지나고 제정신으로 돌아오는 시간. 현실이 손에 잡히는 찰나, 하루를 너무 저렴하게 끝내버리는 게 아닌가 하고 자책하는 마음으로 너에게 묻는다. 낮잠의 이유를, 낮잠의 오류를. 죽은 후에는 영원한 휴식인데 미리 당겨서 또 잤구나. 자책과 후회 속에서 시간을 소비한 게 아니라, 허비했구나 하는 생각. 소비가 있으면 누군가에게는 소득이 될 터인데 그저 허비하고 말았구나 하는 생각, 나는 나에게 묻는다. 하루는 얼마에요? 얼마나 값을 매겨야 하루를 살 수 있는지, 인생을 살 수 있는지, 후회 없이 잘 살았다고 할 수 있을는지. 어리석은 질문과 후회의 안타까움을. 아무 맛도 없이 맹탕으로 하루를 죽이면서 건설적인 시간을 숭배하는 사람들의 배교자로 살면서 시간은 모든 사람에게 공평하게 유한하다는 진리를 질리도록 새기면서. 일어나 찬물로 입을 헹구고 세수를 하자.

감정의 풀무질

아궁이에 불을 지필 때 바람으로 불을 일으키는 풍구는 불씨가 있어야 기능하는 도구이다. 씨가 있어야 열매가 맺고 다시 씨가 생기는 것처럼, 불씨가 있어야 불꽃으로 피어난다. 제아무리 세게 바람을 일으킨들 불의 씨앗이 없으면 무용지물이다. 꺼져가는 불을 살릴 수 있는 건, 하나의 불씨, 불의 씨앗이 있어야 한다.

시를 불러오는 감정도 이와 다르지 않다고 생각한다. 쓸 마음이 동하는 상태로 준비가 되어 있어야 한다. 감정의 풀무질, 시동하고자 하는 마음이 있어야 가동된다. 무엇을 하기 위한 움직임의 시작, 시동始動은 시동詩動이다. 시가 오려고 하는 순간 그 마음이 식기 전에 시급히 손에 볼펜을 쥐고 쓰지 않으면 안 되는 어떤 순간을 만나기를 시인은 기다린다. 기미가 안 보이면 찾으려고 노력해야 한다. 시의 씨앗이니까 시앗이다. 시를 쓰게 하는 동력 시앗이 움터서 마음과 손의 협응작용을 통해 낱말의 씨가 의미로 싹트고 한 편의 시가 된다. 시앗에 시인의 입김으로 풀무질한다. 다 타고 재가 될 때까지.

시인은 그 자신이 불쏘시개다. 시를 기다리는 일은 불씨가 조금이라도 있을 때 불어야만 하는 감정의 풀무질 같은 것이다. 시심의 열망이 다 꺼지기 전에 시급히 쓰려고 하지 않으면, 멀리 날아가 버리고 만다. 한 통의 물을 얻기 위해 반 통의 물을 쏟아버리는 일, 마중물을 비축하는 일, 이 역시 시가 출발하는 움직임이자 조용히 열광하는 것들이다. 열망이 없다면 욕망의 덩어리 한쪽이라도 떼어 내어 시의 영역으로 건져 올려야 한다.

마감일이 가까이 오는데 원하는 글이 안 나올 때는 창밖으로 뛰어내리고 싶다는 어느 작가의 말을 들었다. 머리끝까지 술기운에 취해도 반드시 책상에 앉아 한 줄의 시를 쓰고 난 후에야 침대로 간다는 시인을 경외감에서 바라본 적도 있다. 오래전 작고한 어느 소설가는 안방에서 자고 일어나 도시락을 싸 들고 건넌방 작업실로 들어가 한나절 동안 작업실 골방에서 어떻게든 글을 쓴 다음에야 나온다고 했다. 글을 쓰는 작가이자 글에 복무하는 근로자로서의 삶은 어렵고 아름답다. 치열하게 쓰는 사람들은 이렇게 불씨를 키우는 일에 게을리 할 수 없다. 불씨마저 꺼지기 전에, 식은 재가 되기 전에 가슴에 끊임없는 풀무질을 통해 불을 댕기는 사람이다. 그러지 않고서야 어떻게 타인을 움직일 수 있는 시가, 소설이 나올 수 있겠는가.

혜성은 혜성처럼 온다

혜성이 온다는 소식을 들었다. 니시무라 혜성이 지구인에게 모습을 보여주려고 지나간다. 사백 년 전 조선의 하늘을 지나갔다가 어딘가에 도착점을 찍고 유턴하여 다시 오고 있다고 한다. 임진왜란이 일어나기 몇 년 전 조상님들이 보았을 혜성이라니! 나의 할아버지의 할아버지의 할아버지의 할아버지가 어느 날 새벽, 변소에 오줌 누러 가시다가 밤하늘을 올려다보며 붉은 꼬리를 달고 지나가는 긴 가스덩어리를 보며 혹여 혼불이 아닌가 생각했을지도 모른다. 누군가는 별점을 치며 나라의 길흉화복을 걱정했을 것이다.

보통 혜성의 공전주기는 수백 년에서 수천 년씩이나 걸린다고 한다. 공전주기가 긴 혜성은 4천5백 년에서 6천8백 년이나 된다고 하니, 여러 번 죽었다 깨어나지 않는 이상 볼 수 없다. 좀처럼 보기 어려운 혜성을 볼 수 있다는 뉴스를 접하고 설렘으로 떨렸다.

십 대 시절 핼리가 발견한 혜성이 온다고 떠들썩했던 일이 있었다. 핼리혜성은 공전주기가 아주 짧은 단거리 혜성이다. 그러니까 백

살까지 살면, 살아생전 혜성을 두 번 정도는 볼 수 있다. 그러나 살아 있다고 아무나 혜성을 볼 수 있는 게 아니다. 하늘을 올려다보는 사람만 가능하다. 밤하늘이 궁금해서 자주 올려다보는 사람, 별을 사랑하는 마음으로 기다리는 사람의 눈에만 들어온다. 모든 관심과 사랑은 물음표 안에서 생긴다. 사랑하면 알고 싶고 언젠가는 보게 되고 갖게 된다.

모든 사랑의 공식처럼 혜성은 혜성처럼 오고 혜성처럼 나타났다가 혜성답게 사라진다. 만나는 시간은 짧고 헤어진 시간은 길다는 것, 사랑했던 순간은 짧고 이별은 망극이다. 이 짧은 사랑의 기억 때문에 오랜 시간 죽을 때까지 의지하며 살아간다. 그 섭동하는 힘으로 우주의 모든 별과 생명체들은 밀어내고 끌어당기면서 어딘지 모르는 그 어딘가로 간다. 태양의 공전주기 2억5천만 년을 따라서 그 공전하는 태양을 우리 태양계는 끊임없이 더 큰 둘레로 공전하고 있다. 왜 그렇게 돌고 도는 것일까. 나는 왜 너의 둘레를, 너는 왜 그의 둘레를 돌며 헛다리짚고 있을까. 공전하는 그것을 따라서 또 공전하며 우리는 명백하게 죽은 다음에는 어디로 가는 걸까. 왜 살아가고 사라지는 걸까. 질문은 이어지고 답은 알 수 없다. 나는 자판을 두드린다. '당신은 이 궤도에서 섭동하는 사람, 나의 눈과 귀와 입술이 당신께 가고 있다네.' 혜성이 몰고 온 이 한 문장은 더 이상 나아가지 않고 시가 되지 못한다. 혜성처럼 왔다가 혜성처럼 달아나 버린다. 해가 지고 어둠이 내리기 시작한다. 북서쪽 하늘을 바라본다. 내가 끌어당기고 있으니 진정 당신은 혜성처럼 나타날 것이므로.

여행의 얼굴

멀리 간 첫 여행지는 더운 나라였다. 초저녁 밤 비행기를 타고 출발했지만, 도착해보니 여전히 그곳도 아직 밤인 나라. 다섯 시간 하늘을 날아오는 동안 계절은 겨울에서 여름으로 변했다. 두꺼운 외투 안에 여름옷을 입고 있었으므로 겉옷을 벗어 던지는 것으로 환복은 간단했다. 며칠간 겨울은 함구하고 뜨거운 날씨에 자동으로 입이 벌어지는 세계에서 무슨 일들이 일어날지 기대가 되기도 하고 어리둥절하기도 했다. 피곤한 몸이었지만, 여행의 목적인 새로움에 대한 경험의 기대감이 반응하기 시작했다. 가장 먼저 맞닥뜨린 것은 후각이었다. 매연보다 도시를 장악한 건 낯설고 오묘한 음식 냄새였다. 어디를 가나 먹고 사는 일이 가장 중요한 법이니까. 더운 나라의 공항은 이방인의 얼굴에 환영의 인사로 습한 공기를 머금었다가 음식에 첨가하는 각종 소스의 진한 냄새와 함께 훅 불어댔다. 끈적끈적한 도시의 입김과 온갖 향신료의 자극적인 냄새, 몇 십 년을 익숙한 것들에 절어 살았던 감각들이 이질감으로 깨어났다. 낯섦의 기분 좋은 징조였다.

　세계 각국의 사람들이 다녀가는, 이 나라의 도시는 여행자들의 발걸음을 품고 있었다. 흘러왔다가 빠져나가는 사람들의 발자국들이 닿고 닿아서 닳고 닳은 곳이었다. 거리에는 나처럼 두리번거리는 사람들로 가득했다. 순례자의 길이라도 떠나는 양 머리에 수건을 질끈 묶고 자기 체구의 두어 배 정도는 돼 보이는 배낭을 메고 혼자 여행 온, 키 크고 온몸에 진화하다 만 유인원처럼 털북숭이 유럽 남자들도 보였다. 한쪽에서는 어딜 가나 여지없이 시끌벅적하게 관광하러 온 중년의 남녀 한 무리가 쏟아져 나왔다. 자음과 모음을 구분하는 것 외에는 뜻을 알 수 없는 말들이 뒤섞였다.

　후각 다음에 맞닥뜨린 건 자극적인 청각이었다. 여행자 거리는 늦은 밤인데도 오토바이와 자동차들이 엉켰다가 풀어졌다 하면서 서로 길을 비켜달라고 경적을 눌러댔다. 간판을 달고 있는 건물 곁에는 전봇대를 감고 있는 수많은 전깃줄이 거미줄처럼 얽혀 있고 사람들이 분주히 걷는 소리, 웅성웅성 떠드는 소리가 뒤섞였다. 자정이 가까워지자, 거리에는 사람들이 더 늘었다. 현지인과 피부색과 눈매가 다른 다양한 나라의 사람들 무리가 목적지가 있는 양 한곳으로 움직였다. 그들이 향한 곳으로 음악 소리가 더 크게 들리기 시작했다. 설마 저 소리가 아침까지 계속되는 건 아니겠지. 최초로 멀리 날아온 피곤한 몸을 누일 밤이 이다지도 어려운가, 불길한 생각이 들었지만, 음악 소리는 최고조에 달하더니 갑자기 뚝 끊겼다. 정적 대신 사람들의 환호성이 들려왔고 0을 향한 카운트다운이 시작되고 끝나자마자 곧이어 폭죽 소리가 들렸다. 불빛을 머금은 밤하늘에 가득 터지는 불꽃을 바라보았다. 한 해의 마지막 날이었고 한 해가 시작되는 찰나였다. 새해를 맞이하는 비명이었다. 나는 여행지에서 나이를 한 살 더 먹었고 새해를 이국에서 맞이하는 관광객들과 함께 진짜 이 도시의 손님이 되었다고 생각했다.

도착한 하룻밤 만에 겉으로 드러나는 도시의 성격을 대충 알 수 있을 것 같았다. 낯선 곳의 밤은 몸의 피곤함과 상관없이 쉽게 잠이 들지 않았다. 선잠 속에서 꿈을 꾸었다. 나라 이름을 알 수 없는 한 도시에 낯선 관광객들이 찾아와 문을 두드렸고 나는 두려웠지만, 빈 방을 활짝 열고 보여주었다. 그들은 들어오지는 않았지만, 문밖에서 꽃숭어리가 싱싱한 노란 꽃을 방안 가득 차오를 만큼 던졌다. 흉몽도 아니고 길몽도 아니었다.

자는 둥 마는 둥 부스스한 눈으로 이른 아침에 거리로 나왔는데, 밤늦게까지 음식과 과일을 팔고 있던 현지 상인들이 아침밥을 팔고 있었다. 이 도시의 밤은 잠이 없다. 시장 거리에는 맨발로 열을 지어 천천히 기도하듯 걷고 있는 탁발하는 스님들이 보였다. 공양하는 사람 역시 맨발이었다. 서로 공평했지만, 왠지 평등하지는 않은 것 같았다. 현지인 대부분은 장사하는 사람들이었고 거리에는 여행객과 관광객이 뒤섞여 서로가 서로를 쳐다보면서 끌어당기는 시선을 따라 고개를 돌렸다. 정면을 바라보며 바삐 목적지를 향하는 발걸음은 찾아볼 수가 없다. 어슬렁거리는 관광객과 여행객들은 목적 없이 한가했다. 이 거리가 최종목적지인 사람도 있을 테고 경유지인 사람들은 다른 곳으로 떠날 채비를 할 것이다. 나처럼 여행 반, 관광 반인 사람들도 어딘가에서 소요하면서 방황을 즐기고 있을 것이다. 최소한 이곳에서는 나도 그 무리 속에서 묘하게 조화를 이루고 있었다.

나를 보듯 그들을 바라보았다. 스치는 사람들을 보면서 관광객인지 여행자인지 짐작할 수 있었다. 관광객은 외면의 빛을 쫓는 사람들에 가까운 소비하는 손님이라면, 여행은 내면을 더 쫓는 사람에 가까 웠다. 나그네처럼 다니면서 숨겨진 자신을 발견하려는 노력이 있다 면 여행하는 사람이다. 여행자에게 침묵은 필수, 관광객에겐 선택. 여행은 고생해서라도 고생해보는 것이고 관광은 고생을 피해 편함 을 추구하는 쪽에 가깝다. 관광觀光의 한자어에는 입과 눈과 빛이 있 다. 먹고 마시고 보고 이국의 물건을 사는 행위 속에서 손님으로 존 재한다. 반면 여행旅行에는 나그네가 들어 있다. 한곳에 머물러 있다 기보다는 이곳저곳 정처를 두지 않고 다니는 일. 관광은 같이 온 사 람들과 함께 즐기는 것이고 여행은 혼자와 함께 걷는 것이다. 다소의 일행과 같이 왔어도 각자 침묵의 시간이 있으면 여행이다. 함께 걷 다가 혼자 걷기도 하며 내면과 만날 때 관광은 여행이 되기도 한다.

집으로 돌아와서는 관광 반 여행 반이었던 그곳에서 가져온 장면 들을 한 장씩 이어 붙인다. 도시의 소음 속에서 노래하던 새들과 매 연을 뒤집어쓰고도 자라는 잡풀과 한국에서는 꽃집에서나 볼 수 있 는 꽃들이 아무렇게나 피어 있던 길가, 여행자 로드, 제야의 폭죽, 거 리에 쏟아져 나온 관광객들, 웃고 떠들고 무언가를 쉼 없이 먹는 사 람들, 거리에서 장사하는 사람들, 걷는 사람들, 쌍자음이 뒤섞인 소 란, 더위, 피곤, 들뜸, 안정, 여러 톤의 감정, 이국의 사원과 아침 탁 발, 길거리 향신료 냄새, 바닥에 흘린 음식들, 천연색의 과일들, 자동 차가 쿨럭대는 매연, 신호등을 모르는 바퀴와 오토바이의 질주, 도시 한가운데를 흐르는 흙탕물이 전부인 강, 배를 타고 출근하는 현지인 들, 관광유람선을 타고 사진을 찍어대는 사람들, 저녁 강의 일몰과 석양, 한 세계를 살다 간 사람의 얼굴이 몹시도 떠올랐던 슬픔의 얼 굴, 나를 여기 있게 한 원인.

혼자인 것의 아름다움

어떤 순간의 한 장면은 미래에 다시 소환될 것을 알아차린다. 여섯 살 무렵, 가을의 한복판을 지나 늦가을로 접어들었고 안개가 조금 낀 날이었다. 혼자 집을 나서서 골목길을 걸었다. 작은 보폭으로 자박자박 걷는 발이 어디로 가는지도 모른 채. 그날은 어쩐 일인지 가족들이 아무도 보이지 않았다. 부모님도 할아버지 할머니도 안 보이고 시집 안 간 고모의 방문은 열려 있고 나는 온전히 혼자였다.

경사진 골목길을 내려오면 이웃집 담을 따라 편평한 길이 펼쳐졌다. 자박자박 나는 소리는 터벅터벅 소리로 바뀌었다. 잔바람이 불어왔을 것이다. 머리 위에서 큰 잎 하나가 차라락, 소리를 내며 떨어져 내려 담요처럼 발등을 덮었다. 두 발을 다 덮고도 남을 만큼 너른 잎이었다. 잎을 주워서 손에 들고 이리저리 살펴보다가 위를 올려다보았다. 기와를 얹은 민세네 집 담보다 서너 배쯤 키 큰 나무가 하늘을 이고 나를 내려다보고 있었다. 뿌연 하늘의 깊고 높은 곳, 작은 아이 눈에 처음 들어온 것들을, 알 수 없으나 씨앗에 떨어지는 물방울처럼 어떤 것이 싹트는 순간이었다. 여섯 살의 마음에 들어왔으나 아직은 감정으로 자리 잡지 못한, 기쁨도 슬픔도 괴로움도 아닌 느낌이었다.

그날의 사소한 경험은 시간이 한참 흐른 뒤에야 어렴풋이 알게 되었다. 아무것 아닌 감정도 기억의 한 면을 차지하기도 한다는 것을. 그 나무가 벽오동이었다는 것도. 뒤로는 그 나무를 편애하게 되었다. 그날 스며든 순간의 감정이 먼 훗날에 가닿아 마음에 내려앉는다는 것을. 아무 사건도 일어나지 않은 평범한 날의 장면이었다. 인과도 없고 절정도 없고 후회도 절망도 아닌 아무 날의 아무 순간, 찰나가 오래도록 남아서 지금까지 왔고 미래까지 닿을 것이다. 이유 없이 그 일은 반복적으로 떠올랐다. 사연도 아니고 삶에 아무런 반향도 일으키지 못하고 아무 맛도 없는 장면이 왜 자꾸 떠오르는 걸까, 생각하다가 어느 날 깨달았다. 그것은 누구나 태어나서 느끼는 최초의 외로움이었다는 것을, 혼자라는 고독은 아름다움과 닮아 있다는 것을. 마음이 마음에게 내가 나에게 바통을 쥐여 주면서 이어 달리는 마음은 미래까지 이어졌다.

아홉 살이 된 봄날, 수돗가 살구나무 아래 물받이 통에 살구꽃이 떨어질 때도 그 기억과 감정이 겹쳤다. 봄비에 쏟아진 물받이 통의 살구꽃 잎을 손가락으로 휘휘 저었다. 꽃들이 소용돌이쳤다. 삶이 그러한 것처럼, 우주가 그러한 것처럼. 그 우주 속에 작은 아주 작은 내가 있다는 것을. 살다가 살아보다가 내가 콩보다 더 작아진다는 생각이 들 때면 오래전의 나를 불러온다. 그렇게 혼자 가득 찼던 기억을, 아무도 없이 누구에게도 방해하지 않은 중력이 없는 시간에 놓여 있을 때의 나를.

물리를 전혀 몰라서 순전히 내 식대로 생각해버렸다. 이 우주의 시간과 공간이 휘었다는 것을, 정말이지 나는 내식대로 이해했다. 내 맘대로 생각해 볼 수 있는 자유는 있는 거였다. 시간과 공간이 휘지 않았다면 어떻게 과거를 기억하고 과거의 장소를 기억 속에서 만날 수 있을까. 어떻게 만질 수 없는 당신을 내가 불러낼 수 있을까. 시공간이 일직선 위에서 앞으로 가기만 한다면 아무 사건도 일어나지 않을 것이다. 우리는 지금, 현재 시각만 기억할 것이다. 길게는 분 단위로. 짧게는 초 단위로. 말도 안 되지만, 생각은 되었다. 시간의 기억이라는 중력이 작용하기 때문에 과거를 불러올 수 있고 미래를 상상한다는. 사람들은 당연히 비웃겠지만, 혼자인 것의 아름다움을, 오동잎이 내 발등을 덮어주던 여섯 살, 그 감정의 정체가 먼 미래에 와서야 도착했다는 것을, 오래전 죽은 별이 오늘 밤 내 눈에 들어왔다는 것을.

뷰를 보는 뷰

같은 건물인데 '뷰'가 좋아서 더 비싼 방에 와서 창밖으로 펼쳐진 풍경을 바라본다. 통창으로 바다가 가득 들어온다. 막힘없이 시원하게 펼쳐진 시야에 멀리 눈에 띄는 건 바위와 소나무가 있는 섬이다. 바다, 너울대는 파도. 통창 아래 수조에서 퐁퐁 솟아오르는 뜨거운 물속에 몸을 담그고 있으면 바다가 시야와 일직선으로 이어진다. 바다에 들어가지 않고도 바닷물에 담그는 기분을 느끼고 싶다는 아이는 자기가 원했던 곳이라며 즐거워한다. 돈을 주고 산 풍경이라니! 생경한 풍광과 분위기도 지불한 금액 속에 포함되었을 것이다. 창 너머 바깥은 농도가 다른 회색 안개가 덮인 바다가 어렴풋이 하늘을 갈라놓으며 수평선을 그리고 있다. 멋진 풍경 값이다. 공간에서 보이는 시야와 느끼는 기분은 상품의 등가물로 여겨 매긴 값이다. 돈의 금액과 가치가 비례하지는 않지만, 저 너머의 풍경을 사는 일에 대해 생각해본다.

도시에서는 높은 건물 옥상이 아니고서는 건물에 가린 시야가 좁아 먼 곳을 볼 일이 별로 없다. 건물들의 밀도가 높아 가까운 곳도 제대로 못 보고 살았다. 그 때문인지는 몰라도 삶도 생활도 발등에 떨어진 불끄기에만 급급했고 지나치게 가까운 것들은 오히려 등잔 밑처럼 어두워 놓치는 경우가 많다. 몸 있는 곳에 마음은 늘 쓰이고 작은 소요에도 정신적으로 관조하는 일이 어렵다. 마음은 모래보다 작고 뻥튀기처럼 잘 부스러진다. 그래서 사람들은 멀리 높은 산에 오르려 하고 탁 트인 바다를 찾는지도 모른다.

좋은 경치를 보려고 지불한 비용만큼 뷰가 가지고 있는 상품 목록들. 도시를 가로지르는 강물뷰, 대표적으로 서울이라는 공화국에는 '한강뷰'가 있다. 욕망의 최고치가 그곳인지도 모른다. 자본의 총집합이다. 급기야는 나무를 베고 숲을 덜어내고 새 둥지를 헐고 인간이 들어가서 자리 잡는, 뷰의 메커니즘이 부와 작동한다. 돈을 줘야 멋진 풍경을 살 수 있다. 뷰, 라는 상표가 붙는다. 자본은 '뷰를 보는 많은 뷰'들을 양산한다. 숲뷰, 시티뷰, 리버뷰, 씨뷰. 뷰는 거주하고 있는 공간과 상반된 환경일 때 부동산의 값어치가 상승한다. 풍광은 좋을수록 광폭한 자본의 논리에 충실해진다. 가장 자연적인 것 속에 가장 인공적인 것이 있을 때 극명하게 드러나는 차이의 인과관계들. 값어치는 대체로 가치와 상반된다. 우리가 뷰에 열광하는 것은, 시각이 작용하는 욕망에 복무하기 위함이다. 현장에 직접 가지 않고도 그곳의 느낌을 시야에 들여놓고 싶어 하는 욕구를 채우고 싶기 때문이다.

프레임을 만들고 차지한 쪽에서 프레임 바깥쪽을 보는 일은 '안전'이라는 감정적 감각 장치가 있다. 유리창 안과 밖은 이중의 구조이다. 상반된 상황의 안과 밖이 있다는 것. 벽난로가 타고 있는 거실에서 흰 눈이 폭폭 쌓인 숲을 바라보는 일은 유리벽 한 장을 경계로 극단적인 안온함이 있다. 안은 밖을 모조리 들일 수 있지만, 밖에서는 안의 구조나 형태를 짐작하기 어렵다. 감상자로서의 내부는 바깥의 풍경을 지배한다. 까맣게 코팅된 유리창 안에서 무엇을 하는지 밖에서는 눈을 대고 들여다봐도 잘 보이지 않는다. '뷰'를 보는 뷰의 욕망은 이 안에도 들어 있다.

유리창 밖 서쪽 바다는 점점 어두워진다. 서해의 해가 물속으로 완전히 떨어져 사라지는 일몰뷰의 순간을 본다. 저녁 물새가 낮게 날다가 창문 가까이 온다. 석양을 등져서 그런지 까맣다. 작은 새 두세 마리가 또 날아와 유리창 밖 가까이에서 난다. 밖으로부터 오는 프레임에 나는 갇혀 있는 작고 보잘것없는 인간이다. 밖은 어두워지고 실내 등을 켜면 묵고 있는 숙소의 내부가 밖에서는 훤히 들여다보일 것이다. 새장이 필요 없는 자유로운 새가 나를 보며 조롱할 것이다. 이제 네가 볼 차례구나. 나는 밖에 있고 너는 내 안에 있는 밖이다.

새와 나와

베란다 창문 앞에는 키 크고 나이 많은 소나무 몇 그루가 서 있다. 아파트가 들어설 때 어디선가 살고 있었을 소나무는 입주민과 함께 왔다. 이사 온 지 한참이 지난 후에야 소나무가 모두 여덟 그루라는 걸 알게 되었다. 사 층 베란다에서 보는 눈높이와 소나무의 키는 거의 같아서 창문 가득 소나무가 들어왔다. 식어버린 커피를 다시 데워 마시며 여덟 그루를 심은 이유가 아파트가 여덟 동이라서 그런 거라고 생각했다. 입주민들이 이곳에서 잘 살기를 기원하며 심은 기념수 같은 것이다. 별거 아닌 답을 별것이나 되는 양 생각하고 있을 때 소나무 위로 까치 부부가 날아들었다. 해마다 암수 까치가 혼인하여 와서 집을 짓고 둥지를 트는 걸 바로 가까운 눈높이에서 관망하는 관객이 된 지 십 년이 되었다. 까치는 해마다 새집을 짓는다. 주로 잎이 다 진 겨울에 공사가 들어간다. 어떤 해는 까치는 안 오고 헌집만 이듬해 겨울까지 버티다가 폭설에 무너지는 것도 봤다.

소나무는 늘 사건과 변화가 일어난다. 새들의 둥지 터가 되기도 하고 봄에는 송화가 피고 노란 꽃가루가 난다. 머잖아 연두 솔방울을 매달고 늦가을에 갈색으로 단단하게 익는다. 솔방울이 익을 무렵에는 어떻게 알았는지 야산에서 날아온 새들이 솔방울 사이에 끼어있는 씨앗을 쪼고 있는 모습을 물끄러미 바라본 적도 있다. 내가 「동물의 왕국」 피디라면 베란다에 카메라를 설치하고 이들의 모습을 담고 싶다는 상상도 했다.

미지근한 커피를 두어 모금 더 마실 때쯤 까치의 움직임이 평소와 다르다는 것을 알았다. 몇 주 전부터 분주하게 움직이고 있는 것을 보았는데, 집짓기가 시작된 모양이었다. 까치는 신혼부부이다. 한 마리는 배가 둥글고 한 마리는 가늘고 날렵하다. 작년에 난 수컷 새끼 까치가 장성하여 아내를 얻었을까? 까치의 관습과 사회를 잘 모르겠다. 오늘은 평소와는 다르게 유독 한 가지에 빽빽하게 잔가지가 모여 있다. 자세히 보니 제법 공사가 진척되었다. 며칠 전에 폭설이 내렸는데, 기초공사한 것이, 다행히 무너져 내리지는 않았다. 폭설이 내리는 날은 공사가 잠시 중단되기도 한다. 어디선가 나뭇가지를 물어다가 바람 막을 벽을 들이고 있었다. 둘이 깍깍대며 신호를 보낸다. 소리의 높낮이와 장단음이 다양한 것으로 봐서 세부 인테리어에 대해 의견이 맞지 않는 것 같다. 유심히 살펴보니 둥지가 어제보다 더 촘촘해졌다. 틈이 좁아지고 바람벽은 더 튼튼해졌다. 집 지은 모양을 보니 이 부부의 성격을 알 것 같다. 굵은 나뭇가지로 다소 거친 듯 보이지만 틀에 얽매이지 않는 자유로운 영혼을 가졌다. 두 부부가 부지런히 물어 나르던 외벽공사를 모두 마무리하고 내부 마감을 위한 회의 중인지 무어라고 깍깍댄다.

해마다 느끼는 건데, 까치 부부들은 협심하여 집을 정말 잘 짓는다. 집짓기가 다 끝나면 암컷이 둥지에 알을 낳는다. 까치 부부들이 사랑을 나눈 걸 본 적은 없으나 알에서 깨어난 새끼를 먹여 기르고, 저녁이면 둥지에 깃들고, 젖은 깃털을 서로의 가슴에 묻고 기대어 잠잔다는 것을 성근 나뭇가지 틈 사이를 살피며 상상했다. 생활에 바쁜 날들을 보내느라 미처 살피지 않은 어느 사이에, 제법 장성한 새끼 두 마리를 보았기 때문이었다. 까치는 말없이 사랑하고 소박하고 평범한 가정을 이루며 살아간다. 평화란 이런 것이다. 자연스럽게 자연이 하는 일에 복무하는 것. 그 아름다움에 마음이 동하는 동안 바라보는 나도 잠깐 행복했다. 바람 부는 날 밤에 누우면 달빛을 받은 소나무 그림자가 벽에 드리운다. 바람이 불면 소나무가 흔들리고 둥지도 흔들린다. 그 때문에 잠을 놓친 적도 있었다.

까치가 사는 집은 최적의 조건을 다 갖추었다. 소나무 바로 밑에는 조경수로 심은 산사나무가 서너 그루 있다. 멀리 가지 않고도 맘껏 먹을 수 있는 식량자원이 넉넉하다. 자두꽃 피고 살구꽃도 피고 벚꽃 질 무렵, 배꽃과 사촌처럼 비슷하게 생긴 하얀 산사나무꽃이 오밀조밀 다발을 이루어 핀다. 산사나무꽃은 피었다가 오그라들면서 아그배와 꽃사과처럼 완두콩만 한 초록 산사 열매를 물고 뜨거운 여름을 지나는 동안 더는 견디지 못하고 검붉게 익는다. 이쯤 되면 먹이를 구하러 근방 야산에서 서식하는 새들이 찾아온다. 사람들은 조경수로 심었지만, 도시의 텃새들에게는 멀리 깊은 숲에 가지 않고도 먹이를 얻을 수 있으니 좋다. 나는 새를 맞이해서 기쁘다. 상부상조, 숲에 가지 않고도 우는 소리가 다양한 새들을 본다. 다람쥐들한테도 좀 소문을 내주었으면 하는 바람이 있다. 내가 새들을 바라보듯 새들도 아파트에 층층이 둥지를 틀고 있는 인간 군상을 엿보려다가 유리창에 머리를 찧은 적도 있다.

　새를 볼 때면 새와 나밖에 없다. 다른 것이 들어올 틈이 없지만, 이 세상은 아무것도 아닌, 중요한 일들로 가득 차 있다. 그 속에 내가 모르는 일들이 몇 초마다 분주하게 벌어지고 있고 세상과 무관한 것 같지만 본의 아니게 연루되기도 하고 유관한 것들로 마음은 시끄럽다가도 하루는 이렇게 쉬어가기도 한다. 새가 집 짓는 것을 바라보는 일은 하루를 아주 잘 살았다는 뜻이다. 물끄러미 바라보면, 생각이 꼬리를 물고 그리운 것들에까지 닿는다. 눈에 들어온 장면을 보면서 생각하고 깨닫는 시간과 공간은 고독 안에서 나와 합의를 보고 합일을 이루는 시간이다. 내적 갈등을 겪는 두 마음이 잠시 협상하여 마음의 평온을 이루는 상태, 온전히 혼자와 함께하는 시간이다.

까치의 상량문

까치가 짓고 있는 둥지는 사 층 높이의 내 집과 나란하다. 며칠 전부터 소나무 가지에 집을 짓고 있는 까치 부부를 관찰하는 일이 재밌어서 건축기를 쓰는 중이다. 생생한 건설 현장을 베란다에서 편안하게 지켜보다가 상량문이라도 대신 써 줘야 하지 않을까, 하는 생각이 들었다. 이들 신혼부부는 바람 없는 아침 일찍부터 정오를 지날 때까지 어디선가 건축자재를 물고 와서 Y자 모양의 가지 사이 안정적으로 잡은 터에 촘촘하고 꼼꼼하게 얼기설기 엮으며 기초를 다져 나가는 중이었다. 외부 골조 공사가 거의 끝나가는 모양이다. 얼마 전에는 잔가지를 물고 와서 소나무 위에 앉아 잠깐 쉬다가 둥지로 가져가지 않고 한참 자재를 이리저리 보고 쪼다가 이내 땅으로 떨어뜨리는 것도 보았다. 어쩐지 썩은 나뭇가지처럼 보이더라니! 부실한 자재였나 보다. 처음에 둥근 둘레를 치기 시작하더니, 거의 한 달이 넘도록 보수공사를 하는 것 같다. 보드라운 마른 풀 같은 것을 물고 와서 헐거운 둥지를 메우기도 하는 것이다.

오늘은 수컷이 삼십 센티는 족히 되어 보이는 나뭇가지를 물고 와서 둥지 근처 나뭇가지에 앉더니, 까악, 하고 외치는 순간 건축자재 한 가지를 떨어뜨리는 실수를 했다. 멋쩍고 난감했는지 애꿎은 소나무 등치를 몇 번 쪼더니 깍깍깍깍, 네 음절로 외친다. 이걸 암컷이 멀리서 보고 그 옆에 와서 앉는다. 암컷의 부리에는 잔가지가 물려 있다. 둥지로 들어가서 틈을 메우고 다시 수컷 옆으로 와서 앉더니 나무껍질을 몇 번 쪼더니 깍깍깍깍깍, 다섯 음절로 말한다. 일 초도 되지 않아, 수컷이 네 음절로 응답한다. 수컷이 실수한 것에 대한 변명과 해명쯤일 것이다. 둘의 대화는 한 녀석이 날아감과 동시에 끝났다. 그러다가 일 분도 안 되어 다시 나뭇가지 하나를 물고 온다. 부부가 물고 온 자재의 수피를 보니 같은 종류의 나뭇가지이다. 다 지은 줄 알았는데, 여전히 맘에 들지 않아 손 볼 곳이 많은 모양이다. 까치 부부는 완벽한 둥지를 짓고자 하는 것 같다. 물고 온 나뭇가지는 점점 잔가지로 바뀌고 둥지의 안쪽에 덧댄다. 헤숭헤숭하고 성글던 둥지는 어느새 바람벽을 다 만들었다. 폭풍우에도 끄떡없을 것 같다.

나는 그 부부가 볕 좋은 봄날을 받아 집들이 마치기를 고대하고 있다. 까치 부부는 서로 잘 통한다. 둥지에서 나와 한 가지에 나란히 앉아 있다가 암컷이 두 번 깍깍, 하고 어디론가 휙 날아가면 수컷도 암컷을 따라나선다. 처음에 이 두 마리 중 어느 것이 암컷이고 수컷인지 잘 몰랐다가 살펴보니 수컷은 몸집이 더 크고 꽁지가 길며, 검은 꽁지가 햇빛에 반사되면 무지갯빛 색이 아른거렸다. 암컷은 아담하고 수수하다.

까치 부부가 집 짓는 것을 구경하다가 아파트 조경수로 심은 여러 종류의 나무 중 왜 이곳에 터를 잡은 것인지 알 것 같았다. 내가 봐도 참으로 명당자리다. 근처에는 예닐곱 그루의 산사나무가 심어 있어서 가을에 빨간 산사 열매가 익으면 고스란히 이들 부부의 것이 되기 때문에다. 경작하지 않아도 저절로 꽃이 피고 열매를 맺는다. 저절로 익어서 서리가 내리고 첫눈이 오면 땅에 떨어진다. 까치는 추운 겨울이 와도 걱정 없다. 땅에 떨어진 산사 열매를 먹으면 되니까. 나는 이들 부부가 둥지를 다 완성하고 알을 낳고 그 알이 부화하여 새끼를 기르는 과정까지 지켜볼 작정이다. 그렇게 되길 바라면서 상량문 한 구절을 중얼거린다. "밤하늘의 별과 달과 낮의 구름과 비 온 뒤 무지개를 지으시는 하느님이시여, 이들 까치 부부의 둥지를 천둥과 번개로부터 지켜주시고, 어떤 한 인간이 이들을 자자손손 지켜볼 수 있도록 하소서."

삼삼한 삶

일과 관계된 특정한 사정이거나 가까운 지인이 아닌 이상 나는 누군가와 단둘이 만나는 것을 부담스러워하는 사람 중 하나이다. (세상은 넓고 사람도 많으니까, 지구상에 그런 사람이 나 말고 또 있을 거라 생각한다.) 맞은편에 앉은 사람과 대화가 종료될 때까지 그 사람의 얼굴을, 그것도 마음의 유리창을 마주 보아야 하는 부득이함이라니. 어색함에 눈동자가 흔들리고 눈꺼풀은 자주 깜빡거린다. 일 대 일로 상대방과 주고받아야 하는 대화는 응대하는 질량이 오롯이 나와 상대에만 집중되기 때문에, 버겁고 커서 힘이 달린다. 대화의 사안에 대한 초점이 내 앞에 앉아 있는 하나의 대상을 향해 오롯이 응집해 있기 때문이다. 상대도 마찬가지겠지만, 마음 쓰는 에너지가 두 배로 들어서 받고 주어야 하는 말을 고르고 건네주다가 집으로 돌아오면 기가 소진되고 맥이 풀려서 너덜너덜해진다.

넷이 만나는 것도 좋아하지 않는다. 결국엔 어느 순간 또 둘씩 엮어져서 짝을 만들어 떠들고 온 경험이 있기 때문이다. 연인들에 있어서 삼각관계는 불안하지만, 그게 아니라면 세 사람이 만나는 것이 이상적이다. 대화가 어느 한쪽에 쏠린다 싶으면, 셋 중 어느 한 사람이 들어와서 중재하거나 에너지의 집중을 분산하여 풀어주기 때문에 적당히 팽팽하고 어지간히 느슨한 관계의 균형을 이루며 평안하다. 3의 매력이다. 삼시 세 판이라는 말이 괜히 있는 게 아닐 것이다. 두 번은 승패를 가르기 힘들고, 나도 한 번 이기고 너도 한 번 이기고, 그럼에도 한 번 더 이기는 사람이 선택되는 것. 정-반-합의 생각작동이 공정하고 합리적이어서 3이라는 숫자는 애매하고 모호한 것들을 정리해 준다. 3단계의 정립과 반정립을 통한 종합적인 중립지대가 필요한 것이다. 먼저 바로 잡고 그것을 의심하여 다시 뒤집고 종합적으로 판단하여 어긋남 없이 합일점을 찾는 것은 한쪽으로 치우치지 말고 사물이나 사안을 정확하게 보자는 것이다. 질문에 대한 답을 경솔하게 내리기보다는 온도가 적당히 식은 후에 다시 한번 생각하고 최대한 말미를 보류하여 망설임의 시간을 갖고 난 후에야 진심이 자연스럽게 흘러나오는 '삼'이라는 삶. 너무 짜지도 싱겁지도 않고 너무 달지도 쓰지도 않은 삼삼한 삶은 모두 이 '3'이라는 숫자의 매력 덕이다. 3도 화음의 합창에 귀를 녹여본 사람들은 알 것이다.

'삼'의 사회와 문화는 흥미롭다. 우리가 인지하고 있는 삼은 삶을 살아가는 어디서든 실용적으로 적용된다. 옛사람들은 돈을 빌려주거나 빌리거나 할 때 추후 문젯거리가 될 수 있는 문서에 一, 二, 三 대신에 壹, 貳, 參으로 대용했다. 혹시라도 획을 하나 더 가감하여 조작하거나 조작하고 싶어지는 유혹을 사전에 방지하기 위한 것이었다. 參은 '간여하다, 섞이다, 뒤섞다'의 뜻이 있다. 갈등의 대상을 뒤섞고 융합할 수 있도록 조화롭게 만드는 역할을 하는 것이 삼이다. 삶이다.

3은 삶의 비의가 담긴 수이다. 하나는 외롭고 둘은 다투기 쉽고 셋이어야 누군가 사태를 객관적으로 관망하거나 사안을 번갈아 볼 수 있게 한다. 눈이 두 개인 것도 왼쪽과 오른쪽의 시선이 제3의 점에서 초점이 맞춰지고 상이 바르게 보이기 때문이다. 정확히 보기 위해 필요한 3. 양극으로 다툼이 있는 곳에도 제삼자의 눈이 필요한 이유다. 좌도 아니고 우도 아닌 편향된 기울기로부터 빠져나오는 안전한 완충지대 같은 것이다. 삼각형처럼 서로 지렛대 역할을 하면서 버티는 힘을 유지한다. 기대면 기댈수록 서로가 의지하며 무너지지 않는 견고한 상태로 있게 한다. 삼인행三人行이면, 필유아사必有我師라 하지 않았던가. 네 사람은 패거리를 만들 수 있고 세 사람이 길을 가면 반드시 누군가는 스승 역할을 하는 것이다. 그러나 스승 역할은 세 사람 중 한 사람만 하는 것이 아니라, 누구나 다 스승이 될 수 있다. 누군가는 반면교사가 될 수도 있고 누군가는 진짜 스승이 될 수도 있으니까.

이 세상 알 수 없는 것들

자두꽃 지는 봄날 오후, 어쩌다 낮잠 자다 깨면, 입안은 텁텁하고 머리는 멍하니 텅 비어 있고 가슴은 어둡고 깊은 동굴에 떨어져 밖으로 나가는 길을 몰라 조난신호를 보내야 하는 사람처럼 두근거리며 붕괴하고 있다는 느낌이 든다. 지금 여기가 어디인지 나는 누구인지 왜 이곳에 있는지 갑자기 모든 것이 낯설고 알 수 없다. 연결된 존재가 아니라 이 별에 잘못 날아 들어온 괴생명체처럼 당황스럽다. 가족도 이웃도 없이 잘못 들어온 벌 한 마리가 웽웽거리며 유리창에 부딪는다. 녀석도 나처럼 낮잠을 자다 깬 건지 문을 열어 줘도 밖으로 나가지 못한다. 공간 감각을 잃어버렸는지 출구를 찾지 못한다. 밖이나 안이나 여기가 거기고 거기가 여기라는 듯 저의 존재를 알 수 없어 괴로워하며 벽에 투명한 작은 날개를 박는다. 이 상황극에서 부처는 찰나의 세계가 지나갔다고 생각하련만 어리석은 중생은 그저 머리만 혼란스러울 뿐이다. 아닌 낮잠에도 홍두깨를 쳐들고 덤벼드는 세상은 알 수 없는 것들로 가득하다.

천장까지 쌓인 도서관 책기둥 아래서 입을 벌리고 앉아 있으면 무너진 활자들이 입속으로 떨어져 내려 다람쥐가 볼주머니에 도토리 감추듯 머릿속에 좀 저장해두면 좋겠다는 생각을 한 적이 있다. 그러면 좀 세상을 알까? 수많은 책 앞에서 기가 질려서 한 페이지도 열지 못하고 제목만 훑어보다가 도서관을 나올 때가 많은 나로서는, 모르는 것 천지인 이 세상을 조금이라도 알려면 저 책기둥에 쌓인 책을 절반이라도 읽고 죽어야 할 텐데. 끝내 모르고 죽겠구나, 생각하니, 인생을 알지도 못한 채 죽을 것 같으면 왜 태어났을까, 하는 근원적인 물음에 봉착하고 만다. 어리석은 사람은 앞의 물음도 해결하지 못하면서 자기 꼬리를 물고 늘어지는 개처럼, 나처럼. 삶이란 그런 공포를 연속적으로 맞닥뜨리다 어느 순간 얼떨결에 죽는 건 아닐까, 나는 아마도 일찍이 체득했는지도 모른다.

네댓 살 무렵 몽유병 비슷한 소아 경기를 앓았다. 새벽에 자다 깨서 온방을 돌아다녔다. 맨발로 마당을 나가 대문 밖으로 나간 적도 있다고 한다. 그냥 돌아다니기만 하면 그나마 좀 괜찮을 텐데, 큰 소리로 울며불며 큰방에서 주무시는 할아버지 할머니를 깨우고 작은방의 남매들을 다 깨웠다. 급기야 부엌방을 지나 안방까지 째지는 소리에 엄마가 와서 업고 얼러도 아무 소용이 없었다. 평소에는 길 가다 넘어져 무릎이 깨져도, 누가 때려도 절대 울지 않아서 '어디가 모자라서 사람 노릇을 못 하면 어쩌나' 하고 곁에서 지켜보던 친척들이 걱정했을 정도로 무딘 아이였는데, 한밤중에 자다 발작을 일으키면 동네 개들까지 덩달아 짖었다. 야경증은 학교 들어갈 무렵에 없어졌지만, 물려받은 유전자와 더불어, 성장판이 활발한 시기에 밤잠을 못 자서 신체 성장이 평균보다 느렸고 어느 순간부터는 자라지 않았다.

　원인을 알 수는 없지만, 그 밤잠의 공포가 지금까지도 이어져 불쑥 찾아오는 것이라고. 생각한다. 이 세상은 알 수 없는 것들 투성인 채로 점에서 시작한 우주 공간처럼 팽창하며 멀어져 간다. 매일 만나고 매일 이별한다. 어제의 공기와 어제의 나뭇잎과 어제의 창문과 어제의 목소리와 어제의 질문과 어제의 사람. 수수께끼를 던진 사람조차 풀 수 없는 질문들로 가득하다. 가장 큰 의문은 존재하는 것은 사라진다는 것에 대한 슬픔이었다. 자문할 때마다 고통스럽지만, 어찌할 도리 없이 알 수 없는 채로 놓아두어야 한다. 별과 별 사이는 점점 멀어지고 나도 그 별과 함께 움직이면서 어딘지 모른 채 흘러가고 있다.

어김없이 어기는 일들

태어나서 산다는 것은 통증을 수반하는 일이라는 것을 상기하라는 것처럼, 생일에 척추 쪽부터 통증이 시작되더니 창이 살을 뚫고 찌르는 듯 숨 쉴 수 없을 정도로 조여 왔다. 응급실로 직행해 사진을 찍어 본 결과 뼈의 문제인 것 같지는 않아서, 확실한 걸 알기 위해서는 세밀한 복부 씨티 촬영이 필요하단다. 다친 적도 없는데 느닷없는 통증이 어디서 왔을까 생각하다가 마음의 통증이 몸으로 온 것 같다는 생각을 했다. 어디든 마음이 코너에 몰리면 살고 싶다는 신호를 보내는 것이리라. 창밖은 흐리고 기분은 짙은 회색빛이다. 믿는 신이 있다면 구원해달라고 애원할 것이었다. 진통제를 맞고 나자 몸이 바로 반응하며 통증이 줄었다. 약 기운으로 정신은 몽롱하고 무뎌지니 살 것 같았다. 이 정신은 어디로부터 오는가 했더니, 주사제의 기운으로 온다는 걸 알았다. 통제할 수 있는 마음의 어떤 구체적인 장소가 없다. 마음은 깊이 파 놓은 곳을 따라 흘러가는 물과 같다. 골을 판 쪽으로 마음이 더 많이 흘러간다. 고랑을 다른 곳으로 내면

그쪽으로 방향을 틀 것이었다.

검사 결과에 따라 입원할지 말지 의사의 진단을 기다리며 이런저런 우울한 생각으로 응급병실에 누워 있는데, 바로 옆 화장실에서 청소하는 아주머니의 불만에 찬 목소리가 들렸다. 환자가 화장실 타일 바닥에 토사물을 남겼던 모양이었다. 수세미로 바닥을 문지르면서 푸념하는 소리가 크게 들렸다. 누구 들으라고 하는 소리가 아닌 혼잣말이었지만, 응급병실의 환자들과 간호사들의 귀에는 외침처럼 들렸다. 병실을 치우는 일은 그녀의 역할이고 직업이었기 때문에 누구에게 도와달라는 말은 아니었다. 일을 벌인 환자는 다급했을 것이고 변기에 가서 해결하기에는 생리적 반응이 더 빨리 왔을 것이다. 그녀의 푸념은 토사물이었지 환자에 대한 원망은 아니다. 몸이 아프면 누구든 육체와 생각을 제어하기 힘들다. 응급실에 누워 있는 환자들도 울부짖는 불만을 들었지만, 각자 자신이 안고 있는 통증과 병에 대한 고통을 묵묵히 받아들이고 있을 뿐이다. 혼잣말은 그러니까 진짜 혼잣말이다. 누군가 그것을 들어주었으면 하는 것이 아닌, 내가 나에게 하는 말. 아픈 몸도 혼잣말 같은 것이다. 내 몸에서 나오는 신호를 듣고 그 통증에게 하는 혼잣말. 통증이 보내는 말을 들어주는 말.

몸이 아플 때, 몸을 단련해야겠다고 어김없이 하는 다짐들이 병원에서 나오고 나면 어김없이 어기게 된다. 헬스장에 등록하지 않더라도 의사 말대로 같은 자세로 오래 있지 않기, 달리기 힘들면 경보 정도는 해야지, 커피를 좀 줄여야지, 야심한 시간에는 먹지 말아야지, 잠을 좀 많이 자야지, 심심해서 아무 생각이 안 들게 해야지, 하는 생각들. 그러다가도 매사가 이렇게 하루살이가 하는 다짐으로 끝날 때가 많았다. 마음에게 혹사했던 일들을 좀 풀어주고 싶었다. 불안이 잠식당하기 전에 헤엄쳐 나오는 방법은 불안을 외면하는 것이다. 숨 쉬고 있다는 것을 잊는 것은, 숨 쉬는 줄 모르고 의식하지 않고 들이마시고 내쉬는 상호작용의 무감각 속에서만 가능하다. 아픈 원인은 숨 쉬고 있다는 것을 의식하면서부터 생겨났다. 호흡하기 곤란할 때 들숨과 날숨을 지나치게 의식하고 과호흡을 하니 숨 쉬고 사는 것이 노동처럼 느껴졌다.

병원에 누워 있으니 봄밤으로 향하는 깊은 밤은 잠도 오지 않는 데다 온통 흰색이다. 흰 벽, 간호사와 의사의 흰 가운, 줄무늬가 있는 흰 환자복. 나는 또 왜 여기 누워 있는지도 모르고 어느 산속, 밤중에도 야생 매화가 톡톡 시디신 잇몸을 드러내고 웃으며 터질 것 같아서. 나는 그것이 불면인지도 모르고, 살아 있는 나와 마주하는 생면인지도 모른 채 병원을 나가면 어김없이 어기는 다짐들을 또 이렇게 하는 것이다.

책기둥

책을 읽다가 좋은 문장을 만날 때면 위태로움을 느낀다. 기둥처럼 쌓인 그 많은 책 속의 좋은 문장을 다 만나려면 도대체 얼마나 더 오래 살아야 할까, 하는 생각이 들어서이다. 그런 공포의 기둥은 어린 시절의 트라우마처럼 연결되어 있다. 성년이었으면 정신이 아팠다고 할 수 있을 텐데, 몸의 문제도 아니고 그렇다고 마음의 문제도 아니었다. 그 나이엔 아직 마음이라는 틀이 만들어졌다고 볼 수는 없으니까. 의학적으로 뇌의 이상이었을 것이다. 그때의 그 느낌 기억은 지워지지 않는다.

다섯 살의 어둠은 공포 그 자체여서 밤잠을 이루지 못했다. 어두워서 잠들지 못했고 설핏하게 잠이 들었다가도 어두움에 깨어서 보면, 나는 거대한 기둥 아래를 위태롭게 지나가고 있었다. 한 발 앞으로 디딜 때마다 내 몸은 더 작아지고 그 기둥이 무너져 덮칠 것만 같은 공포가 압도했다. 기둥은 철근콘크리트나 통나무가 아니라, 무게가 없는 기체 덩어리였다. 덮쳐도 아무런 해가 없는, 구름처럼 모습을 수시로 바꾸었고 너무 가벼워서 그 가벼움의 무게 때문에 역설적으로 압사할 것 같았다. 그럴 리가 없는데도 엄습하는 공포를 밀어낼 수가 없었다. 상상을 현실처럼 느끼는 병증을 앓았다. 어른들은 야간 신경쇠약이라고 생각했고 약을 안 써도 자연히 낫는 병이라고 여겼다. 내 기억에는 없지만, 민간요법의 한가지로 동태 복수하듯 공포에 찬 상황을 더욱 공포스럽게 조장하여 병을 아예 떼버리려고도 했다고 한다. 신경쇠약증은 어른들의 말대로 어느 순간 자연스럽게 사라졌다.

시간이 흘러 그때 병증의 잔존물같이 좋은 책을 읽으면, 문장에 깔려 한없이 작아졌고 그 거대한 경외감에 깔린 기분은 어린 날 아팠던 느낌과 어느 부분에서는 흡사했다. 어두운 밤의 추체험이 쌓여서 미래의 어느 순간을 미리 경험했다는 생각이 들었다. 좋은 책에서 스며들며 찌르는 문장을 읽으면 나는 이런 글을 절대 못 쓰겠구나 싶은 절망감과 나도 그처럼 잘 쓰고 싶다는 욕망과 함께, 결국 그렇게는 쓸 수 없을 거야, 체념한다. 생각들이 구름처럼 수시로 바뀌면서 몰려드는 구름 떼에 깔려 죽을 것만 같은 위태로운 생각이 든다. 도서관의 높게 쌓은 책기둥을 바라보고 있으면 이런 생각들로 가슴이 답답하다. 그 많은 지식과 정보와 의미들, 아름답게 꾀이는 문장과 말들이 무거운 책 속에 박혀 있는 까만 활자들과 함께 쏟아져 내려와 깔려 죽을지도 모른다는 긴장감. 참 바보가 따로 없다는 생각이 들면서도 어쩔 수 없이 드는 생각.

도서관에서 나온 날, 꿈속에서 홍수가 났다. 시멘트 교각이 물로 넘쳐흐르는 도로 위를 위태롭게 차를 몰고 가야만 하는 상황에 맞닥뜨렸다. 다리 앞에서 뭐든 삼켜버릴 것 같이 콸콸 쏟아지는 물줄기와 범람하는 절망 앞에서 망연자실 있다가 삶을 포기한 사람처럼 다리를 건너려는 순간, 거대하게 밀려오던 물의 수위가 갑자기 낮아지고 다리를 건너는 일이 아무것도 아닌 것이 되어버렸다. 공포는 금세 시시하게 끝이 나버렸다. 그리고 그것이 살고 싶어서 못 견디는 엄살에서 오는 것이라는 걸 깨달았다. 그러니까 그 어린 날의 신경쇠약에서 오는 공포도 살고 싶다는 희망의 강렬한 욕구 때문이어서 지금까지 살아왔고 좋은 책들의 기둥 속에서 깔려 죽을 수 있다는 공포는 좋은 글을 쓰고 싶다는 욕망이라는 걸, 마침내 좋은 글을 쓰는 날이 올 수 있을까, 믿고 싶지만 의심하면서 간신히 버텨나갈 수 있을 때까지. 책기둥 아래를 무심히 지나갈 수 있을 때까지, 쓰는 일을 멈추지 않기.

오지 않는 날들

예측도 없이 추측도 없이 미끄러진 시간들이 손잡이를 찾으려고
한다. 이렇게 추상적으로 말하면 생활은 어디에서 그림을 그릴까. 생
활의 풍경은 어디에서 도시락을 내놓고 달그락거리며 끼니를 채울
까. 낮의 밝은 고요는 어디서 온 빛일까. 어디를 향해가는 농담일까.
물음은 늘어나고 응답은 지연된다. 오지 않는 날들의 연착하는 이유
를 생각하기에도 벅찬 물음들이 문 앞에 와서 기다린다. 어떤 장면
이 나에게로 훅 열리는 그 순간의 영원성.

그 시간, 시와 시의 틈을 벌리며 간절하게 시적 몸을 회복하려고
애쓴다. 시가 오지 않은 날은 풀무질도 잘 안 된다. 마중물을 부을 수
도 없고 예열하기까지 걸리는 시간만 늘어난다. 그럴 때는 그냥 쓸
뿐이다. 분명히 마음에 들지 않는 글이 나올 게 뻔하다. 그러면 실현
도 현실도 아닌 주술의 말처럼 써본다. 푸른빛이 나오는 모니터 앞
에서 펌프질하며 감정의 근력, 아름다움의 회복, 시적 에너지와 텐
션, 상승작용, 언어의 상상력과 점프, 의미와 무의미, 비의, 비시, 비

약과 차분함, 보라와 노랑, 보색의 조합과 불균형이 간섭하면서, 두 귀를 끌어당기면서 한 편의 시를 또 한 편의 다음 시를 불러오는 날들. 간격이 좁아져서 결국 시의 곁으로 다가서기.

그것은 오직 가슴과 머리와 나의 손가락과 엉덩이와 의자와 노트북과 사유와 감각의 숲길을 나 홀로 걸어가는 길이다. 페소아의 입을 빌려 시와 내가 홀로 있는 방식, 시 쓰기란 시와 나의 일이니까. 전기 코일에 쇠젓가락을 대고 온몸에 전류가 흘러들어온 순간, 죽음의 문턱으로 들어갈 뻔한 순간을 감지하고 그곳에서 뛰쳐나왔던 것처럼. 그때처럼 지금 나를 구원할 수 있는 사람은 오직 나뿐이라는 걸. 그렇게 시를 부르는, 오지 않는 날들에 시를 부를 수 있는 사람으로.

좋은 날

봄볕이 좋은 어느 오후, 빨래를 널며, 이런 날이라면 참 죽기에 좋은 날이라고 생각했다. 아무 일도 일어나지 않을 것 같은 포근한 날이었으니까. 이 경험은 생활의 후렴구가 되었다. 삶이 음악이 되려면 리듬이 필요할 것이다. 높은음에서 낮은음까지 고저와 장단의 길이와 밋밋하지 않게 변주까지 곁들여진 다양한 음역을 오가는 노래가 될 것이다. 한결같이 낮거나 한결같이 높거나 하는 삶은 지루할 것이다. 좋은 노래가 될 수 없으니까. 삶의 리듬은 이렇게 좋은 일과 나쁜 일이 번갈아 가면서 인생이라는 음악으로 이루어지는 것이라고 생각한다.

석 달 가까이 음식물만 들어가면 복통이 왔다. 그러니까 나쁜 구간을 지나가고 있었다. 이곳저곳 작은 병원부터 큰 병원까지 진료를 받으며 '병원투어'를 했지만, 의사들은 원인을 밝혀내지 못했다. 성능 좋은 의료기계가 몸을 샅샅이 훑고 내시경으로 내장기관을 들여다보아도 병명을 알 수 없었다. 응급실 외에는 갈 수 없는 한밤에 복통이 오면 두 가지 겁이 났다. 하나는 아이들에 대한 걱정과 아직 할 일이 많이 남았는데, 그것도 못 끝내 놓고 사인도 밝혀지지 못한 채 애매하게 죽게 될까 봐.

누구나 이 세상에서 더 이상 숨 쉬지 못하는 이유를 한 가지씩 남기고 떠난다. 노환과 숙환으로, 지병으로, 사고로, 스스로 놓아버린 사람들도. 장례식장에 가면 조문객들은 망자의 삶과 함께 그가 왜 삶을 마감하게 되었는지를 묻는다. 태어난 이유를 묻는 일은 없지만, 죽음의 원인은 반드시 남기고 떠난다. 사랑하는 사람을 떠나보내는 일에 슬픔 외에 납득할 수 있는 이유란 없다. 주변 사람들에게 최소한 사인을 모르고 떠난 사람으로 남고 싶지 않다는 생각을 했다. 그렇게 엄살을 부려가며 아픈 원인에 골몰한 날들을 보냈다. 통증의 원인을 모르니 치료도 할 수 없어 답답하고 고통스러운 시간을 보내면서 죽음에 관한 생각을 자주 했다. 몇 달 간격으로 연이어 부모님과 친척 어른들을 차례차례 보내드리고 나니, 삶이라는 게 이토록 허망하고 슬픈 것이라면 애초에 왜 태어났을까 하는 어리석은 회의를 처음으로 하게 되었다. 상복 입고 울다가 끼니가 돌아오면 영정사진을 앞에 두고 육개장에 밥을 말아 먹었다. 나무젓가락에 빨갛게 스며든 국물을 보면서 목구멍으로 밥을 삼키고 있다는 사실이 슬펐다.

목련과 벚꽃과 라일락, 꽃들이 순서를 모르고 한꺼번에 피고 질 무렵, 눈이 부시게 화창하고 향기 가득한 어느 봄날은 참 죽기 좋은 날이라는 생각이 들었다. 하느님이 내려다보고 있다면 기도하고 싶었다. 이렇게 좋은 날 죽게 해 달라고. 처방전에는 한 종의 약 이름이 적혀 있었다. 마음을 달래는 약이라고 했다. 약 때문인지, 생존의 본능적인 엄살 때문이었는지 복통이 어느 날부터 서서히 사라졌다.

　지금도 여전히 맑은 가을 하늘 아래 물드는 잎들을 보거나, 찬 겨울 얼음 유리 같은 투명한 공중을 뚫고 이가 시리게 차가운 공기를 마실 때, 먼 산에 봄빛이 돌기 시작할 때, 기도한다. 이런 날이 좋은 날이라고, 먼 훗날을 미리 받아 둔다.

푸른 버찌가 흔들릴 때

꽃 진 잎자루 끝에 푸른 열매를 달고 흔들리는 벚나무 아래 서 있다. 버찌는 녹두보다 작다. 벚나무처럼 한때, 봄과 여름의 화양연화를 지난 '시절 나무'들을 떠올린다. 목련, 진달래, 개나리. 풋감처럼 풋사과처럼, 덜 익은 오늘의 마음은 쓸모없는 자투리 천처럼 너덜너덜 잘리고 뜯어지는 때도 있다. 마음의 옹졸한 소용돌이 안에서 어지럽고 괴로운 것도 '시절 고민'의 한때처럼 지나고 있다. 그만한 시절에는 그럴 만한 고민과 그럴 만한 희망을 만나기도 하면서 상황을 벗어나고자 한다. 스스로 경멸하면서 말소하고 싶은 생각으로 가득 차 있는 시기가 있다. 자신을 받아들일 수 없는 상황을 자책하는 일로 인해, 모래로 지은 집을 견고한 궁궐 한 채를 다 짓고 나오는 사람처럼 합리화의 달인이 되기도 한다. 고궁을 나오면서 내면을 통쾌하게 드러낼 자신도 없다. 모래 알갱이보다도 진창 속을 부유하는 진흙 알갱이보다도 더 작은 것들이 둥둥둥 비를 몰고 떠다닐 것이며 오장육부 안에서 덩어리처럼 웅크리고 정체되면서 구취가 나고

몸을 상하게 한다. 그것은 무너지는 마음이며 옹졸하고 한없이 작아
서 궁극에는 먼지처럼 마음 설 자리를 잃어버리는 상황이 온다. "아
무래도 나는 절정 위에는 서 있지 않"고 있다는 것을 알고 있다. 오
래될수록 견고하고 위엄을 더해가는 옛 궁전을 나오면서 위대한 시
인은, 옹졸한 마음을 스스로 까발리고 발설해서 조금이라도 없애고
싶었을 것이다. 고궁과는 대조되는 한없이 낮고 얕고 어설프고 가벼
운 자신의 마음 상태가 더욱 대조적으로 드러나도록. 외롭고 쓸쓸해
도 마음이 높은 곳에 있다면 의지는 단단하고 마음은 둥글둥글 서글
서글해져서 그런대로 견딜 만할 것이다. 흔들리는 푸른 버찌처럼 덜
익은 마음 앞에서 지금 순간이 어쩌면 화양연화일지도.

작가의 방

아담한 도서관의 '작가의 방'에 들어 왔다. 여닫이 유리문에 작가의 방이라는 푯말이 그렇게 붙어 있는 한, 나의 방은 '명실공히' 산실이어야만 했다. 알을 낳아야 하는 방이다. 작가의 방은 의무감이 있는 방이어서 좋다. 뱃속에 품은 알이 없는데 낳아야 한다니. 산란기는 오월부터 십이월까지. 암탉처럼 책상에 둥지를 틀고 알 대신 노트북을 품고 있어야 한다. '작가의 방'은 북쪽에 창을 두고 있다. 어둡고 조용하고 서늘해서 글쓰기에 적합하다. 불을 켜지 않으면 지하방 같아서 좋았다. 나는 매일 일기 비슷한 걸 쓰고 뉴햄프셔종처럼 알만 낳았지, 잘 품어주지 않아서 부화가 안 되는 시를 썼다.

지하 같은 작가의 방에서도 어떻게든 계절을 느껴보려고 했다. 곧 여름이 왔고 봄에는 봄을 좋아하는 것처럼 여름에는 여름을 더 좋아하는 사람으로 시의적절 하게 살고자 했다. 여름은 여름이니까 가능성이 많고 우박과 낙뢰 속에서도 풀이 우거지는 청춘을 닮아서 좋았다. 자연에서 자라는 닭은 빛을 좋아해 여름에 알을 더 많이 낳는다고 한다. 양계장 닭들이 이십사 시간 알을 낳기 위해 기를 쓰는 것도 산란용 형광등 빛 때문일 것이다. 작가의 방 형광등 불빛 아래서 시를 쓰기 위해 기를 쓰는 일도 나쁘지 않았다. 빛의 산란과 닭들의 산란. 작가의 방은 뉴햄프셔종 중에서도 별종이므로 동창이 밝아오고 종다리가 우짖는 곳이 아닌, 해가 지는 쪽에 있었지만, 글을 쓸 때는 북쪽과 서쪽을 선호하는 까닭에 작가의 방이 마음에 들었다. 낮에도 불빛에 의존해 사물을 인식해야 하는 곳이라서 어린 시절 한때, 낮에도 형광등을 켜야 하는 창이 없는 방에서 살았던 나에게는 아스라한 향수마저 불러왔다. 북쪽 창밖 담 옆에는 전봇대가 서 있다. 그 사이에 하나의 세상이 또 있다. 골목길엔 원룸단지에 사는 동네 사람들이 슬리퍼를 끌고 큰 소리로 떠들며 지나간다. 어느 날은 통곡하는 소리도 들었다. 사랑하는 가족의 부고를 전해 들은 것 같았다. 그는 동병상련의 아픔을 느끼며 슬퍼해 주는 누군가가 벽을 사이에 두고 있다는 것을 모를 것이다. 세상에는 나만 알고 너는 모르는 일과 너는 아는데 나만 모르는 일들로 가득하다는 것을.

어느 날은 도서관 직원이 봄에 옥상 화분에 뿌린 상추 씨앗을 너무 촘촘히 심어 애기상추를 솎았다며 한 봉지를 준다. 검정 봉지를 열어보니 정말 아기 손바닥만 한 연한 상추가 뿌리 채 뽑혀 쌉싸름한 냄새가 올라왔다. 도서관 옥상 상추밭이라, 궁금해서 올라가 보고 싶었지만, 상상만 한다. 건물을 청소하는 이모님과 경비 보는 직원 손에도 검정 상추 봉지가 들려 있는 걸 보고 도서관 옥상에는 이랑과 고랑을 탄 넘실거리는 밭이 있을지도 모르겠다고 상상한다. 수많은 장서를 품고 있는 도서관 위 텃밭이라니, 뭘 심어도 잘될 것 같았다.

벚꽃이 진 자리에 잎이 빠르게 올라오고 있다. 정지된 화면이 아니라는 것을 확인하게 한다. 커서가 어서 다음 문장을 내놓으라며 깜빡인다. 내면의 풍경이 떠오르지 않으면 작은 투명창으로 들어오는 풍경을 본다. '외물은 글로 옮기면 더 이상 나가지 않는다.' 오늘의 문장에 이 한 줄을 쓰고 더 나아가지 못하고 있는데, 참새는 아침부터 저녁 무렵까지 지저귄다는 게 새삼스러웠고 보통 새들은 운다고 표현하는데, 왜 참새나 제비한테는 지저귄다고 하는 게 더 자연스러울까 생각한다. '운다'와 '지저귄다' 사이에는 어떤 감정이 들어차 있을까. 슬픔의 객관적 상관물로 쓰기에 참새와 제비는 너무 사람과 가까이 있어서 친숙하고 흔한 새라서, 그저 수다만 떠는 것 같아서 지저귄다고 붙인 것일까? 이런 쓸데없고 심심한 질문을 해본다. 그러다가 결국은 피할 수 없이 노트북을 안고 끙끙댄다. 작가의 방이니까. 커서가 깜박이는 일기의 마지막 문장을 생각해본다. 글은 안 써지는 것이 아니라 노트북을 펼치지 않았기 때문에 못 쓰는 것이라고. 그리고 뜬금없이 한 줄 더 적어본다. '예술에 기준은 없다. 오직 표현만 있을 뿐이다.' 이런 사족 같은 사족을. 그러다가 '작가의 방' 푯말을 떼어내고 싶은 마음을 가까스로 참았다. 아무래도 알 낳기는 글렀다.

일식을 추억하며

가끔은 쓸데없는 일에 광분하고 열광한다. 2020년 6월 21일, 일요일 오후 화장실에서 볼일을 보다가 불현듯 놓쳐서는 안 될 시간이라는 걸 떠올렸고 조바심이 났다. 지금 시각이 오후 네 시와 여섯 시 사이라는 것을. 지금 안 보면 십 년 후에나 볼 수 있다니! 내 나이에 10을 더했고 그건 너무 오랜 시간을 기다려야 한다는 생각이 들었다. 놓칠 수 없는 순간은 놓치면 안 된다는 압박감이 들었다. 도구를 챙길 겨를도 없이 서둘러 밖으로 나갔다. 빛의 채도가 아침도 아니고 오후도 아닌 노란 귤빛으로 비추고 있었다. 어떤 일의 징후가 보였다. 흥분하며 하늘을 올려다보았다. 아무런 준비도 장비도 없이 맨눈으로 하늘을 올려다보려 했으니, 당연히 눈을 뜰 수가 없었다. 맨손으로 해를 잠깐 가릴 수는 있어도 맨눈으로 해를 보는 무모한 짓을 하고 있다는 것을 알면서도 마음은 타서 미간을 잔뜩 찌푸리고 하늘을 올려다보니, 일이 벌어지기 전의 징조와 기운이 심상치 않았다. 사위는 소낙비가 올 것처럼 갑자기 어두워지고 있었다. 마음이 조급했다. 뭔가 눈을 가릴 도구라도 찾아보려고 근처 쓰레기 분리수거장으로 달려가서 노란색으로 코팅된 과자봉지를 주워들어 눈에 대고 하늘을 올려다보았지만, 강렬한 태양 빛을 가릴 수는 없었다. 눈가가 파르르 떨리며 눈이 부셔 저절로 감겼다. 눈꺼풀을 열 수조차 수가 없었다.

간절하게 바랐다. 예수도 부처도 모셔본 적이 없지만, 간절히 빌고 바랐다. 그 순간만큼은 오직 하나, 일식을 보게 해달라고 간절하게. 그리고 하늘을 올려다보았다. 그때였다. 부추전을 찢어 먹다가 남긴 것 같은, 너덜너덜한 짙은 회색 구름 한 덩어리가 해를 향해 천천히 다가갔다. 그 순간 정말 순간의 기적이라고밖에 할 수 없는 일이 일어났다. 보였다! 달그림자가 서서히 해를 덮고 있었다. 한 조각 구름이 눈부신 해를 장막처럼 가려줘서 맨눈으로 볼 수 있었다. 나는 맨눈으로 일식을 본 최초의 사람이 되었다. 지구와 달이 일직선으로 놓여 해를 가린 달은 태양을 상현달 모양으로 만들어가고 있었다. 부분일식이었다. 해와 지구와 달이 우주 공간에서 일렬로 나란히 겹쳐지고 있었다. 간절하게 바라고 바라면 온 우주가 도와준다는 말을 체험하는 순간이었다. 경이로웠다. 거기 당신이 있어 내가 있고 우리가 있다는 증거였다. 우리는 우주와 서로 간섭하고 섭동하면서 그렇게 움직이고 있었다. 내가 당신 곁으로, 당신이 내 곁으로, 서로를 간절히 끌어당기며.

생활의 볼륨

창문 밖에는 같은 눈높이의 소나무가 서 있다. 나무는 보는 곳이 정면이니, 나와 정면으로 대면하고 있다. 까치가 찾아와 둥지를 틀고 알록달록 검푸른 알을 낳는 집은 손을 뻗으면 닿을 것 같이 바로 눈앞에 있다. 어제 그 위로 우박이 쏟아졌다. 새집에도 우박이 반 줌은 들이쳤을 것이다. 안부가 걱정되었다. 간밤에 별일 없이 지냈는지 다행하게도 아침에 까치 울음을 들었다. 오후에는 그 자리에 까마귀 소리가 날아와 앉는다. 연둣빛 송홧가루가 연기처럼 날린다. 상서로운 일인지 아닌지 징조와 징후는 짝패처럼 붙어 다닌다. 며칠 전에는 낯선 스콜성 비가 쏟아졌다. 곧 돌아올 여름날에는 이 비가 더 자주 내릴 것 같은 예감이 들었다. 붙박여 한자리에 가만히 서 있는 나무도 사건이 많고 역사가 쌓인다.

날씨는 점점 더운 이국의 기후를 닮아간다는 생각이 들었을 때, 여행을 다녀왔던 나라의 온도가 그리워졌다. 마른 풀잎을 엮어 만든 모자에 그 도시에 핀 노란 꽃을 꽂고 딱히 햇빛을 막는다기보다는 햇빛은 맞는다는 기분으로 얹어 쓰고 대낮의 눈부신 거리를 걸었다. 땀이 송글송글 맺혀 흐르고 한참 걷다가 더 못 걸을 것 같으면, 얼음으로 가득 찬 음료를 마시기도 했다. 낯선 사람들을 스쳐 지나던 이국의 오래된 골목길이 떠올랐다. 국경을 넘는 모든 여행은 그래서 타국이 아니라 이국이다. 남의 나라라기보다는 다른 나라. 익숙한 것보다 낯설고 이질적인 것이 새롭게 다가오는 아름다움처럼 생각지 않은 우연한 지난 시간으로 데리고 가기도 한다.

새벽에는 성인이 된 아이가 아기가 되어 물에 빠지는 꿈을 꾸었다. 잠에서 깼는데 심장이 아프고 어금니를 깨무느라 이가 솟아서 턱에 통증이 왔다. 꿈속에서 아이를 살리려고 고통에 몸부림치느라 현실로 돌아와서도 아무리 꿈이라지만, 건져내지 못한 죄책감 고통, 그것이 꿈이어서 다행이라는 안도감에 울었다. 길흉과 화복이 꿈과 현실이라는 하나의 선분 위에서 공평하게 놀다 간다. 소란은 나뭇잎을 술렁거리게 한다. 남은 시간은 알 수 없으므로 아름답다. 알 수 없는 시간은 희망과 불안이 함께 남아 있을 것이다. 물고기 떼들이 한 아름 헤엄쳐 왔다. 꿈속에서 자주 나오는 이 장면은 어제의 꿈인지 내일 꿀 꿈인지 분간할 수 없다. 풍요의 노래가 숨어 있기 때문일 것이다. 때가 되어도 배가 고프지 않은 것은 아직 때가 아니라는 뜻일 것이다.

만만한 삶은 언제

내가 방바닥을 기어 다닐 무렵, 작은엄마가 나에게 '너는 늦될 아이다'라고 했다는데, 언젠가는 무언가가 되어 있겠지, 나는 늦될 사람이니까. 이렇게 스스로 주문을 곱씹으면서 십 대에도 이십 대에도 앞으로 이뤄질 것이 자동으로 찾아올 줄만 알고 준비를 열심히 하지 않은 것도 그 예언 때문이라고, 이제 팔순에 가까운 작은엄마를 원망할 수도 없다. 학문에 그다지 깊은 뜻을 두지는 않아서 어쩌면 당연하겠지만, 공자님의 삶과는 반대의 삶을 살고 있으니, 내 나이 십 대에는 모르는 게 너무 많아서 교과서를 외기도 벅찼다. 파도에 휩쓸려 질풍노도까지는 아니어도 돛단배의 뱃머리를 잡고 이 배는 놓치지 않으려고 그 많은 경쟁 속에서 실패가 두려워서 도전하는 것도 멀리했고 그렇다고 탈선을 한 것도 아닌 어정쩡하게 보낸 이십 대에는 그저 시간이 빨리 흘러가기만 기다렸다. 드디어 삼십 대가 되면, 나는 늦될 아이이니까 뭐든 되어 있을 줄만 알았기 때문이었다. 지식과 삶의 지혜가 생활이 맞닿은 곳마다 비례하여 완만한 성장을 하고 사십 대에는 중장기발전계획 따위야 A4 한 장에 거뜬히 쓸 수 있을 줄 알았다. 오십 대가 되면 나보다 어린 타인을 가르칠 수 있고 후배들이 따르며 육십 대에는 삼 년마다 멋진 노년의 삶에 대해 비전을 세우고 눈 감을 때가 되면 평안한 영면을 기대하고 있다.

그 상상대로라면 지금 나는 내가 가진 것들을 긁어내어 다른 사람을 가르치느라 정신이 없을 시기이다. 결코, 다소곳이 응대하지 않을 것 같은 후배에게 얘야, 삶은 그렇게 만만하지 않아, 꼰대 중의 상꼰대처럼 다리를 떨며 얘기할 줄 알았다. 아무렴, 늦될 아이로 출발했으니까. 그러니까 언감생심이다. 그러기는커녕 나는 아직도 나를 몰라, 내가 어렵고 너도 어렵다.(이 말은 왜 또 이렇게 자주 하는지.) 그러니 너도 내가 어려울 테고……. 그렇게 갈팡질팡하다 가는 게 인생이 아닐까, 라고 생각하다가도 아무리 그래도 그렇지, 살아온 시간이 얼마인데. 적어도 나는, 나에게 삶은 이런 것이야, 라고 새기며 통쾌한 깨달음을 얻을 줄 알았다. 스물엔 철이 없었고, 서른에는 이룬 것 없어 서러웠고 마흔에는 혹한 것들이 많아 이러지도 저러지도 못한 날들과 하늘의 명을 깨달을 나이에 다다른 삶은 아직도 세계는 알 수 없는 것투성이니, 망백이 되면 모든 감각기관이 퇴화해 눈을 제대로 뜰 수조차 없어 삶을 관조할 수밖에 없게 되었을 때가 되어서야 비로소 인생이란, 눈을 길게 떴다가 짧게 감는 순간의 일이었구나! 한마디 탄식을 하며 그때 문득 깨닫게 될는지 모르겠다.

여름여름한 여름

언젠가부터 겨울의 거리 풍경은 커다란 김밥말이튀김 같은 검정 롱패딩이 거리를 휩쓸고 다니기 시작했다. 길을 걷다가 검정 롱패딩을 입은 무리가 반대쪽에서 다가오면 모두 다 똑같은 사람처럼 보였다. 얼굴을 자세히 살펴보지 않으면 내가 아는 사람인지 아닌지 분간하기가 어렵다. 몇 번의 겨울을 보내고 나서야 나는 내가 여름을 더 좋아하는 이유 중 검정 롱패딩이 싫어서, 라는 이유 하나를 첨가했다. 그해 겨울올림픽이 끝난 후 한결같은 겨울패션은 어디서나 마주쳤기 때문인지도 모른다. 이토록 단순한 생각이 어떤 걸 더 좋아하거나 덜 좋아하는 이유가 되기도 한다. 검정 롱패딩이 안 보이는 여름이 좋았고 여름의 반대말은 눈사람이 아니라 롱패딩 같았다. 여름을 훨씬 더 좋아하게 되었고 겨울을 훨씬 더 싫어하게 되었다. 그러니까 단순하게 겨울의 반대말이 여름이 아니라는 뜻과도 같아서 좋았다. 그것은 수많은 반대말과 수많은 비슷한 말 중에서 나에게만 해당하는 단 한 가지였기 때문에 특별했다. 누구와도 나눌 수 없는 특별함이 있다는 것은 나만 아는 비밀 같은 거였다.

　막상 여름이 오면 습하고 무더워서 언제 이 더위에서 탈출하게 될지 걱정이었지만, 좋아하는 많은 이유 중의 중요한 사실은 초여름의 다양한 층위의 녹빛 때문이었다. 연두, 하고 부르는 성음이 좋다. 그 안에는 시작이라는 층위의 말랑말랑한 설렘이 들어 있다. 초록, 풀잎, 발음하는 소리에 시큼한 여름이 보인다. 초록초록하고 여름여름하다는 형용사 하나를 더 만든다. 더위에 지쳐 느긋하고 나태한 날들의 여유로움을 좋아한다. 식물들이 번성하는 화려함을 좋아한다. 여름을 좋아하는 이유를 나열하는 일로 하루를 보내도 좋겠다는 생각을 한다. 여름은 어딜 보나 여름이어서 종일 북쪽과 서쪽을 바라봐도 외롭지 않아 좋다. 여름은 '아직은'이라는 말미가 있어서 좋다. 아직은 덜 익은 풋과일들이 매달려 있어서 좋다. 밤이 늦게 찾아오고 아침이 일찍 찾아와서 좋다. 웅크리지 않아서 좋다. 예고 없이 뜨는 무지개가 좋다. 천둥 번개가 치고 산 넘어 마른번개를 신비롭게 바라볼 수 있어서 좋다. 정지가 아니라 움직임이 많아서 좋다. 나무는 청춘이라서 좋다. 상투적이지 않아서 좋다. 원색이어서 좋다. 얼음과 가까이 있고 싶은 날들이라서 좋다. 주홍빛 능소화가 피는 시간이라서 좋다. 팥배나무에 풋것들이 다닥다닥 매달려 있어서 좋다. 찌는 햇빛 속에서 우울할 틈이 없어서 좋다. 느닷없는 소나기에 옷이 젖어서 좋다. 젖은 옷이 빨리 말라서 좋다. 추위가 아직은 멀리 있어 좋다. 생각들이 멀리 가서 좋다. 지금은 여름여름한 여름이다. 맘껏 좋아하자, 쏟아지는 잠을 참으며 여름을 부릅뜨자.

차와 생활

생계 때문에 짧은 시간에 이곳저곳으로 이동하려면 자동차가 필요했다. 급하게 면허 준비를 했다. 이론시험은 통과했는데, 도로 주행에서 낙방했다. 두 바퀴로 굴러가는 자전거를 못 타는 나로서는 네 바퀴나 되는 자동차는 균형을 잡으려 필사적으로 노력하지 않아도 되고 옆으로 넘어질 염려도 없으므로 운전하는 것쯤이야 누워서 떡 먹기라고 생각한 것이 낙방의 당연한 결과였다.

자전거를 배워보자고 했던 어느 봄날, 중심을 못 잡고 개나리 울타리를 들이받고 넘어지는 바람에 쓰러진 꽃에게 미안했다. 그러고도 몇 번을 넘어지고 무릎이 까이기 일쑤여서 결국 일찌감치 포기했다. 사실 자전거는 중심을 잡는 일이 전부라고 할 수 있겠으나 기본과 핵심을 극복하지 못했으니 배움의 자세가 아니었던 것이다. 자동차 운전은 결정적으로 차체 감각에 둔했다. 자전거는 내 몸과 달리는 면적이 비슷했지만, 자동차는 몸체가 커서 차선에서 이탈하기가 일쑤였다. 반대쪽에서 차량이 질주하면, 내가 행여나 중앙선을 넘을까 봐 겁이 났다. 정면은 안 보고 차선 맞추기에 급급하다 보니 차는 지그재그로 흔들리며 불안했다. 차를 똑바로 세우기 위해 핸들을 부여잡고 안간힘을 썼다. 긴장하느라 어깨부터 힘이 들어가고 손목도 뻐근했다. 매사에 이렇게 두 주먹을 불끈 쥐고 달려들었다면 못할 일이 하나도 없었을 것이었다.

"아니, 지금 차를 들고 가려는 겁니까?" 조수석에서 도로 주행을 가르치던 강사가 힘을 잔뜩 들이고 있는 나를 한심스럽게 바라보며 말했다. "몰고 가야죠! 운전은 힘으로 하는 게 아니에요, 힘을 빼요, 빼! 운전은 머리로 하다가는 늦어요. 머리로 따지지 말고 몸의 감각을 믿는 거예요, 몸이 먼저 반응해야 죽지 않아요!" 선생을 잘 만나 힘을 뺀 결과 바로 주행시험에 합격했고 면허증이 장롱으로 들어갈 틈도 없이 곧바로 중고차를 사서 몰았다. 초보 시절에는 선생의 말을 새기면서 두 팔만은 연체동물처럼 힘을 빼고 최대한 흐물거리자고 노력했다. 그러다가도 초행길에는 누구라도 다치게 할까 봐서 여전히 손목에 긴장이 들어가긴 했지만, 그럴 때마다 선생의 말을 곱씹었다. '지금 차를 들고 갈 거니? 힘을 빼라고!' 말 잘 듣는 학생처럼 실천을 잘하는 드라이버로 성실했다. 그런데 몸의 감각이 먼저가 되어야 죽지 않는다는 말은 여전히 이해하지 못했다. 위험한 순간이 닥치면 당연히 먼저 판단부터 한 다음에 순발력 있게 몸을 피하지, 어떻게 몸이 먼저 안다는 말인가.

이후 삼사 년 정도 운전경력이 쌓이다 보니 긴장감도 사라지고 정체 구간에서는 깜빡 졸기까지 하는 위험천만한 일도 있었다. 신호 잘 지키고 과속하지 않는 모범운전자로 살아가던 어느 날, 시내 사거리에서 좌회전 신호를 길게 기다리다가 녹색 신호등으로 바뀌자

마자 급출발하는 순간, 눈앞에서 가로막는 검고 육중한 방해물이 유리에 시커멓게 나타났다. 오토바이였다. 하마터면 오토바이를 아니, 사람을 칠 뻔했다. 아니, 쳤다고 생각하는 순간 내 몸은 어느새 좌회전을 빠르게 했고 큰일이 일어났을 것이라고 판단한 찰나, 오토바이는 나보다 먼저 앞서가고 있었다. 무의식적으로 나는 핸들을 꺾었고 무의식적으로 장애물을 비껴간 것이었다. 아무 일 없는 게 천만다행이었다. 머리가 판단하기 이전에 몸이 먼저 행동에 돌입한 결과 아무도 죽지 않았다. '재빨리 좌회전해서 사고를 벗어나야지.' 이렇게 마음부터 먹고 행동했더라면, 이미 사고는 벌어졌을 것이었다. 사고思考보다 몸의 감각적 판단이 더 빨랐다. 선사후동이 아니라, 선동후사의 본능적인 움직임이 사고를 비껴갈 수 있었다. 머리로 따진 다음 행동했다면, 일이 벌어지고 말았으리라. 후들거리는 다리로 간신히 액셀러레이터를 밟으며 차를 한쪽으로 세워놓고 가슴을 쓸어내렸다.

세월이 흘러 두 번째 자동차마저도 서서히 낡아가고 있지만, 트렁크에는 몇 년 전부터 싣고 다녔던 있는지 없는지도 모르는 쓸모없는 것들로 가득하다. 치우고 버려야 할 것이 자꾸만 생겨난다. 함부로 버릴 수 없는 이유는 사소한 것들이 어느 날은 절실하게 다가와 기억과 추억을 주기 때문이다. 이런 이유로 물건을 쌓아두고 집착했다. 일을 벌인 만큼 해결하고 치워야 할 일이 늘어난다. 이 또한 짐이다. 이동용 작은집 한 채에 들어가는 유지비와 청소도 해줘야 하니 노동력도 동원해야 한다.

그러나 자동차는 때론 방해받지 않고 홀로 낭만 즐기기에 최고다. 비 오는 날엔 운전석에 누워 세차게 때리는 빗방울의 발바닥 소리를 음악처럼 듣고 있으면 더할 나위 없이 좋다. 가끔은 노트북을 들고 나가 숲으로 가는 길가에 차를 받쳐놓고 원고를 손볼 때도 있었다. 이런 이동식 작업실은 봄날과 가을날의 별서이다. 자동차에 짐이 늘어날 때마다 생각한다. 아침을 먹고 치우면 다시 점심이 앞에 있고 점심을 해결하면 저녁상이 고민되는 것처럼 자꾸만 숙제를 만드는 것이 인생이다. 짐은 벗을 수 없다. 일상의 고민과 숙제는 일생을 해야 하는 생활이다. 커피를 마시며 소설책 한 권을 읽고 나면 금세 지나가는 것이 인생이다. 온전한 안정이란 없다. 하나가 풀리면 다시 또 하나가 눈앞에 나타난다. 끊임없이 펼쳐진 허들 경주처럼 전속력으로 달려 하나를 넘고 그 힘의 반동으로 또 하나를 넘어야 한다. 그저 달릴 뿐이다. 달리고 넘고 달리고 넘어지고. 살아 있다는 증거 그 자체. 다만, 지나치게 손아귀에 잡아채서 꽉 쥐려 하지는 말 일이다. 삶은 액셀러레이터가 밟는 방향으로 진행할 뿐이다. 고통이든 기쁨이든 삶을 주행하는 방식이다. 안간힘을 쓰고도 버티기 힘들어 무모한 생각이 들 때 나는 내게 말한다. "아니, 지금 삶을 통째로 들고 가려는 거니?"

비가 오는 시간

시간은 신과 같은 권한을 가졌다. 흘러가는 건 누구도 막을 수 없으니까. 그러나 신은 또 다른 선물을 주었다. 똑같은 양이지만, 가져가는 사람에 따라 다르게 느끼는 능력을 준 것이다. 옛날이야기에도 시간을 다르게 사용하는 사람의 이야기가 있다. 긴 시간을 초단시간으로 치환해버린 달인의 이야기인데, 우리가 익히 알고 있는 바로 그 이야기이다. 나무하러 갔다가 신선들이 두는 바둑 구경하는 재미에 푹 빠져 있다가 날이 어두워져 집에 돌아오니, 아내도 어머니도 벌써 죽고 증손자가 자신의 제사를 지내고 있더라는. 바둑 경기 한 판 구경했는데, 백 년 동안의 일이었다니. 흥미 있는 일에 젖어 있으면 시간 가는 줄도 모른다는 주제의 전형이다. 신선놀음에 도끼자루 썩는 줄 모른다는 속담과 함께 시간이란 좋아하고 싫어하는 것 틈에서 다르게 감지된다. 갈 것은 가게 되어 있고 올 것은 오게 되어 있다. 물이 흐르듯 자연스럽고 누구도 말릴 수 없는 신의 소관이라는 것.

지금은 가을비가 오는 시간. 이 또한 신의 권한. 빗소리가 좋아서 문을 열어놓자니 오소소 팔에 소름이 돋는다. 창문을 닫자니 빗소리가 그쳤다. 팔뚝에 소름이 돋는 대신 빗소리를 들여놓기로 한다. 이 비는 시간이 시간에 바통을 넘겨주고 계절을 재촉하는 비다. 여름을 작별하고 가을의 손아귀에 빛과 시간의 진두지휘를 넘기는 일. 이 비가 그치고 나면 가을의 역사役使대로 계절의 권한이 다 넘어가겠지. 계수나무 동그란 잎에 달콤한 냄새가 짙어진다. 물기를 다 버리고 진액만 남으려는 것. 진짜만 남기려는 것. 초록을 벗고 이제 여기 없는 나무. 여기로부터 거기로 부는 바람. 바뀌는 공기. 없는 구름. 이제 여기 없는 사람. 이제 없는 사랑. 사랑은 사랑의 일로만 끝나는 것이 아니어서 녹이 녹으로 남아 상처의 부스러기처럼 기억되겠지. 멀리 떠난 사람을 그리워하며 부스럼을 긁을 때마다 떨어지는 살갗의 비늘처럼, 살아 있는 동안 살아서 아직 남은 사람의 옷자락을 걸고 있는 미늘처럼, 어쩌다가 갑자기 덜컥 걸려서 애도가 종료된 지 한참 만에 찾아오는 슬픔의 고리에 꿰어.

거울을 어루만지다

친구가 어린 시절 살았다던 동네를 가보았다. 누군가의 어린 시절 이야기를 듣는 일은 나의 어린 시절을 거울 앞에 놓고 들여다보는 것과 같다는 생각. 낯익은 전생을 나란히 두는 일이다. 그가 어린 시절 다녔던 학교와 운동장을 함께 걸어보았다. 사라진 발자국을 따라 사라질 발자국을 보태는 일. 그는 추억을 회상했고 나는 그의 추억을 상상했다. 시간과 공간을 거울처럼 맞대면 동시에 찍혀져 나오는 무늬가 있다. 거울 속엔 같은 계절과 다른 계절이 동시에 들어 있다. 살구꽃과 여름의 문턱을 넘어간 까만 버찌와 멋없는 측백나무. 이순신과 세종대왕과 책 읽는 소녀가 청동의 녹을 견디며 서 있었다. 도덕 교과서에 실렸던 허구 속의 반공 소년이 아직도 있다. 회상과 상상 속에 있다. 사이프러스 나무 사이를 날아가는 까마귀와 까치와 운동장을 쪼는 참새와……. 서로 응하고 대면하고 비추는 것의 사물과 장면들이 서로를 얽는다. 그때를 바라보는 것들이, 초침과 분침이 각자의 방식으로 째깍거린다.

친구의 옛집은 패망한 왕조의 왕궁이 있었던 곳 근처였다. 어린 시절 놀았던 곳은 몰락한 왕가의 뜰이었다. 나라의 백성들이 적국의 포로가 되기 싫어서 치마를 뒤집어쓰고 뛰어들었던 퍼런 강물이 마을 앞에 흘렀다. 멀리 가려는 친구와 패망한 왕조의 옛 궁터를 밟아 보았다. 언제 우리가 다시 여기를 올 수 있겠니, 서로가 서로에게 말했다. 우리는 각자 출발한 곳과 떠나온 장소에 대한 이야기를 나눴다. 세상에 나온 곳과 돌아갈 곳에 대해 생각했다. 그런 다음 궁궐의 남쪽에 있었다는 연못에 앉아 김밥을 먹었다. 당근은 달고 단무지는 노랬고 시금치는 푸른 것의 향을 담고 있었다. 연못 주위로는 조명기구가 촘촘하게 설치되어 있었다. 밤이 되면 불빛이 아름다울 것 같아서 그 밤의 불빛들을 상상했다. 색색의 빛으로 가득한 그 불빛들을. 용을 품었다는 연못은 용이 살 것 같지는 않았다. 이 세상에 없는 상상의 동물이 안고 있는 것은 상상 너머의 무엇이었을 것이다. 너의 품에 나의 품에 안고 안기는 것들을 생각했다. 비극이 끝나는 곳에서 또 다른 비극이 생기고 나라가 끝나는 곳에서 또 다른 나라가 역사를 시작한다. 사랑이 끝나는 곳에서 사랑이 다시 시작된다. 시작이란 끝나는 곳에서부터 출발하는 거니까. 이 생각이 들었을 때 우리는 각자의 거울 속으로 들어가는 것 같았다.

듀얼타임

여기는 꽃이 지는데, 거기는 꽃이 핀다. 너의 시간과 나의 시간이 함께 간다. 우비를 입고 나온 아침, 네가 만든 올해의 첫눈사람이라며 사진을 보내온다. 낮의 정오와 밤의 자정이 만나 왼손과 오른손의 협업, 왼쪽 뺨과 오른쪽 뺨이 만난다. 옆모습과 옆모습이 하나의 얼굴이 되어 화합할 때, 왼발 다음에는 오른발, 오른발 다음에 또 오른발. 발이 꼬이기도 한다. 손이 꼬이면 너를 만질 수 없다. 나의 낮은 당신의 밤처럼 어둡다. 동그란 벽시계의 중심 원을 지나는 한 점을 향해 접으면 삼백육십 도 이십사 시간 대응하는 시간들. 시간에도 복수가 필요하지. 나의 시간들과 너의 시간들. 너는 잘 시간, 나는 일어날 시간이야. 자고 먹고 일하고 사랑하는 일. 자다가 먹다가 사랑하다 죽는 일. 이생의 다복이야. 새해마다 받은 복을 다 치자면, 이게 도대체 얼마야. 다람쥐가 커다란 바퀴를 역방향으로 구른다. 당신은 아침을 나는 저녁밥을 먹는다.

올봄엔 회양목꽃이 다 지도록 벌을 못 보았다. 거긴 지금 천리향이 피는 계절이지. 꿀벌이 잉잉거리겠지. 향기는 상상만으로 맡을 수 없을까? 놓친 시간은 앙금으로 가라앉는다. 떠난 사람과 남은 사람 중 누가 더 상대를 생각할까. 남은 사람이 떠난 사람을 더 생각하지 않을까, 남은 사람이 말한다. 떠난 사람은 두고 온 것에 대해 생각하겠지. 서로 가져간 새로운 시간과 공간을 맞이한다. 남은 사람은 떠난 사람의 부산물을 처리한다. 익숙한 시간과 공간을 살아간다. 그 공간이란 떠난 사람의 추억이 담긴 곳이다. 떠난 사람은 검은 구멍 속으로 빨려 들어갔다. 여백은 공백처럼 느껴질 것이다. 모든 것은 변함이 없는데 사랑하는 사람이 당장 눈앞에 없다는 것. 그 사실이 부재와 공백을 더 크게 만든다는 것. 떠난 사람은 말한다. 여기는 비가 오는데 거기에서 듣던 빗소리와는 다르구나. 온도는 같은데 시차가 다른 곳에서 한 말이었다. 한쪽에서는 사람들이 공원을 산책하면서 개를 쓰다듬고 있었다. 한쪽에서는 한 사람이 먼저 간 사람의 봉분을 쓰다듬고 있었다. 다른 공간과 시간 속으로 들어 간 사람은 언젠가는 같은 시간 속에서 만날 것이다. 사진 속으로 들어간 사람이 안녕, 안녕! 사진 밖으로 나와 산 사람에게 손을 뻗는다.

깊은 밤에 전등을 켜는 일

글이 써지지 않을 때는 어떻게든 쓰려고 하면 써진다. 잘 쓴 글은 아니더라도 허접하고 토가 나올 것 같은 글이라도 써진다. 그것은 정말이지 '쓴다'는 것이 아니라, '써진다.' 쓰게 하여 쓴다. 의무감에서 수동적이고 강제적인 글쓰기이다. 짓이 나서 쓰는 글이라기보다는 한 방울 물이라도 털어낼 것처럼 빨래를 쥐어짜듯 머리를 쥐어짜내어 겨우 몇 방울이라도 받아서 쓰게 한다. 억지를 부리며 떼를 쓰는 글이 다른 사람의 마음을 움직일 리 없다는 것을 알면서도 매일 운동하는 사람이 하루를 빼 먹으면 왠지 찜찜해지는 기분이 싫어서 단지 그 싫은 감정을 들지 않게 하기 위한 것이다. 운동은 억지로 하는 것일지라도 근육과 심장을 튼튼하게 하지만 쥐어짜서 쓰는 글은 안 쓰는 것만 못한 경우가 대부분이다. 못한 글은 버리면 된다. 내게는 이 지구를 다 털어 넣고도 남을 만한 커다란 휴지통이 있다.

손끝에서 쌀자루 터지듯 글이 줄줄 쏟아져 나오는, 쓸 수밖에 없는 상황이라면, 그보다 더 황홀한 순간은 없을 것이다. 그러나 글

을 써야만 한다면, 쓰기 싫은 글을 의무감을 가지고 써야 할 때는 ㅇ
ㅇ처럼 괴롭다. ㅇㅇ처럼, 직유의 자리에 들어올 적당한 말이 생각나
지 않아서 또 괴롭다. 그러므로 글을 쓰는 일은 못생긴 내가 거울 앞
에서 조금이나마 어떻게든 괜찮아 보이게 하려고 머리를 빗어 올리
기도 하고 우울감에 축 처진 얼굴 근육에 힘을 주고 눈을 치켜뜨고
경쾌한 척, 미소를 지어 보이는 일이다. '나 아무렇지도 않아.' 이성
적인 생각은 감성적인 마음 같지 않고 감성적인 마음은 진실의 글에
닿지 못한다. 목욕재계하고 글을 쓰기에 최적화 상태로 의관을 정제
하고 기다리다 글이 나와 주기를 기대하는 순간에 술술 잘 쓴다면
얼마나 좋겠느냐만, 언감생심이다.

헤밍웨이는 이야기가 이어지지 않고 나아갈 기미가 안 보이면 잘
써지지 않는 자신의 글을 원망하기보다는 하릴없이 귤껍질을 까서
난로에 던졌다고 한다. 귤껍질이 타오르는 불 속으로 들어가 파란
불꽃을 일으키며 톡톡 터지고 지지직 타는 그 모습을 물끄러미 바라
보았다. 그래도 써지지 않으면 창밖으로 보이는 도시의 지붕들을 바
라보았다. 그리고 그 자신에게 최면을 걸었다. '걱정 마! 너는 언제든
지 쓸 수 있어. 그전에도 잘 썼고 앞으로도 쓸 거니까. 내가 알고 있
는 진실한 문장이 기다리고 있을 테니까.' 그는 정신의 휴식과 몸의
이완작용을 거친 후에 다시 흰 종이 앞에 다가섰을 것이다. 기다리
고 있는 무한한 종이의 여백 앞에서 공포감과 절망과 바라건대 조금
의 희망이 자라서 쓱싹쓱싹 연필이 획을 그으며 지나가는 소리를 들
기를, 나도 나에게 주문을 걸어본다. 깊은 밤 전등을 켜고 글을 쓰는
일은, 혼자 걷는 길에 자신이 내는 발소리를 들으며 발자국을 찍는
일. 나는 이 길을 끝까지 갈 수 있을까? 희미한 희망 속에서 단지, 쓰

는 것이다. 그것 외에 무엇이 더 필요한지 생각하지 않는 것. 쓰려고 하면 무엇이든지 써질 것이다. 아침에 일어나 간밤에 쓴 글이 유치찬란하고 거북하여 부신 눈을 감거나 얼굴이 화끈거려서 쓴 종이를 찢고 싶은 생각이 들망정, 글 앞에서 정직하든 정직하지 않든, 지뢰를 밟지 않는 한, 한 발을 떼 내면 다음 발을 디뎌야 나아갈 수 있으니까. 새는 물은 계속 새려 하고 물은 높은 곳에서 낮은 곳을 향해 흐르는 것처럼. 그렇게 글도 글을 향해 나아간다. 글이 안 될 거면 글자라도 되니까. 일단 어망이라도 던져야 물풀이라도 걸려들 테니까. 정이 안 써지면 책을 읽고 시동을 거는 것이다. 풍구를 돌리고 공기를 불어 넣어 뭐라도 태워야 하므로.

하루키의 산문을 읽다가 나도 산문을 쓰고 싶어 죽겠다는 생각이 들었던 적이 있다. 그의 글은 글 쓰는 일을 직업으로 삼지 않은 사람들도 쓰고 싶어지는 추동력을 준다. 누구에게 글을 쓰라고 재촉하지 않아서 그렇다. 그저 쓰는 것이 기쁘고 좋아죽겠다는 것처럼, 읽고 있으면 그런 생각이 들게 만든다. 누구라도 자기도 모르게 빠져들 글이다. 동시에 두려워진다. 누가 나의 글을 읽고 글을 쓰고 싶어 할까, 생각하면, 절망적이지만, 이 이유 때문에 글을 포기할까 봐서. 깊은 밤에 전등을 켜고 노트북을 연다. 모니터에서 새어 나오는 푸른 빛이 공포로 가득 찬 얼굴을 비춘다. 내 푸른 얼굴은 호러 아니고 미러, 내가 나를 비추는.

오늘의 파편들

#조각 하나_나무

　처음 만난 나무는 오리나무였다. 오리나무는 옛집의 대문 앞에 있었다. 그 나무 곁에서 말뚝을 박은 염소처럼 맴돌았다. 한 손바닥으로 나무를 감싸고 원을 그리며 빙빙 돌다가 어지러우면 다시 왼손으로 돌다 보면 어느 날의 하루가 다 갔다. 두 번째로 만난 나무가 오동나무다. 남서쪽으로 난 창문에는 오동나무 한 그루가 무성하다. 오동나무를 쓰려고 오동나무를 다시 본다. 지금 여름 장맛비 속에서 전성기에 접어든 오동나무가 자라나면서 창문 쪽으로 더 가까이 다가온다. 나뭇잎 손바닥 주름이 더 펴진 것을 본다. 무르고 연한 잎들이 연두에서 단단한 초록이 되었다. 넓은 오동 나뭇잎이 만드는 초록과 초록보다 더 찐한 그늘이 좋다. 창문에 납작하게 압화 한 장이 붙어 있다. 창문을 여니 툭, 하고 오동잎 잎 하나가 불쑥 실내로 들어온다. 들어오고 싶어 못 견뎠다는 듯, 기다리고 있었다는 듯 툭, 왜 이제야 열어 주는 거야, 한다. 보라 꽃을 피운 지 어제 같은데, 꽃은 지고 녹음이 짙어간다. 바람이 불면 오동나무는 통째로 흔들린다. 다른 나무들은 폭풍우를 맞으면 잔가지들이 부러질 텐데, 오동나무는 통째로 흔들리므로 뿌리째 뽑힐 것이다. 같이 살고 같이 죽을 것이다. 깨진 조각들이 떨어진 자리에 멀리 튕겨 나간 파편들. 언젠가 선미촌에서 본 오동나무와 이어준다. 생산성을 상실한 씨앗이 발아하지 못하고 썩고 있다. 여자의 흰 목이 그네처럼 진자처럼 흔들린다. 꿈에서 잠깐 본 적이 있는 장면의 조각들이다.

비가 그치고 자세히 보니 나무둥치로 개미가 열 지어 올라가는 게 보였다. 개미가 나무를 오르는 까닭이 궁금하지만, 대답해 줄 사람도 없다. 누가 이런 걸 다 궁금해 하겠어, 하면서도 설마. 검색대에 문장을 올려본다. '개미가 나무에 오르는 이유는?' 누군가 올린 질문과 답한 글을 읽는다. 비가 와서 땅속에 지은 둥지가 물에 잠기거나 무너졌기 때문이라고 한다. 그러니까 지금 개미는 물난리를 피해 고지대로 이동 중인 것이다. 아는 만큼 더 알고 싶어서 수재민군단이 더 높은 가지로 열 지어 오르는 걸 본다. 부디, 가족을 안전한 곳으로 잘 데리고 가렴. 누군가도 나와 같은 궁금증을 갖고 있다는 게 신기하고 답을 알고 있다는 것도 오묘하다. 오늘의 조각은 이렇게 또 하나를 끼우면서 빈 조각은 남겨둔다.

#조각 둘_물기

오 분 전의 커피는 식었다. 온도가 변했다. 시간이 흘렀다. 향이 날아갔다. 냄새는 공기 속에 섞여서 커피의 존재를 확장했다. 죽음에 가까워졌다는 것과 같다. 없어지는 것, 기억으로 남는 것. 가느다란 바람이 분다. 연약한 잎들은 흔들린다. 초록은 더 짙은 초록 그늘을 만든다. 그늘이 두껍다. 여름도 두꺼워지고 있다. 겹겹이 포개진 그늘 밑에서 오지 않는 것들을 기다린다. 약간의 불안과 약간의 평온과 약간의 희망이 온다. 오후에는 좀 더 나을 것이다. 이 불안은 꿈 때문인지 모른다. 좋은 꿈을 꾸자. 좋은 꿈을 꾸려면 좋은 생각을 해야지. 시는 기다리려고 하면 거기 있을 것이고 찾아가려고 하면 만날 것이다.

오전에는 잘 살았다. 두 편의 시가 찾아와서 각각 다른 창에 쓴다. 미완성의 시를, 완성의 여지를 남기고. 완성 후에도 여전히 빈 게 많을 시를. 그 일 때문에 기분이 좋아져서 일기에 기록할 수가 있어서 좋다. 두 편의 시를 건졌으니, 오후에는 산책해도 용서가 되겠다. 점심을 거르고 산책하는 것은 즐겁다. 갈망하는 것이 보류된 채로 아직 남아 있다. 저녁이 올 무렵엔 잠시 아버지가 이생의 마지막 찰나의 시간을 느꼈을 공원에 가서 아버지를 만났다. 아버지는 청단풍 사이로 불어오는 바람으로 왔다. 아버지가 새벽 산책을 하려고 마지막으로 걸음했을 구십 미터를 걸어본다. 아버지처럼 운동 기구에 누운 채로 생을 마감한 자리에 나도 누워본다. 아버지는 아버지를 잃은 딸을 위로해 줄 것이다. 이별의 말도 못 하고 떠난 아버지를 나는 살짝 안아드린다. 산 사람이 죽은 사람을, 죽은 사람이 산 사람을. 생전에는 한 번도 해보지 못한 것을 한다. 슬픔이 가득 차올라서 밤새워 운 눈으로 퉁퉁 불었다. 밤새 내린 폭우로 흐른다. 슬픔을 종결하려는 의식들, 그 새벽 눈꺼풀을 오려 만든 서늘하고 찬 이불을 덮어드린다. "기정아, 언제까지 그렇게 울 거냐, 뚝 그치거라. 눈물을 훔치고 콧물도 풀어라. 찬물로 세수 좀 하고." 청단풍 사이로 불어오는 아버지는 나에게 말할 것이다.

활자만 남는 가벼움

#1

　아날로그 시대에 태어나 청년기를 보낸 사람은 한밤의 연서를 썼던 경험이 있을 것이다. 간밤에 쓴 편지를 부치러 우표를 붙이다가 아침 햇살 아래서 다시 읽어본 지난밤의 글이 날것의 적나라한 감정이라서 부치지 못하고 북북 찢어본 적이 있을 것이다. 편지글은 쓰는 순간만 진실을 향해 부지런히 움직이는 호수의 오리발 같다. 그때의 시간, 그때의 공기, 그때 들어왔던 감각과 감정의 조각들이 잘 맞는 테트리스 조각처럼 끼워 맞추었다고 생각했던 대상에 대한 감정이 아침이 되면 산산이 부서진다. 문자는 남고, 의미는 붕괴되고 휘발된다. 간밤에 발산했던 뜨거운 마음의 열정은 새벽이 다 거둬가고 남은 부산물을 바라볼 때 마음의 언저리에는 지나치게 다 보여주려고 남발했던 에너지의 열감이 너무 뜨겁게 느껴지는 까닭이다. 그대를 향한 연서는 쓰는 순간만 있고 읽는 이에게도 읽는 순간만 있다. 그래서 덧없음은 덧 없음과도 동음 다의어 관계에 놓아야 한다.

헛되고 헛되어 사로잡힐 일 없는 가벼움과 자유. 활자는 활자로 남아서 글씨를 심는 사람이 가져다 쓰는 대로 의미가 생겨나고 또 휘발될 것이다. 의미가 사라질 자유가 있기 때문에 다시 새롭게 쓴다. 사실은 편지글도 너에게 쓰는 것이지만 나로부터 출발한 것이기 때문에 대상이 '나'인 것이다. 그래서 끊임없이 벗어나고 싶어진다는 것. 오늘 쓴 편지를 내일은 부칠 수 없다는 것.

그렇게 시를 쓰는 순간에도 자유가 작동할 것이다. 시를 쓰는 떨림과 낯섦 때문에 그 느낌이 좋아서 쓸 때가 있다. 그래서 독자가 필요하다. 나에게서 떠난 낯섦과 떨림을 당신이 쥐고서 또 다른 사람에게 넘겨주는 것. 감정 전달의 길고 긴 계주. 그러니 시를 쓰는 순간은 바통을 쥐고 달리는 순간과 같으며 그것만이 전부이며 바통을 기다리는 사람만 있을 뿐이다.

#2

현실에서는 존재하지 않은 사람을 만났다. 그 사람이 낯설지 않은 걸 보면, 전생에 인연이 있는 사람인 것 같다. 그와 함께 섬에 매어 둔 배를 밀며 바다를 향해 걸어갔다. 종아리에 붙은 흰 모래를 털어내며 걸었다. 계절은 건너뛰어 겨울로 바뀌었고 우리는 털실로 짠 장화를 신었다. 바다는 잠잠했고 항해는 순조로웠다. 목적지가 없었지만, 목적은 있었다. 노를 젓는 일, 앞이라고 생각하는 곳으로 나아가는 일. 쉬지 않고 노를 젓는 일만이 전부였다. 그물을 걷어 올리며 고기를 잡는다거나, 더 넓은 바다가 궁금했으나, 파도에 맞서 나아가려는 무모한 욕망이 우리에겐 없었다. 멀리 일가친척들 얼굴이 보였고 모두가 다 꿈 밖에서는 죽은 사람들이었다. 바다라고 생각한 것이 바다가 아니라, 아마도 스틱스강일지도 모른다고 생각했지만, 우리는 살아 돌아왔다. 함께 노를 저어온 사람도 어느 순간 사라졌다. 그이가 카론인가, 하지만 나는 뱃삯도 들고 나오지 않았으니 영원히 떠돌거나, 죽음이 반려될지도 모른다는 생각이 들었다. 나는 꿈의 객체가 되어 뱃삯 없이 강을 건너려 한 사람이 하늘에 있는 그분들이길 상상해본다. 그 죽음이 반려되기를, 살아서 돌아오기를, 꿈에서조차 나는 꿈을 꾸고 있었다.

#3

외출했다 집으로 돌아오면서 어제와 달리 낮이 짧아진 것을 느꼈다. 이상한 생각이 들었다. 하나로 뭉뚱그리어 말할 수 없는 생각. 슬프지도 기쁘지도 나쁘지도 않은 기분. 우리가 어떤 시간 속에서 끝날 시간을 정해 놓은 것처럼. 음 이제 1교시가 끝났어. 연극의 1부가 막을 내렸군. 자, 그럼 다음 장면은 뭐지? 차례가 줄지어 서 있다는 생각. 시간이 흐른다는 것은 다음 차례에 질문을 넘겨받아 던지는 것이라는 생각, 시장에 들러 저녁 찬거리를 사 와서 씻고 도마에 야채를 썬다. 물관과 체관이 더 이상 구실을 못할 것이다. 여기 시간이 절단되어 단절된 것이 놓여 있다. 우리가 시간 속에서 어떤 유한성을 느끼는 시간이란 무엇일까. 태어나고 자라고 늙어 죽어간다는 것은 무엇일까. 몸속에 시계를 장착하고 살아가는 사람들, 밥을 퍼서 숟가락에 올리고 소리 내어 국물을 마시고. 깍두기를 씹고 삼키는 동안 생각은 여기서 멈추고 내가 생각한 것들이 내일이면 다 사라질 것을 확신한다. 이런 당연한 것을 꺼내어 이리저리 돌려보고 양감과 질감을 느끼며 새삼스럽게 깨닫게 되는 때. 그런 진실하고 명백한 것을 상기하고 확인하는 순간의 아름다움 같은 것들 안에는 슬픔이 배어 있다. 이런 느낌은 종종 반복되어왔다. 어린 날, 아버지가 냇가에 쳐 놓았던 그물을 걷어서 마당으로 들어설 것만 같은 장면이 오늘의 공기 속에 들어 있다. 저녁의 색깔 속에 숨어 있다. 밀어낸 공간에 내일의 공기가 조금씩 틈입하고 있다는 것도 알 것 같다.

짝패

환한 모니터 앞에서 재촉하는 커서 사이에서 손가락이 굳어 한 문장도 나아갈 수 없을 때, 좁은 방안을 서성이거나 먼 데를 보고 있으면 생각은 어디로든 길을 내기 마련이다. 막히면 굴을 파고 굴속에서 무릎을 접고 골몰해 있으면 하염없이 흘러가고 정처를 두지 않아도 정처가 생긴다. 생각을 뭉쳐서 구름을 만들고 흘러가는 곳은 낯설고 손 설고 물 설은 곳이라기보다는 반복적으로 생각하는 것들이다. 반복 속에서 거듭하면 매듭이 또 하나 풀리기도 하고 애써 풀려다 더 꼬여 단단히 뭉쳐버릴 때도 있다. 그러면 한참 방안을 서성이다가 밤의 공원을 걷는다. 저녁밥을 먹은 한가한 사람들이 반려견을 산책시키는 모습을 바라본다. 언제부터인가 개들은 애완이라는 손아귀에서 벗어나 인간이 의지하고 친구가 될 반려, 절반의 개인[犬人]이 되었다. 사람은 사람에게 의지하지 못하고 다른 종의 짝을 찾는다. 그래서 다행이라고 해야 하나, 불행이라고 해야 하나.

뒤늦게 인생의 짝패로 삼기로 결심한 것이 문학이었다. 짝패는 단짝이 되어주지는 못했지만, 현실에서 자주 미끄러질 때 그래도 다치지 않게 무릎보호대 정도는 되어준다고 생각했다. 추락하거나 낙하할 때 완충지대 역할을 해주고 지탱이 되어준다고 생각했다. 앞날을 건설하기보다는 지나온 날을 파기하는 일로 설렜다. 미래가 희망인 양 되새기는 일상이 절망이었을 때 조용히 내 편이 될 수 있는 한 가지가 문학이라고 생각했다. 막막하지만, 그저 거기 있는 것과 지나온 것들을 불러와서 물끄러미 바라보는 것. 아직은 단짝은 아닌 것 같아 더 애틋한, 두 번째 삶이어서 더 간절한. 언제나 생계에 밀려서 온몸을 투신하지도 않았다. 그저 짝다리 짚듯 엉성하게 걸치고 왔다. 그러니 생활은 언제나 절뚝이는 날들이다. 글을 쓰는 사람으로서는 자격 미달이었고 한 번도 정면으로 마주 대하려고 시도조차 하지 않을뿐더러 싸워보지도 않고 미리 지는 자발적 패배자였다.

그럼에도 불구하고 그렇다 한들, 이것 말고는 나의 짝패는 없다. 육체적 운동을 거의 하지 않는 내게 글을 쓰는 일은 마음의 운동과도 같다. 출판사로부터 세 번째 시집의 내지를 받았을 때 단지 숙제 하나를 더 끝냈다는 생각이 들었다. 몇 년간 쓴 시들은 이제 내 손을 벗어나기 일보 직전, 흩어진 시편들을 한 쾌에 꿰어서 내놓아야 할, 시의 집. 어느 날, 바다마을에서 보았던 마르고 짜부라지고 비틀리고 뒤틀린 북어들의 안쓰러운 표정처럼. 짠한 물기조차 다 저버린.

밤 비행기

처음 멀리 여행을 갔을 때 기억에 남는 건 타국의 낯설고 이국적인 풍경보다는 밤 비행기를 타고 발아래 어느 도시의 불잉걸처럼 타오르는 야경을 내려다본 일이었다. 황홀한 그 장면은 현실의 중력으로부터 달아나고 싶을 때마다 떠올리곤 했다. 천둥벌거숭이 이십 대 시절에 노고단으로 떨어지는 별을 보면서 느꼈던 감정과 비슷했기 때문이었다. 기껏해야 인간의 삶이란, 여기까지고, 거기까지라는 유한한 거리의 한계를 확인하는 것에 불과하다는 것을 알았다. 생활과 삶이 시시하다는 것이 아니라, 뜨겁게 타다가 꺼지는 찰나의 시간 속에서 잠깐 있다 가는 것이 인생이라는 걸 인정하는 마음은 두근거리고 더할 나위 없이 아름답고 편안했다.

지구의 도시는 저렇게 불잉걸처럼 타올라 언젠가는 꺼지고 말 것 같은 불안과 함께. 나무의 생을 다 하고 마지막 숨을 끌어 올려 벌겋게 달아오른 장작 덩어리가 가장 뜨거움의 극지로 내몰아 극치를 보이며 재가 되기 전의 최후를 보는 것 같았다. 발밑의 불 밝힌 도시를 내려다보면서 빨강 속에 재와 검정과 회색이 있고 농담이 있고 진실이 있고 소나기가 내리고 무지개가 뜨고 어딘가에서는 여전히 전쟁이 일어나고 사람들이 죽고 있다는 것을 생각하면 살아간다는 것 자체가 쓸쓸하고 신비로웠다. 밤 비행기가 지나간 지도를 보며 손금 같은 길을 점치는 사람들이 있고 욕망이 있고 살육이 있고 탄생과 죽음이 있고 사랑과 인정이 있고 질병과 재난이 모두 뒤섞여 불잉걸처럼 높은 온도를 내며 타오르는 날들이 무질서하게 일어나고 있는 저 아래 지상의 밤을 내려다보면서 이생이 전생처럼 느껴지고, 어쩌면 익숙한 후생이려니 생각도 들었다. 국경이 무슨 필요가 있고 국가가 무슨 소용이 있을까. 우주에 떠 있는 창백하고 푸르스름한 점에서, 공간과 시간에 대한 감각이 초월하는 경험을 한다. 그러다가 이륙한 곳으로 다시 착지할 수 없을 것 같다는 생각이 들기도 한다. 비행기가 당장 추락한다면 아무런 의미도 없을 좌석 벨트를 만져본다. 힘들고 험난했던 일들이 그토록 그리워지고 더없이 소중해진다. 무엇보다도 겨우 반나절 전에 두고 온 것들이 소중하고 사무치게 그리워져서 "저 내려주세요! 돌아가야 해요. 너무 귀한 것들을 놓고 왔거든요!" 외치며 떼를 쓰고 싶어진다. 깜깜한 밤하늘 몇 만 피트 상공에서, 여기가 어디라고.

여행의 기분

목적지에 가기 위해 교통수단으로 삼은 것들. 택시-버스-비행기-기차-택시. 이동하는데 든 열세 시간. 꼬박 하루의 절반 이상을 달렸고 그 안에서 생각하고 졸다가 잠자는 시간으로 썼다. 몸이 이동하면서 스쳐 지난 바깥 풍경과 겹쳐지면서 드는 여러 감정의 집합체를 담아낸, 주머니 속의 불룩한 질감과 양감들. 여행이라는 배낭에는 몸과 정신의 협업 작용이 만들어낸 것들이 담겨 있다. 거기에 낯선 경험에서 오는 호르몬의 화학작용까지 합세한다. 하루도 안 되어 이국의 공기를 들이마시면서 합체되지 못한 이질적인 느낌들이 만들어낸 특별한 감정의 높낮이를 오르고 내리는 기복을 맞보는 기분이 여행의 전부이다. 안전을 바라는 안녕과 축복의 기도들. 언젠가 자주 꺼내며 복기할 설렘, 기대, 충만, 이질감, 불안, 스쳐 지나치는 작별, 피로, 예감, 적중, 걱정, 다행, 무사, 감탄. 이 모든 것을 짧은 시간에 다 누릴 수 있는 것이 여행의 맛이다.

여행이 즐거운 것 중 하나는 많은 고민 중에 기껏해야 점심엔 뭘 먹지? 생각하는 것. 기껏해야 메뉴를 고르는 일. 먹는 즐거움을 고르는 일. 그러니까 여러 개의 행복 중에 어떤 행복을 고를래? 하는. 예정된 선물 중에서 선물을 고르는 즐거움 같은 것. 고민의 질이 달라지는 것을 경험하는 것의 즐거움. 가볍고 싱거워서 좋다. 기껏해야 인생의 고민이 무엇을 먹을까를 고민하는 인생이라니. 돈을 어떻게 벌까가 아닌. 빚을 언제 갚을 것인가가 아닌, 서류를 어떻게 쓸까가 아닌. 눈앞에 있는 선물꾸러미를 언박싱하는 순간에 대한 고민이라니. 그 설렘이라니. 기껏해야 인생. 그래봤자 백 년도 못 사는 인생이라니.

여행의 기쁨은 집으로부터 멀어졌기 때문이고 특별한 날 가방에 담아가는 특별한 도시락 같고 그것이 일상이 될 수 없는 한시적인 시간을 걷다가 돌아오는 까닭이다. 여행자의 얼굴이 되어 낯선 풍경을 바라보는 것. 생소함을 경험하려는 사람들. 기를 쓰고 집을 나가려는 사람들은 무엇보다도 매일 놓여 있는 익숙한 상황으로부터 벗어나고자 하는 욕망을 실현하는 시간이기 때문이다. 그런 감정을 최고조로 느끼는 순간은 여행하고 있는 그 시각이 아니라, 여행지에 집으로 돌아온 후에야 그 시간이 온전히 특별한 순간이었음을 안다. 그래서 다시 날을 잡고 짐을 꾸리고 없는 시간을 쪼개어 또 바쁘게 여행 짐을 트렁크에 채워 넣는다.

달이 들어오는 방

초저녁 설핏 잠이 들었는데 누가 내려다보고 있는 것 같아 눈을 떴다. 하늘에 있는 엄마가 등불을 들고, 자는 아이를 내려다보고 있는 것 같다. 엄마 잃고 울다 자는 아이가 짠해서 들여다보고 있는 것 같다. 그렇게 휘영청 물기 머금은 달을 올려다보다가 잠들었다. 가을 달밤을 풀벌레가 파먹고 있었다.

내가 자는 방은 달방, 달이 들어오는 방이다. 자다가 눈을 똑 뜨면 달과 정면으로 마주쳤다. 그 옆에 조금 떨어진 곳에 별을 데리고 올 때도 있다. 달은 등을 구부리고 있다. 잠이 덜 깬 눈으로 보니 초승달보다는 두꺼워서 상현달인가 했다. 눈을 크게 뜨고 오른쪽으로 누워서 보았더니 하현달 같았다. 다시 방향을 바꾸어서 보니 상현달이었다. 모로 누우면 상현달이 되었다가 하현달이 되었다. 등을 구부려 굽어 땅에 이마를 짚기도 하고, 배를 올려 하늘을 보기도 한다. 해가 뜨고 지는 시간을 재고 기록하는 해의 시간과 달이 뜨고 지는 시간으로 하루를 가늠하는 달의 시간이 있다. 어젯밤 달은 나의 눈에 새벽 한 시 사십오 분에 떠서 새벽 세 시 오 분에 졌다. 월출과 월몰을 기록하는 사람들은 밤잠을 설쳤을 것이다. 오늘 본 달은 하현달과 그믐달의 가운데에 있다.

소슬하고 아슬한 달방에 든다. 어느 날은 보름과 보름 사이, 그믐과 그믐 사이, 하현달과 상현달 사이 달방에 누워 등에 배기는 것들을 생각한다. 두 배로 커진 소나무 그림자가 침실 벽으로 들어왔다. 밤바람의 지휘대로 벽에 두꺼운 틈을 가른다. 분할된 벽이 지진을 맞는 것처럼 흔들린다. 모든 게 달의 연출, 달의 장난. 누구를 깨울 수도 없는 한밤에 혼자 보기 좋은 공연이다. 소리 없이 그림자로 흔들리는 나무. 달과 합세한 가로등 불빛들이 모여 실체하는 것들의 영사기를 돌려댄다.

수상 소감

상을 받은 소감이라니, '얼마나 좋은지, 그래서 앞으로 쓸 작품은 무슨 생각으로 어떻게 쓸 것인지.' 소감문을 쓰려고 생각하다가 나는 나에게 묻고 있었다. 소식을 전해들은 건 이른 아침이었으니, 해가 뜨는 쪽에서 귀인의 목소리를 들은 날이었다. 잠결인가, 꿈결인가 했다. 심어놓은 지 얼마 되지 않은 나무에 열매가 열리는 꿈을 어렴풋이 꾸었다. 가지에 달린 것들은 지나치게 익었거나 아직 덜 익은 것들이었다. 간밤의 해몽을 오후에 수상 소식들 듣고서야 그것이 예지몽이라는 것을 알았다. 상을 받고 기쁘지 않은 사람은 없을 것이다. 그로 인해 가까이에 있는 사람들도 더불어 기뻐하니, 얼마간 기쁨은 두 배로 지속할 것이다. 기쁜 것은 기쁜 것을 유지하기 위해 해야 할 일이 무엇인시 생각할 것이다. 인덕을 넘고 신길로 호젓이 나 있는 오솔길을 걸어가기를, 그 '홀로 있는 방식'을 유지할 것이다. 한편으로 그런 마음이 곧 사라질까 봐, 불안하기도 할 것이다. 더 골몰하고 문학에 겸손해지는 것, 그리고 계속 쓰는 것, 이것 외에 또 무엇이 있을까.

　시를 쓰는 일은, '시를 쓰는 사람'이 '시인'이 되려고 간극을 좁히
며 노력하는 일이라는 생각이 든다. 시를 쓰는 사람은 많겠지만, 시
인이 되기는 어렵기 때문이다. 점점 이것에 대해 생각해 보는 때가
많아진다. '시를 쓰는 사람'과 '시인은' 어떤 차이가 있는가. 시를 쓰
는 사람은 시를 쓰는 '동작과 행위'에 방점이 있다면 '시인'은 시인
이 '되기' 위해 시를 쓰는 사람에 가까울 것이다. 그러니까 시인은 사
명이고 운명이다. 시인은 시를 사는[生活] 사람일 것이다. 시라는 거
울에 자신을 비추고 끊임없이 시인의 자세를 가다듬고 시에 누가 되
지 않은 일을 하지 않는지 점검하는 사람이다. 그래서 누군가, 내게
시인이라 부르는 것이 어울리지 않아서 옹색하고 어색하다. 시인으
로 사는 삶이 아니어서 나에게 부끄럽다. 이런 마음이 드는 것은 견
디기 힘든 일이어서 외면할 때가 많다.

　지난겨울에는 아이랑 눈사람을 만들었다. 다 자란 아이와 다 큰
사람이 주먹만 한 눈 뭉치를 굴리고 굴려 두 개의 큰 덩어리를 붙여
눈사람을 만들었다. 바닥에 쌓인 눈이 모자라면, 나뭇가지에 쌓인 눈
을 흔들어 떨어지는 눈으로 눈덩이를 불렸다. 아이는 뭔가 허전했는
지 제가 쓰고 있던 모자를 눈사람의 머리에 씌워주었다. 눈을 뭉치
는 일은 시를 쓰는 사람의 일과 같았다. 흩어진 말을 모아 녹을 준비
가 될 형체를 만드는 일. 눈이 된 사람은 오롯이 서 있다가 사라졌다.
한 권의 시집을 내는 일은 사람들 곁으로 녹아 스며들기를 바라면서
'시인'이 되기 위해 '시를 쓰는 사람'으로 끝까지 남겠다는 것. 여름
의 더위 속에서 미루고 미루었던 글렌 굴드를 읽었다. 그는 피아니
스트가 아니라 한 대의 피아노가 된 사람이었다. 그처럼 시를 쓰면

서 한 권의 시집이 될 사람이면 나는 좋겠다. 그러면 시집이 나올 때
마다 죽고 다시 태어날 수 있다. 나는 그렇게 태어나고, 태어나기 위
해서 또 죽을 것이다.

3부

오래전
그런 말이 있었지

골목길을 애도함

오래된 골목길을 걷는다. 곧 사라질 길이기에 아름다운 길을 걷는다. 골목은 서너 사람이 어깨를 나란히 겯고 걸어갈 만한 넓이에서 시작하여 막다른 골목으로 들어가기 전 더 좁은 곁가지 길로 들어선다. 골목의 저쪽에서 걸어 나오는 사람과 어깨를 부딪치지 않으려면 등을 벽에 바짝 붙이고 한 사람이 다 지나간 후에야 가던 길을 겨우 갈 수 있는 길이다. 앞집 지붕과 옆집 지붕 사이, 담과 담 사이에는 두 뼘 정도의 하늘이 파란 조각보처럼 보인다. 우편물을 가득 실은 오토바이를 만나면 낭패다. 그러나 그럴 리가 없다. 재개발을 코앞에 둔 이 골목은 오가는 사람이 아무도 없다. 철거될 빈집만 있다. 개를 조심할 사람이 없으니 개도 없다. '개조심'이라고 휘갈겨 놓은 칠이 벗겨지고 어깨 한쪽이 삐뚤어져 비스듬히 벌어진 양철 대문 열린 사이로 마당의 풀은 마루로 기어오르고 지붕까지 풀씨를 날렸다. 백 년 동안 잠든 성처럼 골목은 시간의 마법에 걸려 멈췄다. 움직이는 거라곤 바람에 흔들리는 풀과 나무와 도둑고양이가 옛집을 드나

든다. 옆집 감나무가 건넛집 담장을 넘어와 절반 넘게 가지를 드리우고 남의 집 뜰 안에 감잎을 우수수 쏟아놓았다. 그 집의 무화과는 월담한 감나무만큼 앞집으로 가지를 뻗으며 서로의 담을 넘는 중이다. 사람이 없어도 봄엔 자두꽃이 피고 초여름 자두가 익었을 것이다. 무화과가 열린 채로 마르고 마지막 감꽃은 피고 떨어질 것이다.

도시의 모든 골목길은 사라지고 지워질 것이다. 두 사람이 간신히 지나다니는 좁은 길은 앞으로는 내지 않을 것이다. 이제 모든 길은 사람이 아니라, 차가 지나갈 수 있는 길이어야 길 노릇을 할 것이므로. 새 길은 그렇게 헌 길을 여지없이 밀어낸다. 누군가의 추억이 된 사라질 길을 애도하며 걷는다. 철거 날짜를 기다리고 있는 빈집들은, 사람의 훈김이 나간 지 오래되었다. 번데기 없는 빈 고치 같은 집들은 철거되기 전에 점점 기울어지다가 폭삭 주저앉을 것이다.

골목을 나간 사람들을 위해 대신 걸어주는 일, 이 골목 저 골목 쏘다녀보는 일. 기억이 쌓이고 오래된 추억이 묻은 골목을 걷는다. 좀도둑을 경계하기 위한 지난날의 세콤 같은 장치물인 유리 조각이 박힌 담장을 바라본다. 이토록 적나라한 경고와 경계라니. '양상군자님 께서는 발바닥이 말발굽보다 더 튼튼하다면 이 담을 어디 넘어보시 지요.' 보란 듯한 기호의 경계 표시. 골목 밖으로 사라진 사람들을 소환한다. 함께 살아가던 이웃과 큰 대문 안에 또 작은 문, 그 옆 벽에 낸 부조 같은 더 작은 문엔 아직도 녹슨 열쇠가 잠겨 있다. 주인집과 따로 입구를 내어 셋방 살았던 사람들의 쪽문이다. 자취생이거나 노동의 근로자들이 세 들어 살았을 그 집. 그믐달을 등에 지고 귀가했을 사람들을 생각한다. 가난과 낭만을 한 자루에 묶어 구를 준비를 하는 자전거 바퀴와 겨울의 첫눈이 만들어 낸 눈사람과 층층이 쌓이는 연탄재가 봄이 올 때까지 눈길 위에 수북이 부서져 내린 경사로에서 이웃 사람들을 불러낸다.

여름 한낮의 긴 하품과 세상살이의 근근함과 고달픔과 끼니때마다 외치는 엄마들의 부름과 저녁때가 되면 달그락거리며 부딪치는 밥 식기와 숟가락들. 청춘의 키스 마크가 새겨진 낭만적인 모퉁이에 대해. 대낮에 흰둥이가 영역 표시한 전봇대 위에 한밤에 취한 가장이 보탠 오줌발과 구멍가게의 파리채와 연인들의 어깨 위로 내리는 흰 눈과 유난히 가로등 밑으로만 쏟아지는 눈발을 올려다보는 사람과 더 오래전, 찹쌀떡과 김밥을 외치는 소리와 연탄을 지고 오는 리어카와 일요일 저녁 두부장수 딸랑거리는 종소리와. 그 소리와 냄새로부터 사라져버린 어머니와 아버지, 옥상을 맞댄 이웃들. 사람들은 이 사라진 골목에 대하여 위령제도 지내지 않고 작별의 퍼포먼스조차 없이 덮어버렸다. 몰살당한 골목길에 곧 수천 세대의 아파트 숲이 울울창창 우거질 것이다. 사라지기 때문에 아름다울 사람들이 또한 세대를 이루다 아름답게 사라질 것이다.

가능 세계와 불가능 세계

사람이 사람에게 전파할 수 있는 바이러스는 사람이 할 수 있는 일과 할 수 없는 일로 양분했다. 사적인 사건을 당연하게 공공의 사건으로 불러들였다. 한 사람의 이동 경로가 공개되고 평범한 사생활이 공적 생활로 중계되었다. 가능 세계와 불가능 세계가 서로 환수되고 반환된다. 바이러스는 양립하는 두 격리된 세계를 뚜렷한 선분으로 나누었다. 바이러스 출몰 이전에 잘 하지 않았던 일들을 출몰 이후에는 잘하게 되었다. 이전에는 해서는 안 되었던 일들이 이후에는 해야만 하는 일이 되었다. 생활의 틈새까지 파고드는 연기처럼 조금이라도 더 벌어진 틈을 찾아 스멀스멀 피어올라 덮치며 공포를 줬고 누군가는 예언했고 누군가는 예단했다. 그동안 몰랐던 것을 알게 해줬고 이선에는 보지 못했던 것을 샅샅이 보게 했다. 패턴을 바꾸어 놓았고 뒤집어 놓았다. 지저분한 속옷의 솔기까지 볼 수 있게 뒤엎었다. 증오의 방식과 사랑의 방식과 정치의 방식과 모임의 방식과 해체의 방식과 혐오의 방식과 소통의 방식을 바꾸어 놓았다. 좋아하고 싫어하는 것을 전복했다 새로운 문화가 생겼고 소비와 소득의 경제 양태가 변하기도 했다.

　가능 세계는 불가능 세계로 불가능했던 것은 가능한 것으로. 매일 경보음 속에서 깨어나고 삶과 죽음이 카운팅되는 생활. 이웃이 멀어지면서 더 가까워졌다는 것, 공통된 하나의 화제로 밀도가 높아졌다. 일상이 작은 패턴의 모형으로 정제되도록 강제와 부추김 속에서 반복되고 축소되었다. 행각이 발각되고 생각에는 전환이 필요했고 질서가 임시로 재편성되고 있다. 그리고 한 번도 생각해보지 않았던 것을 하게 한다는 것, 내 몸에 대해서 육신에 대해서 정신보다 더 관심을 가져본 적이 없었던 것 같은데, 육체를 돌보느라 정신의 엄살을 부릴 수도 없게 되었다. 할 수만 있다면, 어쩔 도리 없이. 가능과 체념의 시간 속에서 이 또한 끝을 향해 지나는 중일 것이다. 이 혹독함 끝의 다음에는 또 무엇이 있을까. 누구나 한 번뿐인 생. 두 번의 죽음도 없다. 그러나 뒤에 올 사람들을 생각하는 것. 생각해야 하는 것, 이것만이 영원한 가능 세계로 남아야 할 것이다.

늦되는 아이, 늙되는 아이

"세상에서 가장 부러운 사람은 그림 잘 그리는 사람이야." 세 여자가 걷고 있었고 한 여자가 이 말을 툭 던졌다. 늦은 점심을 먹고 다시 일터로 돌아가는 길이었다. 쌀밥 같은 꽃 지고 길쭉하고 푸른 귀만 매달린 여름의 이팝나무 가로수 길이었다. 한 철 매미가 시끄럽게 울어대는 하늘을 바라보다가 그녀가 왜 그런 말을 던졌는지는 모르겠으나 "나는 춤 잘 추는 사람이 부러운데." 그녀 옆의 그녀가 이어받았다. '나는 글 잘 쓰는 가장 사람이 부러워.' 나도 속으로 중얼거렸다. 우리는 어느 사이 세상 부러운 것들에 관한 이야기를 시작하고 있었다.

그림 잘 그리는 사람이 부럽다는 그녀는 미술을 전공했고, 춤 잘 추는 사람이 가장 부럽다는 그녀는 발레를 전공했다는 것은 알고 있었다. 모두 각자 하고 싶거나 되고 싶은 일들에 아직 도착을 못 했다는 자각적 판단과 회의감에서 나오는 말이었다. 나 역시 세 번째 시집이 나와서 동료 작가들과 지인들에게 책을 부치고 나서 잡다한 일들과 겹쳐 각각 다른 이유로 현실 자각 타임캡슐 안에서 막 빠져나오던 때였다. 시를 쓴다는 것은 무엇이고 나는 왜 여기서 이러고 있는지, 이런 고민을 여전히 하고 있다는 자괴감에서 벗어나고 싶었다. '너는 한 번이라도 영혼을 갈아서 써본 적 있어?' 나는 나에게 묻고 있었고 글을 쓰는 일의 태만이 부끄러웠다. 나이와 유한한 시간을 곱씹어 봤고 수시로 스멀스멀 피어올라 파고드는 불안증으로 쓰는 것을 멀리하던 나날들이었다. 습관성 반성은 습관에 머물고 말리라는 경고를 나에게 보내고 있었다.

예술가에게 가장 큰 적은 창작 욕구가 사라지는 것이다. 그들에게 작품을 놓는 일은 삶을 놓는 것과 같다. 욕망이 사라지는 것은, 식욕이 사라지는 것과 같다. 예술가는 자기 작품이 최고라고 생각(착각)해야 그 믿음(착각)으로 밀고 나갈 때, 창작하는 동력이 나온다. 적어도 이런 마음을 가지고 창작해야 그나마 작품에 만족할 수 있다. 예술가에게 최악은 자기 작품이 형편없다고 느낄 때이다. 이런 마음은 창작욕의 불꽃에 소화기를 들이대는 것과 같다. 얼음덩어리가 동동 떠 있는 물을 한 바가지 끼얹으면 두근거림이 사라지고 심장이 정지된다. 이 궤변은 사실 나를 위한 것이다. 다짐하듯 일기에 쓴 말이니까. 그렇게 믿는 마음이 있어야 다음 글을 쓸 용기를 내니까. 하지만, 언제나 좋은 작품은 유예된다. '나중에 밥 한번 먹자'처럼 '다음에는 더 좋은 작품을 쓰자'.

내가 기어 다니다가 걸어 다닐 무렵, 작은엄마는 넘어져도, 배가 고파도, 누구한테 맞아도, 어지간한 일에는 울지 않는 나를 보며 분명 어딘가 모자란 애라고 생각했다고 한다. 적잖이 걱정하면서도 속마음을 함부로 말할 수 없어서 "애는 좀 늦되려나 봐요." 최대한 에

둘러서 조심스럽게 친지들에게 말했다. 그렇다고 엄마는 내게 총명탕을 먹인 것도 아니다. 늦은 나이에 시를 쓰기 시작했으니, 나에겐 문청 시절이 없다. 늦바람이 무섭다는 말도 누구에게나 해당하는 것은 아니다. 밥을 버는 생활에 더 급급했다. 시가 내게 죽도록 간절하지 않았다. 아직은. 마침내, 그런 때가 오기를 기다리고 있으나 늦되다가 이제는 '늙되'어가고 있다. 그러나 늙는 것보다 두려운 건 '낡은 것'이라는 걸. 예술가에게 가장 큰 적은 늙음이 아니라 낡음이니까. 창작과 감각의 꼰대가 되지 않는다면 새롭다. 늘그막에 다다르면 절실해지겠지.

작은엄마가 내게 했던 말은 그래서 영원한 예언이면 좋겠다. 아직 도착하지 않아서 지금 가고 있는 중이니까. 늦되는 사람이니까, 늦되고 늦되어 늙될 때까지. 그러므로 화가는 그림 잘 그리는 사람을 계속 부러워해야 하고 무용가는 춤 잘 추는 사람을 계속 부러워해야 하고 시인은 좋은 시를 쓰는 사람을 부러워해야 한다. 그 부러움의 대상은 타인이 아니라, 자신 속에 있다는 것. 나는 늦되는 사람이다. 나는 늙되는 사람이다. 늙을 것이지만, 날마다 새로 쓰고 싶어지는 사람이다.

눈 쓰는 소리

까드득 까드득, 넉가래가 바닥을 긁는 소리가 들린다. 경비원 둘이서 아파트 정문 진입로와 후문 양쪽에서 눈을 맞으며 묵묵히 눈을 쓸고 있다. 고요한 겨울 아침 눈 쓰는 소리를 듣고 있으면 생각이 폭설처럼 쌓인다. 눈으로 언 땅을 긁는 소리는 마음을 긁는다. 눈이 쌓인 길 위에 첫 사람의 발자국이 모이고 모여 발길이 난다. 발길은 모이고 모여 눈길을 낸다. 자동차 바퀴가 미끄러지지 않게 눈길 위에 또 새길을 내고 있었다. 넉가래로 치운 눈 언덕에 경비원들이 플라스틱 빗자루로 남아 있는 눈을 긁어모은다. 넉가래에 쓸린 눈을 길의 가장자리에 모아 놓으니 작은 눈 언덕길이 생겼다. 그 수고로움이 팔짱 끼고 내려다보기만 하는 사람으로서 미안하고 고맙고 눈이 부시게 숭고하다. 사람이 사람을 위해 하는 일들, 완벽한 아침이다.

간밤 가로등 밑으로 벚꽃잎같이 한 점 두 점 흩날리던 눈발을 바라보다 잠이 들었는데 새벽 내내 쉬지 않고 살포시 쌓인 눈은 길과 길, 낮은 지붕과 높은 지붕, 나무와 나무의 경계를 모두 지워버렸다.

사람이 자는 동안 하느님이 만들어 놓은 작품이다. 눈은 평평 내리다가 펄펄 흩날리다가 시든 꽃잎 떨어지듯 하늘거리다가 소리 없는 모양으로 쌓였을 것이다. 세상이 순결하고 따뜻하다. 눈 내리는 날은 소리도 파묻힌다. 고요함만 들린다. 이른 새벽 눈빛은 하얗다 못해 파랗다. 소복이 쌓인 눈의 무게에 스며들어 눈이 온 날은 소리가 왜곡되어 들린다. 눈 속에 파묻혀 가까운 소리가 멀리서 들리는 것 같다. 눈의 결정들 사이로 소리가 한 번 걸려서 나오기 때문이다. 건너편에서 오는 소리는 건너오다가 포슬포슬한 눈에 흡습한다. 어린 날 남매들끼리 두꺼운 솜이불 속에서 키득거리며 소곤대는 소리처럼 눈 오는 날은 그렇게 쌓인 눈 위로 장면 하나가 겹친다.

어린 시절 옛집에는 독립된 마루가 세 곳 있었다. 정면의 큰마루와 뒤란의 쪽마루와 서쪽으로 난 툇마루였다. 큰마루 아래 화강석으로 만든 댓돌 위에는 할아버지와 할머니 신발이 나란했다. 겨울바람과 함께 눈이 내리는 날엔 가족들의 신발에도 흰 눈이 소담했다. 동생들의 털장화에도 부모님의 털신에도 발목의 깊이만큼 눈이 한 줌 쌓였다. 할머니는 이른 새벽 먼저 일어나 식구들의 발이 젖어 시릴까 봐, 신발에 쌓인 눈을 댓돌에 탁탁 털었다. 뜨끈한 이불 속에서 귀는 열려 있으나 눈은 뜨기 싫어서 뒤치락거릴 때 할머니가 눈을 털어내는 소리를 들으며 혼곤하고 포근한 늦잠을 더 자고는 했다. 험하게 들이치는 날에는 마루까지 눈발이 날려 들어와 쌓였다. 그러면 우리는 빗자루를 들고 마당을 향해 쓸어 날렸다. 몹시 차가운 날에는 눈의 결정들이 버슬버슬하니 제각각 놀아서 흰 먼지처럼 폴폴 날렸다. 아침밥을 짓는 엄마의 분주함과 밥통에서 올라오는 뿌연 김과 아버지가 마당에서 눈을 쓸고 있는 평화로운 장면이 겨울눈 속에서 반복되고 있다. 아직 아무도 딛지 않은 곳에 아버지는 눈길을 냈다. 마당에서 대문으로 마을길로 이어지는 그 길을. 온전하고 완벽한 겨울 아침 장면이었다. 그 어린 날의 평범한 겨울 아침이 먼 훗날 이다지도 사무칠 줄 알았다면, 나는 그때 말했을 텐데. "아빠, 오늘 정말 눈부시게 완벽한 날이 될 거야. 왜냐하면, 내가 아주 먼 훗날에도 이 날을 기억할 테니까."

오래전 그런 말이 있었지

"짓이 났네! 짓이 났어!" 막냇동생이 어른들의 손을 잡고 걸음마를 배우다가 어느 날, 혼자 일어나 걸으면서 스스로 대견한지 흥에 겨워 엉덩이를 흔들며 까불까불하고 있을 때, 할머니가 여흥처럼 맞장구쳐주던 말이었다. 흥에 겹고 기쁨에 겨울 때 할머니의 추임새를 장단 삼아 걷는 짓으로, 걷다가 뛰는 짓으로 자라났다. 기쁠 때는 기쁜 몸짓으로, 슬플 때는 슬픈 몸짓으로 사람에 가까운 사람이 되었을 것이다. 그 '짓'이 있어서 생각을 밀고 나가고 자유롭게 마음과 정서를 움직이는 인간이 되었다. 사람들은 그랬을 것이었다. 그 '짓'으로 조금은 더 나은 인간으로 살아보자고. 가끔 다짐하고 이따금 거듭나는 인간이 되어보자고.

'짓'은 몸을 놀려 움직이는 동작을 말한다. '흥겨워 멋을 부리다'는 뜻이다. 그러니까 흥이 흥을 불러 멋까지 부리는 상황을 짓이 난다고 했다. 짓은 짓을 부른다. 추동의 힘으로 가속력이 붙는다. 사람이 짓이 나게 되면 누가 하라고 하지 않아도 스스로 재미가 붙어 폭발적인 에너지를 발산한다. 짓이 나서 무당이 작두를 타기도 하고, 흥겨운 노래를 들을 때면 나도 모르게 몸을 들썩이고 어깨춤을 추기도 한다. 흥에 겨워 멋에 겨워 시름을 잊으며 그 힘으로 조금씩 밀고 나가며 거기라고 생각하는 곳까지 가고자 하는 에너지이다.

어린 시절 이후로 '짓이 났다'는 말을 들어보지 못했다. 할머니와 엄마로부터 흘러나와 내게서 멈춘 '짓'은 내가 죽으면 사라질 것이다. 집을 짓고 마을을 짓고 사람을 지으며 살았던 사람들은 다 어디로 갔을까? 말은 사라졌지만, 감각은 유전자 속에 남아 있을 것이다.

시를 쓰다가 드물게 짓이 날 때가 있다. 시詩내림은 아니어도 짓이 나서 그 짓의 반동으로 글을 밀고 나가게 한다. 자주 그러면 좋을 텐데, 어쩌다가 그렇다는 게 아쉽지만, 그렇게 짓이 나서 쓴 시는 아주 맘에 들거나, 아주 맘에 안 들거나. 둘 중 하나다. 가끔 마음에 들 때가 있기도 해서 이런 '짓'을 자주 불러들이고 싶지만, 어찌 되었든 시를 쓸 때는, 어느 정도는 짓이 나면 좋은 일이다. 일필휘지를 믿지 않는 편이지만, 그 '짓'이 군더더기 없는 시를 밀고 나가는 동력이 되기도 한다. 불쏘시개가 되어서 태울 것들을 다 태워서 남은 재가 바로 시라는 것을, 짓이 나서 무언가를 할 때, 본래의 감정이 다른 것으로 완전히 새롭게 태어나는 순간이라는 것을, 그렇게 하려면 앞의 것들은 전소해야 한다는 것을.

그저 바라는 것이지만, 짓이 나서 시를 짓고 싶다. 사람과 사람이 만나 헌 집을 허물고 새집을 짓고 그곳에서 없던 사람이 태어나는 일을, 그 모든 사랑의 '짓'들을.

복 총량의 법칙

'복이라는 것은 한정된 것이니라!' 성경이나 불경, 사서삼경과 코란에 나오는 말이 아니라, 나의 할아버지가 생전에 자주 한 말이라고 아버지에게서 들었다. 아버지는 일이 잘 안 풀릴 때면 할아버지에게 배웠던 복 총량의 법칙에 따라 체념하는 법을 따랐고 마냥 행복할 때면, 탈이 나고 불행한 순간을 예상하고 마음속으로 대비했다가 어느 날 진짜 불행이 닥치면, 복은 한정된 것이기 때문에 지금 받는 고통은 당연한 일이라고 여기면서 극복하는 지혜를 발휘했다.

엄마는 1984년 「형제집」이라는 간판을 달고 음식 장사를 시작했다. 형제집은 장소를 옮겨 연꽃으로 유명한 공원 근처에서 「다솜회관」으로 이름을 바꾸어 식당을 연이어 갔다. '집'에서 '회관'으로 규모가 상승했음에도 찾아오는 손님들은 형제집만 못했다. 그러다가 예상에도 없던 단체 손님이 많이 와서 보통 때보다도 수입이 좋은 날이면, 아버지는 월세살이로부터 벗어나 일곱 식구가 안착할 집을 마련하는 꿈이 곧 실현될 것처럼 기뻐했다. 기대에 차 있곤 하다가

도 어느 순간 손님이 뚝 끊기면, 그것에 반항하여 속을 끓이기보다
는 자조 섞인 목소리로 '복이라는 것은, 한정된 것이지'라며 체념하
곤 했다. 아버지의 말은 긍정적으로 받아들이는 좋은 에너지를 주는
말이라기보다는 절망에 가까운 말이었지만, 현실이라는 바닥은 요
철로 가득 차 있어서 울퉁불퉁한 인생을 순조롭고 평탄하게 살아가
게 하는 지혜가 되기도 했다.

　복이 한정되었다는 말은 노력해도 별수 없다는 뜻이 아니라, 노력
하지 않아도 들어올 복 총량은 정해져 있으니 그 법칙을 따르되 너무
일희일비하지 말라는 뜻이었다. 내게 주어지고 던져진 삶이란 이런
것이었다. 받아들이는 자세. 그것은 아버지의 체념 속에서 내가 일
찌감치 한아름 받아버린 것이다. 총량이 정해져 있는 게 어찌 복뿐
이겠는가. 사랑의 시간도 인생의 시간도 각자 몸에 지닌 생존의 시
계도 모두 째깍거리며 흘러가고 있을 것이다. 노력과 결심의 움직임
에 따라서. 자연의 일이어서 자연스럽다. 살면서 이런저런 일들을 겪
어보면 체념하지 않으면 부딪쳐서 깨져야만 하는 순간이 있다. 그렇
다고 모든 실패의 상황에 대해서 체념해버리면, 앞으로 나아가는 일
이 하나도 없겠지만, 더러 체념의 순간에서 나를 내려놓고 한가하게
가벼운 손바닥을 고요히 내려다볼 때도 있다는 게 인생이라는 것을,
아버지는 할아버지로부터 배웠고 나는 아버지에게서 물려받았다.

장소의 이름

경원동 3가 28번지에서 십 대를 보냈다. 공과금이나 세금고지서보다 사람과 사람이 주고받는 편지가 더 많이 오고 가던 시절이었다. 번지수를 정확히 기억하는 것은 수백 통의 편지를 주고받느라 봉투에 정성스럽게 쓴 주소 때문이다. "잠들면 안 돼요, 눈을 뜨면 사라지죠, 어느 날 세상이 뒤집혔죠. 다들 꼭 잡아요. 잠깐 사이에 사라지죠." 서태지가 부른 「소격동」이라는 노래의 뮤직비디오를 봤을 때, 야간등화관제를 경험했던 그 시절의 경원동이 떠올랐다. 등화관제 훈련이 있는 밤이면, 새어나가는 빛을 죽였다. 훈련 시작을 알리는 사이렌 소리는 '죽지 않기 위해 다들 꼭 잡(참)아요'처럼 들렸다. 실재를 경험해 보지 않았기 때문에 적에게 들키지 않으려고 타격점을 숨기는 일은 스릴 있었다. 어둠 속에서 아무도 없는 척 지내야 하는 그 순간의 짜릿함을 느낄 일이 이제는 사라졌지만, 국가적인 모의훈련조차 낭만적인 옛일이 되어버렸지만, 그 어둠의 안온함과 평안함은 지금도 남아 있다. 다들 꼭 살아요, 우리는 잠깐 사이에 살다가,

살아지다가 사라지니까요. 나는 그때의 너에게 노래한다. 이 말이 슬픈 위로가 되는 까닭은 자명한 사실이기 때문이다.

그 밤의 어둠이 더 낭만적이었던 까닭은 등화관제를 대비한 촛불이 있었기 때문이었다. 가끔은 정전이 되기도 하고 야간등화관제를 시작할 때면 서랍 속에 든 하얀 양초를 꺼내 불을 붙이고 침침하게 아른거리는 불빛으로 저녁밥을 먹고 숙제를 했다. 사이렌 속에서 몰래 밝혔던 빛으로 모여드는 사람들의 아련함이 지금도 남아 있다. 그리운 모든 것은 아름다우므로. 살기 위해 불빛을 죽이는 일. 지나고 나면 모든 어둠은 빛이었다. 살기 위해, 잠시만 불을 꺼 두는 연습을 하는 일이었으니까.

숨바꼭질과 등화관제는 몸을 잘 숨겨야 한다는 공통점이 있다. 잘 숨는 사람만 최후까지 살아남는다. 잠깐의 어둠 속에서 맛보았던 경원동 3가 28번지에 살았던 시절에는 이름처럼 그렇게 '경사스러운 일이 많은 동산'의 시절은 아니었다. 엄마가 운영하는 식당에 딸린 조립식 건물 좁은 집에서 구순을 바라보는 할아버지와 남매들이 함께 생활했다. 대학생부터 초등학교 2학년 막내까지 오 남매는 매일 아침 학원비나 참고서 살 돈을 타기 위해 부모님 앞에 빈 손바닥을 벌려야 했다. 책상을 차지하지 못한 나는 배를 깔고 밤늦도록 숙제하다가 잠들었다. 늘 뭔가는 모자랐던 날들이었지만, 지나간 시절은 지나갔다는 이유로 가물가물 아름답다. 동네 이름처럼 기쁘고 좋은 일들보다는 그저 별일 없이 무사, 무탈한 시간을 건너왔다는 것이, 돌아갈 수 없는 지금에 와서야 빛나는 시절이었음을 안다.

내가 지금 사는 동네는 효자동이다. 옛날에 효자가 살았다고 한다. 근린공원 한쪽에 그것을 증명하는 효자문이 남아 있다. 효자가 나타나기 전에는 다른 이름으로 불렀을 것이다. 장소의 이름이란 그렇게 생기고 이름값을 매기고 남겨서 후대 사람들에게 전한다. 효자동은 앞으로 천인공노할 만한 불효자가 나타난다 해도 효자동으로 불릴 것이다. 나쁜 사건으로는 기억되고 싶지 않은 마음은 똑같으니까. 모든 장소는 사람이 머물다간 흔적을 반영한다. 자연물이나 지형의 생김새를 이름으로 담기도 한다. 언제부터인가 길 이름에 사람의 이름을 붙이기 시작했다. 기억해야 할 사람이 살다 간 장소는 이름으로 다시 남는다. 장례 절차 중에 망자가 살았던 집과 동네 길을 운구차로 한 바퀴 둘러보게 한 다음 장지로 향한다. 생전의 발길이 닿고 손길이 머문 곳이므로 장소는 망자의 이력이다. 사람들과 시간이 함께 만들어가는 땅의 흔적이다. 사람의 '살이'가 나쁜 날도 있고 좋은 날도 있듯이 땅도 대체로 그러하다.

　이태원의 이력을 보면 파란과 만장의 슬픔이 있다. 배나무가 많아서 조선 효종 때 이태원梨泰院으로 불린 것을 지금도 부르고 있다. 그러나 동음이의어의 아픈 뜻이 숨겨져 있다. 임진왜란 때는 이태원異胎圓이라 불렀다. 이곳에는 비구니들만 사는 절이 있었다고 한다. 배나무가 '달라졌다'는 뜻으로 '클태'가 '아이 밸 태'로 바뀌었다. '아이 배다'의 뜻을 보면 짐작할 수 있듯이 왜군들에 의해 이곳 비구니들이 성적 유린을 당했음을 알 수 있다. 근대에 들어와서는 외국인들이 많아서 이타인異他人이라고 불렀다. 그리고 얼마 전 우리는 많은 청년을 이곳에서 잃었다. 참혹한 참담의 장소로 남아 있다. "그러니 기억해요. 우리, 다들 꼭 살아요, 잠깐 사이에 사라지니까. 지금 여기에 있는, 거기에 있는, 그곳에 있었던 사랑하는 사람들을 기억해요."

시간을 쪼개는 연습

하루 이십사 시간을 단층 촬영하듯 나눠서 자신을 돌아보고 타인을 위해서 시간을 쓸 수 있는 사람이 있다면 그는 세계인들이 존경하는 위인이나 성자가 될 수 있을까? 벤저민 프랭클린이 '시간은 돈이다'라고 선언하면서 그 스스로 백 달러짜리 지폐의 모델이 된 것처럼 시간을 헛되이 쓰지 않으면 모두 부자가 될까? 성자든 부자든, 시간을 투명한 쌈무 썰 듯 얇게 쪼개려면 하루를 나누어 저민 만큼 계획이 앞서야 한다. 돈을 벌기 위해 밤잠을 설쳐가면서 일하고, 목적하는 바에 성공하기 위해 공부하고 승진하기 위해 다른 시간을 쪼개면서 그 자리를 지키기 위해 한 시도 멍 때릴 틈도 없이 달려온 사람이 있다면 그는 시간을 잘 쓴 사람일까?

시간을 잘 쓴다는 건 무엇일까, 헛되이 보낸다는 건 어떤 시간일까. 생각해 보면 우리는 대체로 눈에 보이는 결과가 없는 일에 비난한다. 한 인간의 삶은 우주적인 시간의 나이에 비하면 정말 0.01초만큼, 눈 깜짝할 사이보다 짧다. 유한한 운명을 타고 태어난 생명 중에 유독 시간에 대해 아등바등하며 사는 동물이 인간인 것 같다. 죽음 앞에서 덧없는 생을 살다 간다. 잠자는 일처럼 중요한 것도 없는데, "잠은 죽으면 얼마든지 잘 수 있으니까 잠을 쪼개서 공부해라." 하나는 점심으로, 하나는 저녁으로 도시락 두 개 싸 들고 다니던 시절에, 야간자율학습 시간에 졸고 있는 학생들 앞에서 선생은 귀에 피가 나도록 말했다.

유한한 인간에게 한시도 쓸모없는 시간이란 없는 것 같다. 끔찍하지만, 죽는 순간까지도 사후에도 그를 얼마간 기억하는 사람들의 기억에서 생전의 사람으로 남아 살아간다. 쓸모없는 시간이란, 매우 내밀하고 은밀하여서 지극히 '개인적인 것'이다. 타인이 누군가의 시간에 대해 경중을 말할 수 없다. 헛된 시간이란, 의미가 없다고 생각하는 시간일 것이다. 의미 있다고 생각하는 시간이란, 시간을 쓰는 사람에 따라 다르기에, 타인의 시간에 대해 객관적인 의미를 부여할 수는 없다.

헛된 시간이란, 볼 때 즐겁지만 보고 나면 허탈해지는 코미디 동영상 같은 것. 그러나 늘 심각하고 의미심장한 시간으로만 산다면 심장이 가만히 있지 않고 반란을 일으킬 것이다. 그래서 생각한다. 이 세상 의미 없는 시간이란 없겠지만, 누군가를 미워하느라 시간을 날려버리는 것, 자책하다가 시간을 마저 죽여 버리는 것, 지난날 자신에게 겪었던 일들을, 우울하고 비극적인 사건을 경험한 그 순간을 소환하여 반추하는 것 따위 등일 것이다. 지나치게 자신을 그 거미줄에 옭아매고 매달려서 달랑달랑 흔들리는 마음에 애달파하는 고달픔일 것이다. 고백하자면, 이게 바로 나였던 적이 많았다. 앞으로도 안 그럴 것이라는 자신은 없다.

시간을 잘 쓰는 사람은 오롯이 자기 자신에게 집중하는 사람이다. 작가라면 글 쓰는 것에 몰입하여 자신을 잃어버리는 무아의 시간 같은 것. 안 쓰거나 못 쓰는 날들이 지속되면 잘못 살고 있다는 생각이 들면서 번뜩 정신이 차려진다. 그렇다면 나에게 쓸모없는 시간이란, 바로 글 쓰는 데 몰입하지 않거나, 지난 일에 지나치게 마음이 헝클어지고 흔들리는 것, 의기소침해지고 작아지는 나를 볼 때이다. 그런 시간은 내 몸을 조금씩 좀 슬듯 갉아먹고 파괴하고 있다. 점점 붕괴로부터 가까스로 버티고 있다. 나는 나를 쓸모로 하여 사는 사람이므로.

헛된 상상의 즐거움

훠훠허꾹, 라디오에서 새소리를 들려준다. 정확한 네 음절로 높고 경쾌한 톤으로 시작해서 짧은 노래에도 기승전결이 있다는 듯 끝음절은 안정감 있는 낮은 소리로 반복적으로 우는 새소리이다. 초여름에 우는 우리나라 대표적인 새라며 말끔한 목소리의 남자 성우가 검은등뻐꾸기를 설명한다. 깊은 숲에서나 소리를 들을 수 있고 사람 근처를 별로 좋아하지 않은 새들은 신비로워서 이렇게 방송을 타며 존재감을 드러낸다. 반면에, 도시 어디서나 사시사철 가까이서 볼 수 있는 흔한 새, 까치와 참새와 비둘기는 사람들과 서로 반목의 상대가 되기도 한다. 특히 비둘기는 도심의 광장이나 공원에서 사람들이 던져주는 먹이를 먹고도 모자라 재래시장 골목 씨앗이나 곡식을 파는 상점 앞에 파리 떼처럼 몰려들어 미움을 사기도 한다.

새의 이름은 생김새나 우는 소리에서 힌트를 얻어 짓는다. 검은등뻐꾸기는 보나 마나 등이 검을 것이다. 조류도감을 살펴보면 노랑할미새, 흰눈썹황금새, 휘파람새, 팔색조, 멧비둘기, 동고비, 검은딱새,

동박새, 노랑턱멧새, 딱새, 두견이, 쑥새, 칡때까치, 밀화부리, 검은이
마직박구리, 방울새, 섬휘파람새, 검은등할미새, 검은머리물떼새, 개
개비, 오색딱따구리, 직박구리, 박새 등 이름만 들어 봤지, 본 적이 없
는 새들이 대부분이지만, 왠지 이름에서 오는 어감을 보면 대략 새
의 생김새가 어떠할지 짐작이 가기도 한다. 나라마다 음운체계에 따
라 새소리를 다르게 적겠지만, 사람이 우는 소리는 듣기 싫어도 듣
기 싫은 새소리는 없는 것 같다. 지금도 나라와 나라 간 전쟁이 끊임
없이 일어나고 있는 인간들에 비하면, 새들에게는 국경이 없어서 싸
울 일도 없다는 것이 부럽다. 인간은 벌써 여기서부터 새들에게 진
것이다.

전세기간이 만료될 때마다 인상된 전세금 마련하느라 여기저기
일터를 전전긍긍하던 때였다. 집 바로 옆 야트막한 야산을 따라 올
라가면 편백숲이 있다는 걸 뒤늦게 알고 억울한 생각이 들었다. 집
주인이 터무니없이 전세금을 올리면 재정 형편에 맞춰 다른 곳으로
이사 가야겠다고 마음먹었던 때여서 더 그랬다. 그동안 살면서 가까
운 곳에 있는 편백숲을 한 번도 못 가봤다는 무심함의 자책에, 이사
하기 전까지는 실컷 가야겠다고 생각했다. 쉬는 주말이면 아침 일찍
샌드위치를 싸 들고 편백숲에 올랐다. 쭉쭉 뻗은 편백나무 군락이
하늘을 다 덮어버려서 음침하고 잡풀조차 없는 숲에 들면, 무심한
세계와 평화의 황홀을 느끼느라 나를 잃어버리는 지경에 이르렀다.

여기저기서 들려오는 온갖 새소리를 듣다가, 문득 날마다 숲에서
들려오는 소리를 기록하는 일을 직업으로 가지면 좋겠다는 생각을
했다. 숲의 나무를 스치고 나오는 바람의 소리와 바람의 결과 푸른
나뭇잎에서 품어져 나오는 냄새를 감별하고 새가 노래하면 가사를

받아 적는 일. 새어 나오는 햇빛의 양과 채도와 명도를 재는 일. 곤충과 나비와 벌들을 관찰하고 일지에 적는 일. 빗물이 나무뿌리에 츱츱츱 스며드는 소리, 물관을 따라 잔가지로 퍼 나르는 소리를 구별하는 일. 햇빛이 나뭇잎 사이로 반짝이는 무늬를 그리는 일. 앞산에서 우는 산꿩의 메아리가 몇 초 만에 내 귀에 도달하는지 재보는 일. 겨울 식량을 모으는 다람쥐에게 줄 도토리 한 주먹을 주워주는 일. 정말 누가 그렇게 하라고 하면 어디든 달려갈 것 같다. 생각만으로 기분이 좋아지는 일은 바로 이런 일을 두고 말하는 것 같았다. 제정신으로 보일 리 없는 이 희망을 남들에게는 말하지 않아서 다행이지만, 쓸모없는 상상의 즐거움은 누구에게도 무해한 잠깐의 기쁨이다. 헛되고 황당하고 미덥지 못한 상상이 때로는 생활을 잠깐 빛나게 할 때도 있다.

아오리가 익는 시간

어릴 적 살았던 옛집에는 아버지가 심어놓은 과실수들이 많았다. 늦여름이면 푸르게 익은 배나무 한 그루가 있었는데 백석이 「정주성(定州城)」에 담았던 메기수염의 늙은이가 팔러 온 그 청배와 품종이 같다고 여겼다. 그 시를 읽고 난 뒤로는 누가 뭐래도 시 속의 청배는 늦여름에 청노랑 빛으로 익는 옛집의 그 배라고 믿었다. 청배는 내 주먹보다 작았지만, 과즙이 많고 차고 달았다. 이끼 긴 돌담이 반쯤 허물어진 옆집과 경계를 이루는 서쪽에 서 있던 봄날의 배나무는 연둣빛 잎과 함께 눈이 부신 흰 꽃을 탐지게 피우곤 했다. 늦은 봄날 할머니와 함께 배꽃을 올려다보며 감정이 차올랐던 꿈결 같은 장면이 있다. 한여름에는 동네 매미란 매미는 모조리 그 배나무에 붙어서 시끄럽게 울었다. 길고 긴 여름방학 숙제를 천천히 하다가 매미 우는 소리를 들으면 귀가 떨어져 나갈 지경이었다. 그러면 나는 귀에 손바닥을 붙였다 떼었다 하면서 소리가 멈추었다 다시 이어지는 리듬을 즐겼다. 소리의 음절을 끊었다, 이었다 하면서 놀았다.

음 소거와 음 해제를 하다 보면 울음도 제법 리드미컬한 박자를 이루었다.

청배나무는 매미 울음이 떨어져 부서지고 찬바람이 도는 초가을 무렵엔, 쐐기벌레가 나뭇잎을 갉아 먹어 버려서 망사 같은 잎맥만 남았다. 그러면 마음도 허전해서 구멍이 송송 뚫리는 것 같았다. 여름방학이 어느덧 끝나가고 숙제는 밀려가고 있다는 현실에 대한 자각과 맘껏 누렸던 늦잠과 시시때때로 찾아오는 공상의 즐거움에 대한 이별의 헛헛함이었을 것이다.

과실수 중에 집 바로 뒤란에는 사과나무가 있었다. 청배처럼 푸르게 익는 (아마도) 아오리였다. 수돗가를 덮은 포도송이가 말라가고 살구나무를 감고 오르던 넌출마저 시들해질 무렵이면 몇 개 안 열린 아오리를 베어 물면 쌀뜨물 같은 뽀얀 과즙이 새어 나왔다. 여름이 이제는 정말 지나가고 있다는 뜻이었다. 아오리는 완전히 여물 때까지 풋맛을 잃지 않는다. 풋사과에서 다 익어도 풋사과로 끝난다. 늦여름 무렵 잠깐 나왔다가 사라지는 여름 과일이다. 아오리처럼 여름을 생의 끝으로 삼는 것들이 많다. 앵두와 매실은 봄의 끝을, 살구와 자두가 열리기 시작하면 초여름이라는 걸 알 수 있었다. 광복절이 지나면 끝물을 알리는 과일들이 차례로 자취를 감췄다. 수박과 참외가 무르고 맛이 없어져 아쉬워할 무렵이면 먹포도가 나온다. 포도가 나오기 시작하면 여름도 정말이지 이제 얼마 남지 않았다는 뜻이다. 한 계절이 끝종을 친다.

지금은 여름의 끝 아오리가 익어가는 시간, 어린 시절 시간에 대한 감각은 좋아하는 열매들 틈에서 생겨났다. 여름의 신맛과 단맛들. 나의 몸에도 시계가 걸려 있을 것이다. 초침과 분침과 시침이 어우

러져서 제각각 틈을 두고 그 틈으로 박자에 맞는 리듬을 타고 흘러
갈 것이다. 흘러간다는 것은 방향성이 있다는 것인데, 살아 있는 모
든 것들이 각자 매달고 있는 시간이라는 건전지 안에서 숨 쉴 때까
지 어디로 흘러가는 중일 것이다.

별 본 밤

여름이 지나자 밤하늘을 올려다보기 시작했다. 별을 보려고 별을 찾다가 별 같은, 별 아닌 것을 바라보았다. 유독 빛났기 때문에 도심의 하늘에서 볼 별이 아닌 것 같았다. 지지 않는 조화처럼 그 빛은 아침이 되어도 떠 있을 것 같았다. 어느 날 친구랑 이것 때문에 논쟁한 적이 있다. 조금 취해서 밤길을 걷다가 내리는 이슬이라도 받아먹고 취기를 좀 누그러뜨려 볼까 싶어 깜깜한 하늘에 대고 입김을 뿜었다. 알코올과 공기가 어느 정도 희석되었다고 생각했을 때 우리의 눈에 유난히 밝게 빛나는 별 하나가 들어와 박혔다. (친구: 저게 별이게, 별 아니게?) (나: 와, 저 별 예쁘다!) 우리는 동시에 질문과 답으로 물음표와 느낌표를 터뜨렸다. 그는 별이 아니라는 확신으로 내게 답을 알려주려고 던진 질문이었다. "별이지!" 별이길 바라는 내가 답했다. "아니지!" 친구가 소리쳤다. "밤하늘에 빛나는 게 다 별이지 설마 우주의 가로등이겠니?" 반문으로 한 발자국 바싹 나아갔다. "인공위성이야!" 그는 나의 한심함을 짚었다는 것과 그것도 모르고 있느냐는 듯 단호하게 말했다. 스무고개까지 가볼 필요도 없다는 듯 그가 덧붙여 말했다. "상식적으로 생각해 봐, 다른 별들은 모래알보다 작은데 쟤만 저렇게 빛난다고?" 별이 아니라 인공위성이라는 답에 대한 풀이가 비논리적이고 불투명한 설명이었다. 우리별 2호를 쏘아 올린 지 몇 해가 흘렀고 무궁화 2호를 쏘아 올린 지 얼마 안 된 때라서 그것 중 하나라는 확신을 했던 것 같다. "화성이나 목성 아닐까?" 상식이 모자란 내가 자신 없게 반문하자, 할 말을 잃었다는 듯 친구가 말했다. "저게 인공위성이라는 걸 바로 증명해 줄게. 지금부터 한 시간 동안 저 별만 보는 거야. 움직이는지 안 움직이는지."

우리는 십 분도 안 되어 고개도 아프고 다리도 저려 맨바닥에 주저앉았다. 술은 완전히 깼다. 늦여름 밤은 어디에서나 흘러나오는 풀벌레들의 울음으로 가득했다. 별인지 인공위성인지 따위는 잊어버리고 이야기는 다른 쪽으로 흘러갔다. 이십 대의 마지막을 지나고 있었고 할 얘기는 얼마든지 있었으니까. 대화가 잠시 멈춘 틈을 비집고 벌레들의 합창은 더 커졌다. 곧 가을이 오고 추워지겠지만, 살아 있으려는 이유로 가득했을 테니까. 짝짓기하고 알을 낳아 그 알이 부화하여 자그마한 날개를 달고 내년에도 자기들처럼 그렇게 노래할 수 있기를 바라는 의지로 절박했을 테니까.

할 얘기도 바닥나고 이제는 부모님 몰래 집으로 기어들어 가야겠다고 생각했을 때, 다시 밤하늘이 들어왔다. 버즘나무 넓은 잎사귀들과 상가 건물이 어둠의 모서리를 가운데 좌표로 두고 우리가 목격한, 유난히 반짝이고 빛난 별은 처음 봤던 그 자리에서 꿈쩍도 하지 않고 여전히 붙박여 있었다. 친구의 주장과 논리대로 그게 인공위성이었다면, 우리가 떠드는 동안 그 반짝이던 것은 시야에서 사라졌을 것이었다. 그렇지만 그게 무엇이든 중요하지 않았다. 그저 빛나고 있다는 사실이 더 중요했다. 그날의 장면은 밤하늘에 박힌 수없이 빛나는 많을 별들처럼 이십 대의 빛나는 날 중 하나였다는 것만은 확실했다.

이후로도 많은 여름밤은 흘렀고 나는 별을 올려다볼 때마다 그 아득한 거리와 아득한 아름다움에 대해 사무친 시간을 연민했다. 별을 본 밤, 그 생각으로 눈물이 났다. 인공위성이든 별이든, 별이 빛나는 건 보는 사람의 눈동자가 젖어 있기 때문이라고 어느 시행에 한 줄 얹어 놓았다.

밥과 사랑의 온도

엄마가 밥상에 제일 마지막으로 올리는 것은 밥과 국이었다. 반찬을 먼저 놓고 숟가락과 젓가락을 놓으면 누에고치처럼 웅크리고 각자 방에 들어앉아서 나오지 않은 자식들을 부르기 시작했다. 어서 밥 먹으라고 두세 번 부를 때까지 아무도 나오지 않는 것은 당연했다. 분명히 밥과 국이 아직 밥상에 올라오지 않았다는 것을 잘 알기 때문이었다. 엄마는 밥상 앞에 나올 때까지 밥을 안 올렸고 우리는 엄마가 밥을 퍼 담아 올려놓을 때까지 밥상 앞에 앉지 않았다. 먹히지 않는 전략은 바뀌었다. '밥 먹어라' 대신에 '밥상에 국 다 식는다'고 협박했다. 국이 식으면 안 되니, 식기 전에 먹으라는 뜻이었지만, 전혀 통하지 않았다. 엄마는 밥과 국이 식는 것을 호환 마마만큼이나 무서워했다. 몸을 따뜻하게 데워 줄 하얀 김이 피어오르는 밥을 낸 다음엔 식구들이 모두 상에 둘러앉으면 맨 마지막으로 펄펄 끓는 국을 밥상에 올렸다. 뜨끈한 국물을 호호 불며 가족들이 식사를 다 마쳐야 엄마는 하루 할 일을 끝냈다고 생각했다. 엄마는 사람의 온도보다 내려간 서늘하게 식은 밥과 국은 음식이 아니라고 생각했다. 행여 내 자식이 찬밥 신세가 될까 봐서 그랬을까? 체온보다 낮은 찬 국이 들어가면 배탈이 날까 봐 그랬을까? 아무리 불러도 밥상 앞에 식구들이 앉지 않으면, 밥상에 올려놓은 식은 국을 냄비에 부어 다시 데웠다. 삼복더위에도 365일 엄마는 입천장을 데며 먹었던 따끈한 미역국과 아욱국과 된장국을 내었다. 그 뜨거운 사랑을, 수천 그릇을 먹고도 나는 먹은 만큼 사랑을 되돌려 주지 못했다.

밥의 온도는 사랑의 온도이다. 이 따스함의 정도는 피가 도는 온도이다. 너무 차가워도 멀어지고 너무 뜨거워도 가깝게 다가갈 수 없다. 은근하게 살갗에 살갑게 닿을 수 있는 온도는 36.5도, 1년 365일 36.5도는 사랑의 온도이다. 그러니까 당신과 나는 365일 36.5도를 유지하기. 서로에게 밥과 국의 온도만큼 식지 않기.

사람은 가고 사람은 남고

일요일 오후, 사방은 고요합니다. 아침에 날아온 부고 문자. 지인의 부친입니다. 망자를 뵌 적은 없지만, 아버지를 잃고 망연자실할 지인의 얼굴을 떠올립니다. 평안한 휴식에 들기를, 영원히 눕기 전에 그를 배웅하러 갑니다. 장례식장에서 사인을 듣습니다. 생과 사의 간극, 커다란 구멍을 메울 길이 없어 이제는 홀로 무한대의 홀 속으로 사라지기 직전의 모습을 상주에게 듣습니다. 망자의 팔십 평생이 넘는 삶은 십 분도 채 안 되어 요약됩니다. 망자가 내주는 육개장 국물에 뜬 기름을 휘휘 저어서 삼킵니다. 삶은 하고 싶은 일보다 고기국물에 뜬 기름을 걷어내는 것처럼 피하고 싶은 일을 피하려 하는 일에 전력 질주하다 어느 날 멈추는 일이라는 생각을 하면서 식어버린 국물을 또 한 모금 떠 넣습니다. "돌아가신 분이 마지막으로 주시는 밥을 먹어야 복 받는대." 누군가 말합니다. 죽은 자와 산 자가 마지막으로 함께 밥상에 앉아 있습니다.

어린 시절 할머니를 곁에서 임종했습니다. 할머니는 곤한 잠을 자려는 사람처럼 보였습니다. 앉아 있던 몸이 비스듬히 스러지며 옆으로 살포시 누웠습니다. 초여름 이른 저녁이었습니다. 죽은 사람의 얼굴을 그때 처음 보았습니다. 할머니는 생의 마지막 짧은 들숨을 들이마시더니 깊고도 긴 긴 날숨을 내뱉은 후에는 다시 들이마시지 않았습니다. "열여섯에 하河 씨 집안에 시집와서 이날 평생 가난과 칠 남매 자식들 뒷바라지만……." 살다가, 살다가 너무 힘들면 후렴구처럼 흘러나왔을 할머니의 레퍼토리를 마지막으로 내쉬며 길고도 긴 숨에 담았을 겁니다. 달처럼 희고 환한 둥그런 이마를 가진 할머니 얼굴을 내려다봤습니다. 처음으로 알았습니다. 나는 할머니를 하나도 닮지 않았다는 것을요. 할머니는 깊은 잠을 자듯 편안했습니다. 할아버지가 다가와 맥을 짚어보고 그렇한 눈으로 혼자 말합니다. "머리 괸다." 그러고는 할머니의 쪽 찐 머리를 가만히 들어 올리시더니 비녀를 빼주었습니다. 훗날 나는 이 장면이 자주 떠올랐습니다. 할아버지가 할머니를 맞이하던 첫날밤처럼 마지막 밤을 보내주던 일을요. 평생을 같이한 사람의 비녀를 빼주는 마음은 어떤 심정일까, 생각했습니다.

장례를 치르는 날, 병풍 뒤에 누워 있는 할머니 입에 쌀 삼천 석이 들어갑니다. 물에 씻은 쌀 한 줌을 숟가락에 세 번 나누어 올려 넣더니 염하는 이가 외쳤습니다. "일천 석! 이천 석! 삼천 석!" 할머니는 저승에서 드실 밥, 삼천 석을 다 드시고서 영원한 잠을 자러 갔습니다. 이 생에서 드셨던 것보다 더 많은 저승의 밥을 아직도 드시고 있습니다. 죽어서도 살고 있는 할머니는 손녀인 내가 여전히 기억하고 있기 때문입니다.

죽은 사람을 불러오는 방식에는 여러 가지가 있습니다. 남은 사람이 추념하는 기일과 죽은 사람이 썼던 물건들 숟가락과 식기들을 간직하여 추억합니다. 죽은 후에도 소각할 수 없는 것들, 이를테면 저서나 작품 등 유형, 무형의 모든 것들에 고인은 부재의 방식으로 존재합니다. 아직 말소하지 못한 전화번호 목록에 들어 있는 이름으로. 그와 함께 다녔던 장소를 다시 밟아보는 일로. 산 사람이 죽을 사람을 애도하고 기억하는 방식입니다. 죽은 사람은 그렇게 산 사람 속에서 살아 있습니다. 기억하는 사람이 이 세상을 떠날 때는 남아 있는 다른 사람에게 바통을 넘겨줍니다. 죽은 사람에게도 시간이 흐르고 세월이 갑니다. 영원한 안식이란, 산 사람들의 기억 속에서 완전히 사라질 때 죽은 사람도 영원한 말소가 됩니다. 완벽한 죽음은 기억의 말소입니다. 그래서 사람들은 무엇인가 흔적을 남기려고 하는지도 모르겠습니다. 영원히 살고 싶음의 욕망이기도 합니다.

장례식장에 있는데, 또 다른 부고 문자를 받습니다. 아침에 한 번 저녁에 한 번 부음을 받았습니다. 이런 날도 있으면 저런 날도 있으니까요. 태어난 날만큼 같은 수의 죽은 날이 있는 건 당연한 일입니다만, 죽음을 배웅하러 가는 날보다 태어나는 사람을 맞이하러 가는 날이 더 많았으면 좋겠습니다. 사람은 가고 사람은 남으니까요. 사람은 가도 그리움이 남아 있으니까요.

농담 반 진담 반

나는 농담할 줄 모른다. 안 하는 게 아니라, 못한다는 게 문제다. 노력해도 어찌할 수 없기 때문이다. 재치와 순발력이 없어서 임기응변도 모르고 누가 한 말에는 맘껏 웃을 수 있지만, 누구를 웃기는 일은 언제나 어렵다. 농담에 뻣뻣하다 보니 말을 구부렸다 펴는 유연함을 타고 태어나지 못했다. 중요하지 않은 일에도 진지하게 생각할 때가 있어서 남이 한 농담을 진담으로 받아들여 혼자 앓을 때도 있었다. 그러니 내게 없는 여러 가지 중에 재지 있는 농담을 잘하는 사람이 부럽다.

대체로 몸과 정신의 텐션도 부족하고 저혈압 체질에다 기도 약해서 하품을 자주 한다. 따분해서 하는 하품이 아니고 본능적으로 공기가 필요해서 들이마시는 생리현상이니. 사람들 앞에서 하품을 자주 하는 것은, 당신이 따분한 사람이라 생각해서 그런 게 아니라는 걸, 오해하지 않았으면 좋겠다. 농담도 못하고 하품을 잘하는 사람이다 보니, 자연스럽게 농담하는 책을 찾아 읽을 때가 있다. 농담 속에서 진실을 은근하게 드러내는 산문을 좋아하게 된다. 우리 문학에 농담이 부족하다는 어떤 시인의 말을 공감한다. 세상도 무거운데 시까지 무거울 필요가 있을까. 우습게 쓰라는 뜻이 아니고 웃으면서 쓰라는 말일 것이다. 악착하지 말고 집착하지 말고 풀어 놓는 글이 좋다. 절망도 절망이 아닌 것처럼 잠깐 웃어넘길 수 있다면, 진짜 울어야 할 때 더 잘 울 수 있을 것이다.

나에게 여유로움을 주문한다. '말을 하든 글을 쓰든 여유로워져라, 이를 앙다물고 쓰지 말고 좀 유연해지라고! 삶을 통째로 들려고 하지 말고! 모든 문장은 네 것이 아니야.' 그러다가 어딘가에 숨어 있는 흡반으로 읽는 이의 허리를 착 감고 싶은 욕망이 들기도 할 것이다. 가끔 멍하니 비스듬히 기대어도 좋은 순간에 그 힘의 반동으로 쓰는 글이면 좋겠다. 절망과 어둠은 가볍고 아무것도 아닌 풀씨처럼 가볍게 날아서 어느 곳에든 착지하고 싶다. 외국 시인들의 작품 중에 가볍게 쓰지만, 무게가 있는 시가 있다. 그래서 좋다. 엄살을 피우는 것보다 아무것도 아닌 척 탈탈 털고 일어나는 일은 농담 같아 보여서 힘이 난다. 절망으로부터 자유, 절대적인 희망으로부터 자유, 이 모든 것들이 문장 속에서 피어오를 때 읽는 기쁨이 있다. 밀도가 낮아서 정신의 에너지 사용량을 최소화하면서 쓰는 시.

낮에는 생계를 위해 일하고 저녁에는 시를 쓰는 삶. 나쁘지 않은 생활이지만, 바쁘지 않은 것이 아니어서 공상하기에도 주변은 가만히 놔두지 않고 짤짤 흔들어대니, 주업야작 하는 생활에 대한 위로 겸 농담을 잘하고 싶다. 오직 문장 속에서 자유롭고 시 속에서 아름답고 싶다. 그래서 농담 반 진담 반으로 써졌으면 좋겠다. 비명을 질러본들 내 귀에만 들릴 건데, 인생 별거 있겠나!(이 말을 나도 한번 해

보고 싶었다.) 세상을 향한 질문은 궁극엔 나를 향한 질문이니까. 세상의 이야기가 심각하지 않았으면 좋겠다. 나처럼 농담을 좋아하는 사람들이 더 가득할 테니까.

시집 생각 1

두 번째 시집이 나올 무렵 첫 번째 시집을 냈던 출판사에서 남아 있는 시집을 보내왔다. 면목 없고 송구한 일이 아닐 수 없다. 시집이 독자를 만나지 못하고 창고에서 우두커니 먼지를 뒤집어쓰면서 출소를 기다리고 있는 죄인처럼 지내다가, 그마저도 쓸모를 다한 시간을 채우고 다시 내게로 온 것이다. 조금이라도 팔린 시집에 대한 인세를 대신한 것인지는 모르겠으나 안 팔린 책이 자릿값도 못하고 보관료도 충당하지 못했다고 생각하니 출판사에 죄송한 마음이 들어서 보내온 책의 무게보다 마음이 더 무거웠다. 내가 보낸 소포가 반송되어 온 느낌이었다. 상처를 돌보지 않고 방치했다가, 오랜만에 붕대를 풀어보니 진물이 짠하게 고여 있는 것을 입김으로 불던 때의 기분으로 상자를 감은 테이프를 뜯어냈다. 재고로 담겨온 책은 방금 인쇄되어 나온 듯, 새 시집을 받은 날처럼 얼떨떨했다. 기쁘지도 놀랍지도 않았지만, 내가 내 상처에 부는 입김처럼 조금 슬펐다. 오십 권이나 되는 시집을 책장에 쌓아둘 수는 없는 노릇이었다. 어떻게 할 것인지 생각한다. 이것들을 들고 멀리 여행을 떠나기로 하자. 미지의 독자들에게 시집을 나눠 줄 생각을 하니 마음은 들뜬다. 커다란 백팩에 시집으로 꽉 채우고 좌석이 많은 버스를 타자. 시집을 두고 오는 것이 목적인 여행을 떠나자. 헨젤과 그레텔이 흘리고 온 빵조각처럼 시집 흘린 길을 따라 집으로 되돌아오자. 시집을 주워들고 펼쳐 볼 미지의 독자에게 보내는 간단한 쪽지를 써서 책갈피에 꽂아두자.

'아름답다고 착각한 이 모든 불온한 불순물을 당신이 가져가서 부디, 읽어보시고 버려준다면 꽤 괜찮은 이별이겠습니다.'

실행할 미션을 위해 쪽지를 써서 시집의 첫 페이지에 책갈피로 꽂아 놓는다. 그것을 발견하여 읽어 본 사람은 미신인 줄 알면서도 실행하지 않으면 어쩐지 찜찜한 '행운의 편지'처럼, 여기면 성공하는 것이다. '이 시집을 반드시 읽어야만 당신의 목적지까지 갈 수 있을 것이오.' 쪽지 안에 덧붙인 말 때문에 결국 시집은 누군가의 손에서 읽을 수밖에 없을 것이다. 그렇게 될 것을 상상하면서 미션을 수행하는 데 이용할 대중교통의 종류를 나열해 본다. 택시-시외버스-지하철-시외버스-시내버스 순으로 돌고 올 것이다. 출근시간이 지나 빈 좌석이 많을 것 같은 한산한 월요일 열 시를 택한다. 대형 백팩에 시집을 최대한 욱여넣고 택시를 부른다. 맨 뒷좌석에 타는 건 필수, 시집 한 권을 슬쩍 꺼내어 놓고 내린다. 시집 한 권쯤이야 기사님이 굳이 분실한 손님을 찾아주려고 애쓰지 않을 것이다. 최고의 시나리오는 내가 내린 바로 다음에 타는 손님의 손으로 시집이 들어가는 것이다. 결국, 누군가는 시집을 펼쳐볼 것이다. 택시에서 내려 한

산한 시간에 대도시로 가는 시외버스의 맨 뒷좌석 표를 끊고 플랫폼 의자에 앉는다. 월요일 늦은 아침답게 버스를 기다리는 사람들이 별로 없을 것이다. 터미널 의자에도 빈자리가 많을 것이다. 동서남북 각 모서리 의자마다 시집을 놓는다. 빠르게 네 권이 소진된다. 시간에 맞춰 도착한 버스 맨 뒷좌석에 예정대로 앉는다. 목적지에 닿을 무렵 의자 주머니마다 한 권씩 꽂아둔다. 열두어 권이 충분히 소진된다. 목적지까지 가는 지루한 버스 안에서 누군가는 시집을 펼쳐서 읽고 있을 거라는 상상을 한다. 이윽고 대도시에 내려 아무 데나 가는 지하철을 탄다. 칸을 이동하며 빈자리마다 시집을 한 권씩 놓아둔다. 되돌아오는 지하철에서 가방이 가벼워지는 홀가분함을 느낀다. 목적지에서 가벼운 점심을 먹고 다시 집으로 돌아오는 시외버스를 타고 거기서 얼마 남지 않은 시집을 몇 권 더 내려놓는다. 마지막 이동 수단은 시내버스를 이용한다. 같은 방법으로 빈자리마다 시집 한 권씩을 꽂아두고 내린다. 다 처리된 시집들을 누군가 읽고 있다는 상상을 한다. 욕심을 가득 머금었다가 풀어놓은 가방은 홀쭉하고 마음은 가뿐하다. 택시에, 버스에, 지하철에 둔 시집은 미지의 독자 손에 있겠지. 누가 읽지 않아도 종이책이니까 재활용될 것이다. 시집은 책이라는 물성과 상품에서 짧게 머물다가 곧바로 종이로 변신할 준비를 한다. 시어가 사라지고 자음과 모음이 지워지고 휘발되어 날아가면, 수제비를 뜨려는 밀가루처럼 종이 반죽이 찰지게 뭉친다. 다시 태어날 흰 종이가 된다. 하얗게 태어난 종이에 대해 그 평화와 무한 가능성에 대해 생각하면서 집으로 돌아와 책상 앞에 앉는다. 기분이 좋아져 또 사라질 시를 쓴다. 부서야 할 벽돌처럼 견고하게. 그 마음으로 또 시를 쓸 것이다. 시집을 지을 것이다.

당신도 왼쪽 길로 가시오

어떤 사람은 사람들을 만나면서 충전을 하고 어떤 사람은 사람들 틈에 뒤섞이면서 방전이 된다. 나는 후자 쪽에 가까워서 여러 사람이 모인 장소에서 오랜 시간을 보내다 보면 그 속에서 이리저리 치이면서 너덜더널 헤진 몸을 이끌고 집으로 돌아와 드러눕는 사람이다. 사람들 틈에서보다 혼자 가만히 있을 때 에너지가 충전되는 형이라, 대인관계를 넓히는 일을 좋아하지 않는다. 타인이 결코 싫어서가 아니라, 성격유형이 'I'에 가깝다 보니 선택의 상황에서도 내가 원하는 것으로 이끌어 유도하기보다는, 남이 택하는 쪽에 맞추는 경우가 많다. 웬만하면 상대의 의견에 동조한다. 짬뽕을 먹자고 하면 짬뽕을, 짜장을 먹자고 하면 짜장을 먹는다. 타인과의 관계를 어렵지 않고 원만하게 유지하는 게 마음이 편해서이다. 의견충돌을 피하려고 싫어하는 것도 상대에게 맞춰 좋아하는 것처럼 대답할 때도 종종 있다. 결국은 솔직한 심정을 표현하지 못하고 속으로 삭이다 보니 사람들을 많이 만나는 날에는 피곤에 절고 녹초가 된다. 이런 성향이 마음에 들지 않아서, 고쳐보려고 시도해봤지만, 집에 돌아와 온 갖 후회와 회의감으로 괴로워하다, 그냥 생긴 대로 살아야겠다고 마음먹었다.

피곤함과 불편함은 인내로 넘어가면 되지만, 극 'I'끼리 만나면 위험한 상황에 맞닥뜨리기도 한다. 살면서 네댓 번의 작은 교통사고가 있었는데, 그중 두 번이 자전거 사고였다. 최초의 사고는 초등학교 2학년 때였다. 하굣길에 친구와 집으로 가는 중이었다. 인도와 차도가 따로 분리된 길이 아니고 지금처럼 어린이보호구역이 있는 것도 아니었던 시절, 등 뒤에서 자전거 달려오는 소리가 났다. 이대로 가다가는 왠지 불안해서 몸을 피해야겠다는 생각이 들었다. 뒤도 돌아보기 전에 따르릉, 소리가 귓전에서 울렸고 순간적으로 도로의 가장자리 쪽으로 몸을 붙였다고 생각한 것과 동시에 자전거 바퀴가 내 발뒤꿈치를 밟았고 바짓가랑이가 바퀴에 감자마자 그대로 얼굴을 바닥에 박았다. 얼굴이 씻겨 피가 배어나왔고 가운데 윗니가 깨졌다. 자전거도 나를 피하려다 하필이면 내가 피하는 같은 방향으로 비껴가려고 했던 바람에 난 사고였다.

두 번째 자전거 사고는 호젓한 산책길에서 일어났다. 이런저런 생각으로 두 사람이 겨우 지나갈 만한 오솔길을 소요하고 있는데 이번에는 앞에서 빠르게 달려오며 급하게 벨을 누르는 자전거가 보였다. 어찌나 빨리 달려오던지 재빨리 동작을 취하지 않으면 정면으로 부딪칠 것 같았다. 나는 자전거를 배려한답시고 길을 비켜주려고 풀이 우거진 옆으로 몸을 옮겼다고 생각하는 순간, 자전거도 나와 같은 쪽으로 비켰다. 재빨리 다시 도로 쪽으로 몸을 옮기자 자전거도 나와 같은 방향으로 몸체를 바꿨고 서로 갈팡질팡하다가 결국은 부딪치고 말았다. 서로 동시에 악, 지르는 비명 끝에 보니 자전거를 몰고 온 상대방도 고꾸라졌다. 눈앞에 떨어진 안경을 주워 끼며 그가 소리쳤다. "아니, 가던 길을 그냥 가면 되지, 왜 방향을 틀고 그래요?" 단단히 화난 목소리였다. "저도 길을 비켜드리려고 했을 뿐이에요." 나 역시 억울함을 말했다. 서로를 지나치게 생각하다 난 사고였다. 두 번씩이나 학습된 경험치가 있어서 이후로, 같은 상황이 온다면 정면에서 달려오는 사람에게는 이렇게 부르짖을 거라고 다짐했다.

"나는 왼쪽 길로 갈 테니 당신도 왼쪽 길로 가시오!"

눈으로 보는 시간

시간을 감각하는 방식 중에 시각에 전적으로 의존하는 경우가 있다. 정량적 감각이 아닌, 정성적 감각으로 시간을 감별하는 특수한 능력이 인간에게는 있다. 이 부가적인 센스는 매력적이다. 이것을 감각적으로 잘 사용한 영화가 떠오른다. 오래전 영화라서 제목도 기억이 안 나고 주인공 얼굴도 가물가물한데, 유독 한 장면 때문에, 누군지 모르는 감독의 연출력에 경이로운 찬사를 보냈던 기억만 남아 있다.

영화의 내용은 이렇다. 전도유망한 젊은 경찰이 범인을 잡으러 어느 시골의 외딴집을 급습한다. 겉으로 보기에는 아무도 없는 집일 것 같지만, 경찰은 확신하고 빈집 같아 보이는 그곳으로 들어가는데, 경찰이 들이닥칠 것을 예상한 범인이 도주했는지 아무 인기척이 없다. 그는 숨죽이며 삐거덕거리는 계단을 따라 2층으로 오른다. 역시 발견하지 못하고 용의자가 이미 도주한 지 오래되었을 것이라고 단정하며 포기하고 나가려 하는 순간, 카메라는 그의 눈빛이 향하는 곳을 비춘다. 계단 난간에 놓인 뜨거운 김이 모락모락 피어오르는 커피 한 잔을 클로즈업한다. 커피는 매우 뜨겁고 범인은 아직, 이 집의 내부에 있다는 게 증명된다. '매우'와 '아직' 사이에서 그는 확신한다. 불과 오 분도 안 되는 시간에 범인은 마시던 커피를 그곳에 놓고 어딘가에 다급하게 몸을 숨기고 있다는 것을, 매우 가까운 곳에 있다는 것도. 그는 권총을 장전하고 다시 이 층으로 올라가 창문 난간에 아슬아슬하게 몸을 붙이고 피신해 있는 용의자를 잡는 긴장된 장면은 잊히지 않는다.

우리가 눈으로 볼 수 있는 시간의 흐름이란, 바로 그 커피잔에서 솟아오르고 있는 뜨거운 김이다. 시간의 시각적 정의 중 하나일 것이다. 커피가 식는 시간. 촉각으로 느끼는 시간은 온도가 변하는 시간. 계절이 지나고 사랑이 지나가는, 눈의 감각은 시간의 흐름을 중층적으로 증명한다. 저녁이 올 무렵 색이 하나씩 어둠의 장막 안으로 포섭되어 검정으로 빨려 들어가는 시간. 그 검은 색은 울적한 황홀이 있다. 가는 시간과 오는 시간의 교차점에서 불이 꺼지기도 하고 켜지기도 하는 시간. 이별과 만남의 시간. 표정이 변하는 순간, 웃음이 울음으로 건너가는 시간, 풍요와 빈곤이 서로 교환하는 시간. 반대하는 것의 경계를 허무는 시간. 어둠을 열고 빛을 가린다. 눈앞에서 저녁은 밤으로 이르는 징검돌을 놓는다.

시간이 꽃 피는 순간의 장면으로 눈 깜짝할 사이 바통을 넘기는 걸 본 적이 있다. 여름날 화분에 심은 분꽃이 분홍 꽃잎을 여는 순간을 눈으로 목격했다. 봄에 심은 까만 분꽃 씨가 싹을 올리는 초여름부터 보살피고 자라나는 것을 지켜보며 편애했다. 매미가 시끄럽게 울던 한낮을 지나고 늦은 오후, 분홍 봉오리를 맺은 꽃잎을 이제나 저제나 열리기를 바라보다 습도까지 가세한 습기로 인해 목덜미에 땀이 흘러내렸다. 베란다에서 주방 냉장고로 가 얼음물 한 잔을 천천히 마시고 다시 베란다 화분으로 돌아오는 사이! 분꽃이 미세한 공기의 흐름에 떨며 열리고 있었다. 잔바람이 간질이는 꽃잎을 점 점 펼치며 삼백육십 도 통꽃이 나발을 활짝 열어젖히고 있었다. 오 후 다섯 시가 막 지나가고 있는 시각이었다. 봉오리가 꽃잎으로 피 어나는 경이로운 장면의 시간을 체감했다. 시간은 흐르는 것이 아니 라 경험하는 찰나에 머물기도 한다는 것을, 그것을 사랑의 확인이라 고 해도 좋을 것이다.

"분꽃이 열기 시작하면 저녁밥 할 시간이란다." 나는 이 말을 엄마 에게 들었고 엄마는 외할머니에게 들었을 것이고 외할머니는 외증 조할머니에게 들었을 것이다. 시계가 귀하던 백 년 전에, 분꽃의 꽃 봉오리 안에는 저녁밥을 지으러 들어가는 여자들이 있었다. 식구들 의 저녁을 짓기 위해 부엌으로 가는 외할머니의 뒷모습을 상상하면, 글썽거리는 오래된 시간이 오므리고 있다가 밥때가 되면 펼쳐진다.

시집 생각 2

세 번째 시집이 나와서 시집을 보낸다. 보내야 할 시집이 너무 많다. 쌓으면 책장의 높이와 맞먹는다. 내가 지은 시의 집을 지인들에게 부친다. 보낼 사람들에게 보내고도 시집은 여전히 남는다. 재고다. 재고가 많은 건 재고할 일이다. 잘못인가, 시를 써서 시로 밥을 못 먹는 것은 잘못한 일은 아니다. 시집으로 밥을 짓지는 못하지만, 지은 밥을 나눠주고 싶었다. 받은 시집도 많지만, 보내야 할 시집이 더 많다. 집에 시집이 많은 것은 좋은 것일까? 그렇겠지. 시집의 축적과 부의 축적은 아무 상관이 없지. 그러나 저렇게나 많이 쌓여 있는 것은 핑계가 없다. 야채라면 좋겠다. 배추 다발이나 흰 무 서너 단이라면, 쌓인 시집이 사과라면 굴리기라도 할 텐데. 이웃과 나눠 먹을 수 있을 텐데, 생각하면서 그러나 시집은 채소보다 좋다. 썩지 않는다는 이유로. 농담도 아닌 궁색하고 엉뚱한 대답이라도 한다.

시의 집을 허물고 남아 있는 잔해들, 책이 아닌 종이로 돌아갈 때 종이는 나무의 기억과 가까워질 것이다. 재활용되기를 기다릴 것이다. 이 또한 시집의 쓸모. 여전히 보내야 할 곳의 목록이 많다. 나는 돈이 되지 않는 시를 왜 쓰는지에 대해서 진지하게 생각할 겨를을 만들지 않았다. 그래서 쓰고 있고 시를 잘 쓰고 싶다. 잘 쓴 시는 내 마음에 드는 시다. 기묘하다. 이렇게 사는 것은 흔한 일은 아니니까 묘기다. 기묘한 묘기. 그래서 나는 묘기를 부릴 줄도 모르면서 묘기를 하려고 하는 무모한 사람이다. 나는 무고無故한 일을 하는 걸 좋아하는 사람이다. 이것은 기이하고 관대하다. 시는 나에게 나는 시에게 이기적이다. 쌀을 살 돈이 안 되기 때문에 갈망한다. 바라는 마음이 없기 때문에 열망한다. 잘 쓰고 싶은 희망만 있다. 가망이 없기 때문에 욕심이 배제된 희망이다. 절망 속에는 슬픈 희망이 있다. 희망은 생활이다. 시가 더 높은 곳에 있기 때문이 아니라, 좋은 시를 쓰려고 욕망과 열망 사이를 건너려고 하는 틈에 생활이 있기 때문이다.

나는 나에게 왜 쓰느냐고 묻는다. 죽으면 안 쓰겠지, 답은 아니지만, 변명은 될 수 있다. 열정 같은 건 없다. 에너지가 약한 사람이라서 온도가 낮다. 그러므로 시 쓰기는 열망이나 열정이 아니라 욕망인지도 모르겠다. 살고 싶은 바람이라기보다는 죽지 않고 싶은 욕망으로 쓴다. 갈 데까지는 가보고 싶은. 외롭고 높고 쓸쓸하지 않아서 외롭고 높고 쓸쓸해질 때까지.

천장까지 닿을 정도로 쌓인 시집의 기둥을 허물어 한 해가 가기 전에 다 부쳐야 한다. 차량에 실려 우편집배원의 오토바이에 실려. 그러고도 남은 시집이 있을까 봐, 걱정이다. 시집의 기둥이 공포스럽다. 몽유의 어린 밤에 경험했던 그 투명하고 실체 없는 기둥의 공포, 그 선험적인 연습의 추체험이 여기까지 닿았다. 그리고 무한한 밤의 고개 숙인 가로등처럼 발밑에 떨어진 불빛을 줍는다. 떨어진 무모한

빛에 대해 써보자고, 천장을 받치지도 못할 무능의 시집 기둥을 지
탱하며 이 밤의 모서리에서. 시집을 해체할 생각을 한다.

이를 악물고 삶을 깨물기

금니나 은니를 만들어 치과에 납품하는 곳에서 아르바이트한 적이 있다. 적을 두었던 곳에 떨어져서 낙담만 하고 있을 때, 뭐라도 해보자고 그냥 들어갔던 곳이 치기공소였다. 짧은 기간이었지만, 처음으로 사회에 나갔던 터라 다양한 군상 중 머릿속에 콕 박히는 캐릭터를 만났다. 오거리 근처 철물점이 밀집해 있는 곳에 치과기공소가 있었다. '삼양'이었는지 '한양'이었는지 간판 이름이 가물가물할 정도로 오래전 일이라서 그 시절 유행했던 상호 중 하나였을 그곳은 생활의 어떤 고비를 넘길 때마다 가끔 생각났다.

이빨 교정 장치나 충전물과 보철물을 만들고 수리하는 일을 하는 소장은 삼십 대 중반의 젊은 나이인데도 정수리를 중심으로 이마와 뒤통수 부분까지 상당히 넓게 머리카락이 없어서 파리들이 심심할 때 미끄럼타기 좋아 보였다. 방문객이 찾아오면 소장은 '빈 머리'를 가리려고 챙이 긴 모자로 반질반질한 머리를 덮었다. 그러면 비로소 제 나이로 보였다. 그는 얇고 작은 입만큼이나 말이 없는 사람이었다. 쓰다 만 한일자처럼, 다문 입술은 해야 할 말을 꾹 참고 있는 듯했다. 밀려든 물량을 제날짜에 납품하기 위해 그저 묵묵하게 일에 열중인 사람이었다.

나는 그곳에서 "여보세요." 대신에 "네, ㅇㅇ기공소입니다."라며 걸려오는 전화마다 응대하는 것에 낯선 재미를 느꼈다. 무엇보다도 용돈이라는 걸 제대로 받아본 적이 없던 내가 일한 대가를 돈으로 받는다는 것이 신기했다. 나에게 용돈이란, 학급비나 체육복비를 낸다든지 학생 신분으로서 의무적으로 지불해야 할 돈을 부모님께 받아서 '잠깐 내 손에 머물다 간 돈'을 뜻했다. 용돈을 쓰고도 남아서 저축까지 한다는 친구의 말은 믿을 수 없었다.

업무는 매우 단순했다. 걸려오는 전화로 주문을 받거나 갈고 닦고 때운 이를 치과병원에 배달하고 환자들의 본뜬 치아를 받아 가져오는 일이었다. 드문 일이었지만, 시외버스를 타고 진안이나 장수 등 시골 마을 보건소로 멀리 출장 가는 것이 작은 여행 같아서 좋았다. 초겨울 대낮에 내리는 첫눈을 차창 밖으로 멀거니 바라보며 감상에 젖다가 내 손에 노인의 잇몸에 끼워 맞출 틀니를 들고 있다는 사실을 잠시 잊기도 했다. 그렇게 납품할 이를 들고 나갔다가 수금한 현금을 쥐고 돌아왔다. 현장 현금거래가 더 편리했던 시절이었다.

기공실에는 석고로 만든 각양각색의 치아 모형이 많았다. 치조골의 배열과 잇몸이 다 드러나 구강구조를 훤히 알 수 있는 모형들이 일렬로 늘어서 있는 광경을 날마다 보았다. 잘 익은 옥수수 알같이 가지런한 이도 있었지만, 뻐드렁니, 덧니, 벌어진 이 등 치열이 고르지 못한 이가 입술이 없어 얼마나 시릴지, 이를 앙다물고 있는 걸 바라보노라면 턱관절이 아팠다. 나도 모르게 어금니를 꽉 깨물고 있었던 것이다. 본뜬 이를 갈고 닦느라 돌아가는 작고 미세한 전동 톱날 앞에서 소장이 왜 악착같이 턱에 힘을 주고 일하는지 이해가 되었다.

기공소에는 기공사 한 명이 더 있었다. 소장은 그를 김 기사, 라고 불렀다. 그는 언제나 웃는 듯한 표정이어서 상대방의 긴장을 풀게 만드는 능력이 있었지만, 정작 웃어야 할 상황에서는 우는 것 같이 웃었다. 목소리가 부드럽고 말할 때는 미소부터 짓는 친절한 부류의 한 사람이었다. 신혼이라서 그런지 하루에도 몇 번씩 그를 바꿔 달라는 아내의 전화가 잦았다. 날마다 이빨을 갈고 닦는 톱날 돌아가는 소리를 뚫고 그의 아내로부터 걸려 온 전화를 연결해 주곤 했다. "일하지. 먹었어. 알았어." 그가 응대하는 세 음절과 세 어절의 대답들로 그의 아내가 물어보았을 말을 짐작하는 건, 어렵지 않았다. "뭐해? 밥은? 퇴근할 때 두부랑 콩나물 좀 사와."

소장이 외출한 어느 날, 그가 기공실 유리문으로 너머로 다급하게 나를 불렀다. 손가락을 다쳤으니, 밴드를 가져다 달라고 했다. 서랍에서 밴드를 챙겨 기공실 문을 열고 들어간 순간, 그가 갑자기 나를 세게 껴안았다. 이를 악물고 발버둥을 쳤지만, 힘이 달리는 건 당연했다. 기세를 몰아 그가 입술을 들이댔다. 공포와 수치심과 배신감으로 저항하며 어금니를 앙다물고 있다고 생각하면서 그의 입술을 깨물어 버렸다, 그가 낮은 비명을 지르며 내빼는 사이 나는 문을 박차고 밖으로 뛰쳐나왔다. 도로 양쪽으로 철물점이 각자 이름을 걸고 즐비하게 있는 큰길까지 빠르게 뛰어 도망쳤다. 방금 일어난 상황이 어이없다는 생각이 들면서도 차츰 평정심을 찾았다. 다음날 소장에게 던질 사직서의 한 문장을 떠올리는 건 어렵지 않았다. 그대로 어슬렁거리며 천천히 걸어 집으로 돌아가면서 생각했다. 왜 이 거리에는 철물점이 그렇게도 많을까. 삶은 왜 자꾸 비겁하게 뒤통수를 치는 걸까. 가게 밖으로 내놓은 매대 위에는 크기에 따라 다양한 못이 진열되어 있었다. 가시처럼 가늘고 작은 못부터 길이가 한 뼘도 넘는 굵고 긴 대못까지 뾰족한 무기들이 나를 향해 날아와 박힐 것 같다는 공포감이 들었다. 장도리와 펜치와 토끼를 가두는 데 쓰이는 철망과 해충을 죽이는데 뿌리는 파란색 농약 통과 한편에는 나일론 빗자루와 쓰레받기가 어수선하게 쌓여 있고, 보이기만 하면 당장이라도 때려잡을 기세인 빨간 색 파리채가 걸려 있었다.

나를 둘러싼 세계는 잘못 박은 못을 잘못하지도 않은 사람이 어떻게든 빼려고 장도리를 붙잡고 안간힘을 쓰기도 하며, 쓸어 버려야 할 것과 당장이라도 때려잡지 않으면 안 될 것이 많다는 것을 깨달았다. 세상에는 수리해야 할 것도 많고 구멍 난 곳을 때우고 헐거운 곳을 조이고 허물어진 벽을 다시 세워야 할 일도 많겠다는 생각을 했다. 원위치로 돌려야 하는 것들은 널려 있었다. 오거리 공구점의 한복판에서 느닷없는 수치심과 어이없음의 상황에서 뛰쳐나와도, 무너지고 뚫리고 비어 있고 찌부러진 것들 틈에서도, 무릅쓰고 구해줄 어떤 사물들이 있다는 것에 안도감을 느꼈다. 철물점 주인들이 삼삼오오 모여서 담배를 피우고 있고, 바쁘게 갈 길을 향해 걷는 사람들이 많았지만, 그들은 모두 낯선 타인의 얼굴을 하고 있었다. 방금 위협으로부터 뛰쳐나와 간신히 숨을 고르고 있는 열아홉 살의 작은 여자아이를 알아보는 사람은 아무도 없었다.

현실 속에서 마주치는 악몽은, 그렇게 이를 악물다가 타인의 입술을 깨물어보기도 해봐야 풀려날 수 있다는 것을 그때 깨달았다. 얻은 것이 있다면, 별 볼 일 없고 시시한 인간이란, 남에게 입술을 깨물리는 인간을 두고 하는 말이구나, 하는 것도 덤으로 알게 되었다. 그 후로도 비슷한 이유로, 또는 다른 이유로 시시하고 형편없는 인간들의 전형을 몇 번 맞닥뜨렸다. 그럴 때마다 어금니를 앙, 다물었다. 나 자신도 종종 다른 이유로 형편에 따라 형편없는 사람이라는 생각이 들 때도 어금니가 아팠다. 맘에 안 드는 자신을 견디는 일에도 턱을 깨물고 반성하는 시간이 필요했다.

한 슬픔이 다른 슬픔에게 오랜 시간 머물며 바통을 넘겨받을 때도 한동안 이가 아팠다. 2009년의 늦봄과 2014년 사월의 봄, 슬픔의 한복판에 있으면서 입술 없는 이빨처럼 이가 시리고 턱이 아렸다. 종종 부딪치는 잡다한 일들도 물에 빠져서 젖어버리면 그만일 것을, 어떻게든 젖지 않으려고 돌다리를 건널 때마다 나도 모르게 이를 악무는 버릇이 생겼다. 삶이 그러한 일을 반복하며 지나갔다. 그리고 몇 해 전, 연이어 부모님을 보내고 나서 어금니 하나를 완전하게 잃었다.

성령 충만한 문학인이 되기 위해

여전히 종교를 가지고 있지 않지만, 성령으로 충만할 뻔한 순간이 있었다. 문학이 나에게 구원의 손길을 건네주기만을 손 놓고 기다리며, 소도 비웃고 갈 한심한 생각으로 생활도 아니고 문학도 아닌, 어정쩡하게 발을 걸치고 하루 생계를 궁리하며 글 쓰는 일에는 인색한 채로 지내던 중이었다. 해야 할 일을 게을리 하고 있다는 자괴감과 이따금 반성을 반복하며, 해마다 지는 봄꽃들을 보면서 나이를 세고 있을 때였다.

화마로 불탄 교회를 재건하는 데 적금통장을 깼다는 지인이 부활절 부흥회에 데려간다며 다짜고짜 나를 교회로 이끌었다. 교회에서 발행하는 천국의 문을 여는 전표를 받느라 그녀의 텅 빈 통장에 투명하게 찍혔을 '천국행' 도장을 상상해 보았다. 하느님이 '참, 잘했어요!' 라고 하는 성령의 목소리라도 들은 것처럼 그녀는 나를 전도하는 일에 들떠 있었다. 그런 그녀가 고맙기도 했지만, 큰 거리에서 귀가 쟁쟁하도록 '예수천국, 불신지옥'을 외치는 무리 속에서도 눈 하나 깜짝 안 하는 사람이 된 건, 아래층에 사는 개척교회 목사의 사모 때문이었다. 그녀는 이불을 널 때면 우리 집 이 층 옥상을 이용했다. 세탁기에서 꺼낸 담요를 한 아름 안고 올 때 나와 눈이 마주치자 작정했다는 듯이 말을 던졌다. '너는, 돈 잘 버는 신랑감을 찾아라. 돈 갖다주는 남편이 최고다, 뭐니 뭐니 해도 머니다.' 가난한 개척교회 목사 사모의 의식 속에서 반복되는 생각을 내게 꺼내 놓을 때마다 그나마 가지고 있었던 종교에 대한 환상이 깨졌다. 그런 경험 때문에 아무리 잡아끌어도 사탄의 구렁텅이에 빠져나올 생각을 안 하고 죽어서 지옥 갈 일만 남아 있는, 구원의 기미가 하나도 안 보이는 내 손목을 낚아채 부흥회에 데려갔으니, 그녀가 천국행 오픈티켓을 또 한 장 받았다고 생각하며 스스로 대견스러워하는 것을 상상하는 것도 이상한 일은 아니었다.

그녀에게 잡힌 손목은 교회 문을 여는 순간에 겨우 풀려났다. 현관의 높고 넓은 신발장에는 꽉 차서 딛지 못한 신발들이 바닥까지 점령하고 아이들의 작은 신발은 짝과 짝들이 섞여서 여기저기 널브러져 있었다. 교회 강당에는 신발의 주인들이 빽빽했다. 여기저기 무릎을 꿇고 앉아 바닥을 한 번 치고 자기 가슴을 한 번씩 번갈아 쳐가며(회개하는 사람들일 것임이 분명해 보이는) 울부짖는 사람들과 드러누워 우는 사람도 보였다. 억울하게 죽은 사람을 애통해하는 장례식장 같았다. 그 기이하고 이질적인 광경을 목격한 것만으로도, 나는 어느새 충격으로 가득한 성령이 차오르고 있다고 생각했다. 설교 단상 앞에는 외부에서 초청된 목사가 큰 죄를 지은 양 고개를 푹 숙이고 있는 여성 신도의 머리에 손을 얹고 알 수 없는 주문 같은 것을 외자, 여신도가 갑자기 웃음도 아니고 울음도 아닌, 소리를 지르기 시작했다. 그렇게 목사의 주문을 기다리는 사람들이 줄을 서 있고 교인들은 환희에 찬 소리를 지르거나 손을 올리고 몸을 부르르 떨거나 뒤로 벌러덩 넘어졌다.

내 손목을 이끈 그녀와 함께 나도 합류했다. 내 차례가 오자, 목사가 역시나 내 정수리를 두 손으로 지그시 누르며 알아들을 수 없는 말을 했다. 나도 그 순간만큼은 성령이 오기를 기대했다. 내 의지가 아닌 하느님의 뜻대로 몸의 어딘가에 반응이 와서 자연스럽게 떨리거나 울부짖거나 쓰러지거나 셋 중 하나는 해야 한다고 생각했다. 그러면 나는 앞으로 교회를 다닐 것이고, 기다리던 시마가 강림하여 내 몸 어딘가에 붙어살며 시가 술술 써질지도 모른다고 기대했다. 그게 아니면, 좋은 시를 내놓으라고 하느님한테 떼를 쓰듯 빚쟁이처럼 기도할 것이며, 주일마다 헌금까지 낼 생각도 했다.

"손이라도 올려 봐." 어디선가 성령의 목소리가 들린다고 생각했는데 내 손목의 주인인 그녀가 옆에서 보기에 안 되었던지, 기어가는 목소리로 말했다. 뭔가 잘못되어가고 있다는 것을 감지했고 나는 어렸을 때 친구들과 함께했던 최면술 놀이를 생각해 냈다. 눈을 감고 최면을 건 친구가 내 앞에서 주문을 왼다. 올라간다, 올라간다, 올라간다. 그 주문을 내가 받아 중얼거리면, 나도 모르게 두 팔이 올라갔다고 믿었다. 그러나 목사의 말은 들어보지 못한 주문이었다. 말이 통하지 않으니, 그 말이 내게 올 리 없다. 무슨 말인지, 뜻을 생각하는데 골몰하여 정신이 움직이지 않으니, 몸도 움직이지 않았다. 지나치게 의미를 따지자고 골몰한 나머지 최면이 깨고 말았다. 나중에 들은 말이지만, 내 차례에서 한참이나 목사가 방언했음에도 무반응 '사고'가 났다. 그런 모습을 걱정하며 바라보았을 신도들은 강적의 마귀가 내 몸 어딘가에 씌어 기생하고 있다고 생각했을 것이다.

　성령을 받는다는 것은 인간이 얼마나 나약하고 두려움에 떠는 존재인가를 신 앞에서 증명하고 신 앞에 무릎을 꿇는 것이라면, 나는 '신빨'을 받아 신통한 신기를 내려 받기보다는 지금 당장 신발을 신고 문학이라는 신산한 세계로 뛰쳐나가는 편이 나을지도 모른다고 생각했던 것 같다. 한때 문학이 종교 비슷한 것일 수도 있다고 여겼지만, 곧 잘못된 생각이라는 걸 알았다. 문학은 절대적으로 인간의 편이며, 기적도 아니고, 가르침도 아니고 가까스로 위로하는 쪽에 가깝다는 것을 깨달았다. 패배와 실패를 무릅쓰고도 무릎으로 기면서 산을 오르려 하는 무모함을 사랑하는 일이 문학이라는 생각이 들었다. 나처럼 덜된 인간들을 쓰다듬어주기 때문이다. 믿지 않으면 지옥 간다고 으름장을 놓지 않기 때문이다.

　아즈텍인들은 인간과 비슷한 신을 믿었다. 죄를 짓기도 하고 뉘우치면서 전지적으로 무능하면서 실수도 하는 인간적인 신을. 문학은 인간이 믿는 인간적인 신이라고 생각한다. 패배를 일삼으면서도 다시 또 도전하는 신, 케찰코아틀을 숭배하는 것처럼. 이런 생각들이 똘똘 뭉쳐 있기 때문에, 문학의 성령이 나를 괴롭힐지라도, 글을 잘 쓸 수만 있다면 산 아래로 굴러 떨어지는 그 무거운 것을 발가락으로 버티며 간신히 산 위로 미련하게 밀어 올리고 싶다. 그렇게 나에게 문학의 성령이 충만하길 바랄 뿐이다.

나침반

아버지의 유품 중에 내가 가져온 것은 나침반이었다. 아버지는 어디에 쓰려고 나침반을 가지고 있었던 것일까. 은색 뚜껑을 열면 동서남북 사방위와 각 방향의 수호신 역할을 하는 십이 간지가 표시되어 있고 이십사 방위까지 세분되어 있다. 컴컴한 붙박이 장롱 서랍 속에서 홀로 좌표를 가리키고 있었을 그것을 손바닥 위에 올려놓고 몸의 방향을 틀며 위치를 바꾸어본다. 여지없이 빨간 바늘은 북쪽을 향해 파르르 떨리다가 고요히 멈춘다. 나침반은 방향이 틀이질 때마다 시종일관 가리켜야 하는 쪽을 향해 수없이 진동했을 것이다. 아버지의 나침반은 당신이 젊었던 시절에 가장 많이 흔들렸을 것이다. 그리고 생의 마지막 순간에 그렇게 또 흔들렸을 것이다. 제자리를 찾으려는 그 떨림을 들여다본다. 매일 밤 나는 남동쪽에 머리를 두고 잠든다. 언젠가 때가 되면, 여우가 언덕을 향해 머리를 두듯, 지극히 자연스럽게 북쪽 언덕을 향해 머리를 누일 것이다.

대체로 동양에서는 북쪽을 부정적인 의미로 인식한다. 어둡고 춥고 패배한 사람들이 잠시 숨기 좋은 곳이고, 배반하여 달아나는 사람들이 등을 보이는 곳이다. 한때는 적이었다가 함께 패자가 된 사람들이 등을 대고 의지하는 것도 '北'의 글자 모양을 닮았다. 도달하지 못한 낙오자의 얼굴과 해 뜨는 동쪽을 향한 숭배자의 얼굴이 반반씩 들어 있다. 이 모든 것들은 삶의 얼굴이며 가면 속에서 다른 표정을 짓기도 하는 역동적인 삶의 일부가 들어 있다.

가리키는 방향을 남쪽에 두는 지남철은 북쪽에 대한 부정적인 생각의 반작용으로 생긴 이름 같다. 밝고 따뜻하여 가야 할 곳을 잘 비춰주는 곳. 방향성에 따라 달라지는 삶은 길흉화복을 따지기도 했다. 옛사람들은 별들의 운항과 달의 변화, 바람의 방향으로 계절적 시간을 계산하고 좌표를 확인했다. 생각해 보면, 참 낭만적인 사람들이었다. 먼 바다로 항해하면서 지금 배가 떠 있는 곳을 아는 일은 생명을 유지하는 일과 같았다. 나침반은 섬도 없고 육지도 보이지 않는 망망대해에서, 설원으로 둘러싸인 남북의 극지에서 화이트아웃으로 길을 잃지 않으려면 지니고 있어야 할 생명의 도구였다. 끝없는 모래벌판이 펼쳐져 있는 아랍 사람들에게도 나침반은 절실했다. 이렇게 필요에 의해 전해지다가 십자군 대원정과 함께했다. 종교적 신앙심이라는 명분의 가면 속에 약탈과 이기심, 인간이 짓는 광기의 표정이 숨어 있었다.

나침반의 물질성은 인간이 공간에 대해 인식하고자 하는 욕구이면서 그 너머를 확보하려는 욕망의 도구였다. 존재하는 한 끊임없이 욕망하게 하는 속성. 그 중심의 원인은 언제나 '여기'에 서 있는 '나'라는 몸이다. 현재성이라는 시간과 실체가 실재하는 곳의 위치를 설정하게 한다. 상·하·전·후·좌·우의 지표로써 작동되는 우주 안에

단 하나의 점. 하나의 별처럼 빛나는 몸. 그것이 세계를 인식하는 방식이다. 그러므로 우주의 단 하나의 중심은 '나'이면서 '너'이다. 세상의 모든 변두리는 중심이면서 모든 중심은 또 다른 주변이다.

사람들은 사람이 만든 도구에 좌표를 의지하지만, 국경이 필요 없는 철새들은 월동지와 번식지를 이동하기 위해서 수천 킬로미터를 날아서 한 치의 오차 없이 계절을 보내고 오간다. 인간에게는 없는 지구의 자력장을 새들은 감지한다. 그들의 귀소본능은 계절의 변화에 따라 깃들어야 할 둥지를 찾는 과정에 있다. '지구'라는 커다랗고 둥그런 자석 안에 북극과 남극을 오가는 지름길을 새들은 알고 있다. 몸속에 본능적인 나침반이 장착된 것이다. 비상하는 새들의 비상한 능력은 그들이 어디든 비상 착륙해도 다시 목적지를 향해 얼마든지 날아갈 수 있다. 새는 길을 잃지 않는다. 좌고우면하지 않고 우왕좌왕하는 법 없이 가야 할 길을 향해 좌우로 날갯짓한다.

나침반은 선대가 남긴 유품이면서 이제 유물이 되어가고 있다. 발명은 발전을 거듭하고 해결된 욕망은 또 다른 것을 향해 파문을 더 크게 그린다. 이제 나침반이란 그 쓸모가 의심스러워 버려져도 무방한, 그러면서도 구시대의 유물처럼 박물관의 유리관 안에 전시된다.

당신이 있는 그곳은 어디입니까? 이 물음의 항상성을 화석처럼 새기고 있다. 몸과 몸이 서 있는 좌표를 묻기도 하며 이데아를 향한 정신의 높은 위치에 두기도 한다. 사랑하는 사람에게 '지금 어디야?' 묻는 것은 그의 부재에 대한 증명이면서 둘을 하나로 묶어 연인임을 확인하려는 열망이다. 당신이 있는 곳이, 당신을 말해준다. 이제는 신인류가 만들어 낸 GPS가 당신이 있는 곳, 그 어디라도 속속들이 알아낸다. 친절하게 길을 안내하며, 혹여 길을 잘못 들까봐 주의

도 준다. 당신이 어디에 서 있는지 한 점 오차 없이 물리적인 공간을
알려준다. 별 인양 빛나는 인공위성은 당신의 걸음 속도와 달리는
방향과 좌표를 표지하고 포지션을 예측한다. 당신의 부재와 실재를
읽는다. 당신이 궁금하지 않은 세상이다. 사랑의 종말은 대상에 대
한 비밀이 벗겨지고 알고 싶은 게 사라질 때다. 그리하여 여전히 갈
망하고 궁금해지고자 한다. 나를 끌어당기는 어떤 것, 유동적으로 만
들어주는 질문으로 가득한 세계와 사람들, 당신 쪽으로 향하고자 하
는 것이 무엇인지. 네 좌표를 말해 보아라, 어느 날 아버지는 꿈속에
서 물을지도 모른다. 내 손에는 나침반이 들려 있으나 선뜻 말할 수
없다. 서 있어야 하는 방향에 따라 바늘은 파르르 떨리고 있을 것이
다. 우리는 늘 여기가 아닌 그곳에 가기 위해 부지런히 숨 쉬고 있으
니까.

슬픔을 마주 보는 슬픔

그날 나는 TG657편 61K 좌석에 앉아 애써 슬픈 감정을 추스르며 무거운 마음을 감내해야만 했다. 비행기는 겨울의 나라에서 여름의 나라로 날아가고 있었다. 패딩점퍼 안에 껴입은 모직 셔츠와 얇은 갈색 카디건과 민소매 옷은 몇 겹의 양파껍질 속을 들여다보는 것 같았다. 목적지에 도착하면 한 겹씩 껍질을 벗을 것이었다. 읽는 둥 마는 둥 했지만, 손에는 파스칼 키냐르의 소설책을 펼치고 있었다. 첫 문장은 이렇게 시작된다. '1650년 봄, 생트 콜롱브 부인이 죽었다.' 그리고 이어지는 두 번째 문장, '부인은 두 살과 여섯 살 난 두 딸아이를 남겼다.' 여행은 오래전에 결정된 것이었지만 지배적인 하나의 감정으로 인해 망설일 수밖에 없었던 이유는, 콜롱드 부인이 남긴 딸들처럼 나 역시 엄마를 보내고 남은 사람이 되어 있었기 때문이었다. 마음속으로 49일째 애도일기를 쓰는 중이었다. 에드워드 호퍼가 그린 '293호 c칸 열차' 안에서 책을 읽고 있는 나를 상상해 본 적은 있었지만, 비행기 안에서 죽은 엄마를 생각하며 책을 읽고 있는 나를 상상해 본 적은 없다.

　엄마는 엄마의 슬리퍼에서 전기매트에서, 엄마의 밥솥에서 엄마의 무명실 꾸러미에서, 엄마의 냄비에서 엄마의 숟가락에서 휴대폰 사진 속에서 불쑥 튀어나오곤 했다. 시시때때로 출몰해서 참을 수 없는 재채기처럼 슬픔이 밀려오곤 하던 시간을 보내고 있었다. 여행은 상실감에 젖어 있었던 날들과 슬픔의 초극에 이르던 날과 동행했다. 타인과 함께 하는 여행은 한 손에는 공적인 감정의 메뉴판을 다른 한 손에는 슬픔의 꾸러미를 감추고 있었다. 모든 죽음은 일반화될 수 없다. 동시다발적인 전쟁이나 테러, 자연재해로 일어난 집단적인 죽음은 물론이지만, 반면에 타인에게 느껴지는 내 부모의 죽음은 생로병사의 순리라 여길 것이다. 사랑하는 사람과의 이별에 대한 상실감은 매우 개별적이고 냉정하다. 내가 겪고 있는 슬픔은 동행한 타인들에게는 캐리어에 담긴 개인 소지품처럼 매우 사적인 것이었다. 꾸러미처럼 개인적인 슬픔이 묶일 때, 여행지에서 쓰고 남은 치약의 짜부라진 모양처럼 사소한 것들을 꺼내 이야기한다는 것은 얼마나 더 사소한 슬픔일까, 엄마를 잃고 그리워하는 슬픔이란 공유할 수 없는 것이었기에 창밖으로 보이는 파도 같은 구름 속에서 슬픔의 본체를 마주하고 있었다. 낯선 곳을 걷는 여정은 슬픔의 박음질 같은 것이었다. 슬픔의 솔기가 뜯어지지 않도록 한 땀 뜨고 나서 되돌아가 또 한 땀 뜨는, 견고한 박음질, 슬픔의 문워크 같은. 미끄러지는 슬픔에게로 나아가 다시 뒤로 물러난 듯 전진하며 미끄러지는 슬픔을 재차 확인하는 시간이어야 했다. 여행은 마주한 슬픔을 다시 보는 시간이 될 것이었다. 낯선 곳의 풍경은 슬픔의 구멍을 통해 나올 것이므로 왜곡될 수밖에 없을 터였다. 그러나 이러한 작동을 거치면서 희미해지기를 바라고 있었는지도 모른다. 의식적으로 이러한 과정이야말로 내가 엄마와의 추억을 새기며 구축하고 있었던 슬픔의 완성이라고 생각했다.

이국의 여행자 밤거리는 현란했다. 무리를 지어 다니는 사람들은 조류에 따라 헤엄치는 물고기 떼들 같았다. 무엇보다도 이 거리를 지배하는 것은 온갖 음식 냄새였다. 개별적인 냄새들이 섞이고 섞여 혼종의 또 다른 냄새를 조합하여 발산했다. 쏟아지는 불빛과 환호성과 피부색과 윤곽이 다른 얼굴들, 자음과 모음이 결합한 알 수 없는 언어들. 시간은 제야를 맞이하고 있었다. 보내는 것과 도래하는 것들을 맞이하는 찰나의 순간, 경계를 가로질러 가는 시간의 발자국을 찍는 의식은 어디나 비슷한 방식으로 작동한다. 어떤 경계의 시간을 단절하는 의식을 하고 새로운 곳으로 진입하는 환영의 축제를 치르고 있었다.

"죽음은 잔치잖아……. 장례식장에 온 사람들이 죽은 사람 앞에서 축제처럼 먹고 떠들고……." 병원 침대에 모로 누운 엄마는 혼잣말처럼 나지막하게 말했다. 그 말이, 그러니 남은 사람들이 너무 슬퍼하지는 말라는 건지, 아니면 한 사람의 죽음이 모두의 슬픔이 될 수 없다는 것을 확인하는 선언인지 알 수 없었다. 여행객들의 정거장인 축제의 이 밤거리에서 예언처럼 했던 유언이 떠올라 또 재채기처럼 슬픔의 감정이 솟구쳤다.

흘러가고 있는 감정과 흘러들어온 마음이 만나 최고조를 이루고 있다고 생각했을 때, 갑자기 '팡!' 하고 귀를 때리는 소리가 들렸다. 여행자 거리의 새해맞이 폭죽이 순식간에 터지고 꺼지면서 재가 되어 머리 위로 내렸다. 멀리 날아간 불꽃의 잔해는 밤의 불빛에 묻혀 보이지 않았다. 이제 엄마는 옛날 사람이 되어가고 있었다. 슬픔이 밀려와서 어느 순간 절벽으로 떨어져 흔적이 말끔히 사라질 때 우리는 슬픔의 종착지에서 망각의 역으로 갈아타는 준비를 한다. 그러나 슬픔을 잘 다독이고 슬픔을 마주 보려면 정면으로 바라보아야만 한다. 슬픔의 완결은 여기에 있다. 이만하면 됐다, 하는 슬픔은 없다. 화려한 빛들의 피곤함 속에서 유지하려 했던 것들이 심정과 감정의 혼돈 속에서 부딪치고 있었다. 양립된 시선과 감정들. 더운 나라의 여행자 거리에서 보았던 시선은 내 것이 아니라 시선의 교차점을 보는 사람의 것이었다. 슬픔의 질량과 밀도 속에서 또 하나의 눈, 슬픔을 마주 보는 슬픔을 보았다. 도시를 가로질러 흐르고 있는 강은 서쪽 노을을 물 위에 펼쳐놓고 있었다. 그 아름다운 색에서 수밀도의 단내가 났다. 세상의 모든 저녁을 한곳으로 모으는 중이었다. 완벽한 데칼코마니였다. 몰락의 빛깔이 복숭앗빛으로 다시 태어나고 있다니. 그러므로 세상의 모든 저녁은 세상의 모든 아침과 맞닿아 있을 터였다.

이른 아침, 거리에서 탁발하는 승려들의 행렬을 보았다. 신에게 의지하고 경배하며 하루의 안녕을 보시하는 사람들의 손에는 일용할 공양 음식이 들려 있다. 공양하는 사람도 공양 받는 스님도 맨발이다. 삶과 죽음이 공평하듯 팽팽한 양립의 힘으로 반얀나무 사이로 흰 새가 날아간다. 승려들의 행렬 끝에는 사원이었다. 문득, 슬픔을 보시할 수 있을까, 생각했다. 마흔아홉 날, 멀고 낯선 곳까지 엄마를 보내지 못하고 데리고 온 중생의 슬픔을 이국의 신은 받아줄 수 있을까. 시주함에 공양하고 황토색 가사를 걸치고 앉아 있는 스님 앞에서 무릎을 꿇었다. 주름이 깊게 파인 노스님은 나를 바라본다. 슬폼 가득한 중생을 앞에 두고 노스님은 식물 줄기로 묶어 만든 솔에 성수를 묻혀 머리에 흩뿌려준다. 그리고 내 손목에 매듭진 무명실 한 가닥을 묶어 준다. 이 슬픔의 매듭을 풀다 보면, 떠나는 길과 만날 것이라고 말한다. 그럴 거라고 어디선가 목소리가 들린다. 슬픔을 마주 보는 슬픔 속에서 기쁨과 함께하길. 영원한 만남이 없으니 영원한 이별도 없는 거라고, 나는 지금 여기 남겨진 것이 아니라 다시 만날 시간을 걸어가는 중이라고.

당신을 보고 있는 나를 다시, 봄

Enter

#1 벨라스케스의 시선: 나를 보고 있는 너를, 바라보는 나

생의 마지막 순간 모든 감각이 다 사라져갈 때 마지막으로 움직이는 근육은 어디일까요, 바로 눈꺼풀이 아닐까요? 영면에 드는 일. 눈을 감고 영원한 잠을 자는 일입니다. 그것은 삶의 무대 양쪽에 접혀 있던 커튼을 내리는 일이지요. 눈꺼풀을 내리면 살아온 장면과 풍경이 닫히고 의미는 영원히 사라집니다. 본 것과 보이는 것 사이의 밀고 당겼던 오해의 삶으로부터 이별하는 자연스러운 반사작용입니다. 부침을 거듭하던 삶과 세계가 잠잠하게 꺼지는 의식이자 시선을 거두는 일이 죽음이지요.

눈은 표정의 축소, 마음의 지도이며 반사경으로 타인의 거울이기도 합니다. 마음 근육의 움직임이며 감정의 표정이지요. 나는 당신의 눈동자 속으로 들어간 눈부처입니다. 눈의 기능적인 확장은 '거울'과 '우물'로 변주되기도 합니다. 자아를 비추고 돌아보는 문학작품의 소재로 쓰이는 감각기관입니다. 마음의 번안이지요. 거울과 우물을 통해서 나를 보는 것, 연민과 자기반성과 자기애적 나르시시즘의 영원한 미소년처럼 말이지요. 집을 나서기 전 현관 거울 앞에 서 있는 나를 봅니다. 다시 엘리베이터 안의 거울에서 또 타인의 얼굴을 보듯 나를 봅니다. 나를 보고 있는 나를 봅니다. 나를 보고 있는 나는 또 하나의 왜곡된 타인입니다. 하나의 시선은 마주치면서 또 다른 상을 맺게 합니다.

감상자의 입장뿐만 아니라 그림 속 인물들이 교통하는 시선을 모으면서 흩뜨리고 반사되고 흡수하는 은밀한 관계를 포착한 화가가 있습니다. 벨라스케스가 그린 「시녀들」을 보면 시선의 메커니즘을 가장 섬세하게 간파한 화가라는 생각이 듭니다. 그의 그림은 인식의 작동을 복잡한 그물 속에서 빠져나오려고 팔딱거리는 물고기처럼 역동적입니다. 감상자들에게 많은 이야기를 양산하게 만든 이 그림은, 그림을 그리고 있는 화가 자신을 그린 그림이지요. 프레임 속에 또 하나의 프레임이 존재합니다. 메타 예술 작품입니다. 벨라스케스 그림을 문장으로 묘사하자면, 그림이 마치 하나의 장면을 포착한 사진처럼 느껴집니다. 궁정화가인 벨라스케스가 왕과 왕비의 초상을 그리는 장면을 찍은 사진이라고나 할까요.

그림 속 등장인물은 총 열한 명입니다. 모두 역사 속 실존 인물들이라고 하죠. 왼편에는 커다란 이젤 앞에서 그림을 그리고 있는 화가 자신이 등장하고 가운데 밝은 빛으로 디욱 부각되고 있는 어린 마르가리타 공주가 소매에 붉은 리본 장식이 달린 흰 드레스를 입고 좌우 어린 시녀들의 시중을 받고 있습니다. 그 우측으로는 나이 든 난쟁이 시녀가 정면을 응시한 채 서 있습니다. 화면의 맨 오른쪽은 어린 시녀가 엎드려 있는 개의 등 쪽으로 발을 디디며 급히 움직이는 동작을 포착할 수 있지요. 역동성이 느껴지는 장면입니다. 시녀들 뒤 오른쪽으로는 수도사로 보이는 남녀 두 명이 있고 화면의 맨 뒤, 문을 열고 막 나가려는 남자가 보입니다. 남자는 어떤 사건 때문에 밖으로 나가는 것을 멈춘 상태죠. 그리고 시선을 끄는 또 하나의 두 인물, 바로 뒤의 벽면 거울에 반사되어 비추는, 펠리페 4세 부부의 모습입니다. 실상 이들은 화면 속에는 없으나 벽에 걸린 거울 속에 반사되어 존재하죠. 그러니까 누군가 이 장면을 찍고 있었다면 거울 속의 반사된 왕 부부를 제외한 아홉 명이 되는 것이지요. 벨라스케스가 왕 부부의 초상화를 그리고 있는 현장에 어린 공주와 시녀들이 방문합니다. 이들의 맞은편에는 모델이 되고 있는 공주의 부모가 있겠지요. 그림 속 화가 자신인 벨라스케스의 시선이 멈추는 대상은 펠리페 4세 부부겠지요. 아니라면 큰 거울을 앞에 세워놓고 자화상을 그리듯 자신과 함께 둘러싸고 있는 공주와 시녀들을 그리는 상황인지도 모릅니다.

이들의 시선이 멈춘 곳은 정면입니다. 마치 이 그림을 보려고 커튼을 잡아당기는 순간 그림 속의 인물들이 관람객을 보고 놀란 듯한 느낌을 주지요. 현장을 방문한 사람은 누구일까요, 벨라스케스의 환영일까요? 정면을 보고 있는 사람은 화가 벨라스케스 자신과 다른 여섯 명입니다. 인물들의 시선이 멈춘 곳은 누구일까요, 감상하는 관람자일까요, 현장을 방문한 다른 누구일까요. 여기서 우리의 시선은 거미줄처럼 얽힙니다. 만약 그림의 화면을 상하 반절로 접으면 위쪽에는 어두운 실내와 천장이 되고 아래 절반은 인물들이 밀집해 있습니다. 인물들을 점으로 이었을 때 마르가리타 공주를 중심으로 대각선으로 이어집니다. 대각선이 교차하는 지점이 공주가 서 있는 자리가 됩니다. 인물이 바라보는 시선에 따라 공간이 분할되는데 그것은 각각의 인물이 던지는 시선이 서로 입체적인 내통관계에 있기 때문입니다. 어느 한 사람의 시선에서만 판단할 수 없는 매우 복잡한 관계가 형성되죠.

본다는 것은 시선이 어디에 있든, 어떻게 보든, 왜상으로 기능하고 작동하죠. 즉 보고 있는 것과 보이는 것은 다른 선상에서 달려와 충돌하게 마련입니다. 나는 내가 보는 '나'도 아니고 타인에게 보이는 '나'도 아닙니다. 벨라스케스는 말합니다. 화가의 눈이란 사물을 보고 그리는 것으로 기능하는 것이 아니라 사물을 인식하는 것이라고 말이지요. 하나의 각도로 사물과 사건을 쉽게 판단할 수 없다는 걸, 화가 자신이 그림 속에 직접 뛰어 들어가서 증명하고 있습니다. 어떤 사건을 쉽게 판단하려는 시각의 습관을 회의하죠. 당신은 지금 나를 보고 있지만, 나는 당신을 보고 있는 나를 다시 봅니다. 이 시선들은 가시권 밖에서도 끊임없이 내밀하고 긴밀하게 작동하고 있으니까요.

#2 오이디푸스와 욥: 불행의 대결과 캐릭터의 매력

인식의 괴로움을 가장 극명하게 경험한 인물이 있지요. 바로 오이디푸스와 욥입니다. 오이디푸스는 문학 속 인물이고 욥은 성경 속 인물로, 이 둘의 비극을 질량으로 따지라고 한다면 막상막하입니다. 오이디푸스는 태어나자마자 버려지고 아버지인 줄도 모르고 아버지를 죽이고 어머니인 줄도 모르고 어머니를 아내로 맞이합니다. 문제의 원인은 자신이 누구인지 모르기 때문에 일어난 비극이라는 것이죠. 게다가 이 불행이 자신의 의지가 아니라 신의 의지이자 예정된 운명이라는 것입니다. 그는 비극의 그물로 짠 옷을 입고 운명의 덫을 피할 수 없어 운명 속으로 뛰어들어버립니다. 소포클레스가 위대한 작가라는 걸 증명하는 것은 바로 여기에 있습니다. 오이디푸스가 자신이 누구인지 알아버렸을 때, 차마 앞을 볼 수 없어서 현실을 보는 눈을 스스로 찌르고, 어머니이자 아내 사이에서 난 딸을 데리고 방랑의 길을 떠납니다. 비극의 전초는 과거에 있었죠. 그는 가담하지 않고도 운명으로 주어진 신탁 때문에 벌어진 불행의 사건 속으로 구덩이를 파고 자진해서 뛰어듭니다. 현실에서 마주 보고 현실을 직시하며 초월하고자 했던 인물이지요.

불행의 양적 질량을 대결할 때, 둘째가라면 서러워할 인물이 또 있지요. 바로 『구약성서』에 등장하는 욥입니다. 욥은 고통의 대명사로 불릴 만큼 인간이 겪는 온갖 불행을 다 겪는 인물이지요. 그는 그에게 오는 모든 불행을 칠전팔기의 정신으로 감내합니다. 인생 초년에 세속적인 영화를 다 누리다가 행복의 주머니를 모조리 뺏기게 되지요. 넘치는 부와 사랑스러운 아내와 자식들을 모조리 한꺼번에 잃게 됩니다. 그리고 그 자신마저도 질병으로 불행의 날들을 살아갑니다. 어디 갖고 있는 것만 빼앗기나요, 가지고 있지 않은 것마저 탈탈 털리지요. 그는 신을 원망합니다만, 사탄의 모든 시험을 묵묵히 수행합니다.

오이디푸스와 욥이 겪는 고통의 질과 양을 재는 것은 무의미합니다. 그럼 우리는 무엇을 응시하고 바라야 할까요, 우리가 보는 것과 그들이 우리에게 보여주는 것은 무엇일까요. 욥이 겪었던 고통의 원인은 신의 시험으로 인한 것이었고 끝난 후에는 그간 고통의 값을 원상 복구했을 뿐만 아니라 곱절로 보상받습니다. 고난이 끝난 욥은 생명력을 다시 받고 예쁜 딸과 아들을 얻고 잃어버렸던 재물도 축적합니다. 그러나 신은 끝내 고통을 내린 근원적인 이유에 대해서는 함구합니다. 한편, 오이디푸스는 어떤가요, 그는 신에게 의지하지 않고 신이 저주한 것에 덧대어 스스로에게 재앙을 내렸습니다. 이 두 캐릭터는 고통을 감내하는 방식과 삶을 보는 방식이 다릅니다. 여러분이 소설가라면 어느 인물에 더 애착하시나요? 이 둘이 불행의 배틀을 한다면 어떨까요? 욥이 평면적인 불행을 살았다면, 오이디푸스는 욥보다 훨씬 입체적인 불행을 경험한 인물이라는 생각이 들지 않나요? 이 둘을 소환하여 만나게 한다면 어떤 대화를 나눌지 가정해 보기로 합시다.

#3 InterView: 오이디푸스의 눈과 욥의 눈

오이디푸스는 그의 딸 안티고네의 손을 잡고 테베를 빠져나와 콜로노스를 향해 걷고 있었다. 오랜 가뭄으로 대지가 말라서 먼지가 풀썩거렸다. 언덕을 오르는 길가에 구불구불한 가지를 뻗어 올린 올리브나무 몇 그루가 보였다. 하반신을 겨우 덮은 장방형의 로인클로스는 닳고 닳아서 천 한 가닥이 그의 어깨로부터 흘러나와 홀쭉한 아랫배에 겨우 흔적만 남은 배꼽과 허벅지를 가리고 있었다. 근육이 다 빠져서 마른 나무토막처럼 가늘고 흐물흐물해진 종아리는 금방이라도 넘어질 듯 위태로워 보였다. 발목에 난 오래된 상처는 아직도 그대로 남아 굳은살이 그 위를 덮어 살점이 기형적으로 솟아 있다. 그의 눈은 감겨 있었고 움푹 파인 눈두덩은 회한으로 함몰된 그늘이 깊었다. 바짝 마른 입술은 갈라졌다. 가죽 부대에 담아 왔던 식량이 다 떨어지고 물병에는 물 한 모금도 남아 있지 않았다.

"며칠을 헤맸는데도 솟아오르는 물줄기를 못 찾다니 내 부덕의 소치가 예까지 미치고 있는 게야." 그는 마치 앞이 보이는 것처럼 황무지 들판을 둘러보며 혼잣말처럼 중얼거렸다. 한숨이 그의 호흡을 이루었다. 안티고네는 이런 아버지의 마음을 위로해 줄 아무런 말을 찾지 못했다. 그저 그녀의 손이 아버지의 팔을 더욱 단단히 잡고 길을 재촉할 뿐이었다. 다시 이어지는 언덕 밑으로 비탈길을 조심스럽게 내려가고 있었다. 발을 옮길 때마다 마른 흙먼지가 날렸다. 오이디푸스가 발을 헛디뎌 휘청거리는 걸 안티고네가 부축하며 멈춰 섰을 때, 반대편 저쪽에서 양 떼를 거느리며 무리를 지어오는 움직임이 보였다.

"바람이 무리를 지어오는구나, 누군가 목마른 자를 알아보고 내게 물을 주러 오는 게 분명하군." "제 손과 발걸음에 의지하지 않고는 한 걸음도 내디딜 수 없는 아버지께서 그걸 어떻게 알죠?" "눈을 닫으니 온통 사방이 보이는 것투성이구나!"

오이디푸스의 말을 듣고 안티고네는 눈을 가늘게 뜨고 멀리 이쪽을 향해 다가오고 있는 사람을 보았다. 욥이었다. 그는 신이 내린 고난을 다 받고 이제 백 살이 되었다. 그에게 남은 생이란 모두 신으로부터 받은 보상의 날들로 점철되는 시간이었다. 신체는 다시 청년의 것으로 회복되었고 잃었던 재산이 두 배로 불어났으며 자식들 또한 번창하고 있었다. 욥이 다가오자 오이디푸스가 말했다. "당신은 신의 오른편에서 축복을 다 누리고 있는 자의 냄새가 나오. 그 축복 받은 자의 물을 한 모금 주시오." "당신은 선지자요?" 욥은 가죽 물통을 오이디푸스에게 건네주며 물었다. "천만에! 저주받은 자요. 눈 감은 내가 앞을 훤히 내다보니 선지자라 할 수도 있겠소만, 나는 신으로부터 들은 말도 없고 사람들에게 전할 말도 없소." "누구로부터 저주받은 자라는 거요? 신은 시험을 하지 저주를 내리지는 않는다오." "나 자신으로부터. 내게 신은 없소. 오로지 나는 눈 없는 눈으로 나를 본다오." 오이디푸스는 물을 달게 마시고 욥의 손에 물병을 되돌려주며 말했다. "당신은 여전히 신의 시험이 진행 중인 것 같소이다." "그렇지 않소. 나의 고난은 다 끝났소. 당신은 나를 질투하는 거요? 그러나 끝내⋯⋯."

욥이 말을 마치기도 전에 오이디푸스가 받아쳤다.

"나는 신의 저주도 신의 축복도 거부하오. 오로지 자초한 길을 내가 만든 짐을 지고 걸어갈 뿐이오." "당신이 처한 고난을 감수한 것은 오로지 신의 보상을 기대했기 때문이 아니오? 그런 고통은 누구라도 달게 받을 수 있지 않소?" 오이디푸스는 덧붙여 물었다. "천만에, 내가 고난을 받고 있을 때 자기연민에 빠져 신을 원망했소. 지은 죄도 없이 왜 나에게 벌을 내리는지 고통을 생각하면 이루 말할 수 없었소. 아직도 풀리지 않는 것이 있소만, 신이 왜 내게 이런 시험을 했는지 모르겠소. 단순히 신께 귀의하라는 뜻이었다면 신은 너무나도 뻔하고 유치하지 않소? 아마 다른 뭔가가 있을 터인데⋯⋯ 나는 아직도 그것을 찾고 있다오."

욥의 말에 오이디푸스는 잠시 말을 잃고 서 있었다. 감은 눈 사이로 고통으로 빚어지는 주름이 이마에서부터 콧잔등까지 이어졌다. 일그러진 얼굴로 지난 시간의 과오를 늘어놓았다. "나는 내가 모태의 문을 열고 나온 걸 저주하오, 어찌하여 내가 세상에 나온 날 천둥번개가 치고 폭우로 세상이 모두 홍수의 도가니에 빠지지 않았는지 저주하오, 어찌하여 어미의 젖을 빨게 했으며 나의 두 무릎이 내가 일어서게 한 것을 받아주었는지 저주하오. 어찌하여 빛을 볼 수 있는 두 눈을 주었는지 저주하오.”

쉬지 않고 격분에 차 말을 늘어놓고 잠시 끊는가 싶더니 나지막하지만 단호하게 말했다. “나는 저주의 운명으로부터 도망쳐 나오다가 스스로 운명에 갇힌 자가 되어버렸소. 그리하여 나는 두 눈이 있어도 나 자신을 제대로 못 보는 거추장스러운 눈동자를, 스스로 빛을 보지 못하도록 도려내었소.”

그리고 다음과 같이 마지막 말을 완성했다.

“나는 신을 의심하오. 나는 나를 믿을 뿐이오. 내가 두 눈을 뽑고 가시밭길을 걷는 것도, 이 고통스러운 운명에 대해 내가 스스로 내린 단죄요.” 오이디푸스의 말에 욥은 기시감이 들었다. 분명 오이디푸스가 한 말은 지난날 자신이 절규하며 한탄했던 말이었기 때문이었다. 그는 신이 자신을 다시 시험에 빠뜨리는 게 아닌지 잠시 의심했다. “당신은 저주받은 채 태어나서 스스로 저주받은 삶 속으로 뛰어들었군요. 나는 아직도…… 신의 울타리 안에서 의존하오. 이게 내 삶의 방식이오. 이것이 눈 있는 자의 시선이오.” “이 길이 갈림길이 아니라서 다행이오. 나는 가던 길을 가면 되고 당신은 오던 길을 향해 가면 그만이오.”

오이디푸스가 사족처럼 덧붙여 말했다. 둘은 각자 가던 길을 다시 걷기 시작했다. 움직이는 물체의 소실점이 사라질 때까지 둘은 돌아보는 일 없이 멀어졌다. 안티고네만이 욥의 뒤를 따르는 양 떼들의 긴 행렬이 일으키는 먼지가 사라질 때까지 몇 번이고 뒤를 돌아보았다.

#4 시스루와 선글라스: 시선을 감추면서 드러내는 눈

　시스루(see-through)패션이 유행하던 시기가 있었지요. 블라우스나 원피스 사이로 속옷이나 살갗의 실루엣이 보이게 하는 복식입니다. 가려졌다는 것을 알아차릴 수 있도록 희미한 너머를 보여주는 방식입니다. 보여주되 다 보여주지는 않고 장막 뒤에 숨어 있다는 것을 알아달라는 내밀하고 공개적인 신호입니다. 시스루의 매력은 감추면서 드러내는 심리죠. 감추고 있다는 것을 상대가 감지해야 하는 상호작용이 필요합니다. 시선 너머의 층위를 꿰뚫어 봐야만 한다는 것이겠죠. 시선은 빗나가기도 하고 다른 곳을 향해 반사하기도 합니다. 꼬리에 꼬리를 물고 빙빙 돌면서 앞뒤 구분이 없는 뫼비우스의 띠처럼, 보는 것은 하나의 시선만 포착하는 것이 아니고 등 뒤에서 포획하는 또 하나의 시선이 얽히고 얽혀 있습니다. 우리의 위대한 화가 벨라스케스가 그린 시선의 메타포처럼 '당신을 보고 있는 나를 보는 일'입니다.

Exit

　문밖을 벗어나면 우리는 거미줄처럼 얽힌 수많은 시선들에 사로잡힙니다. 햇빛이 비치는 시선마저 눈을 따갑게 만들죠. 우리는 시선을 가두고 시선을 벗어나기를 욕망합니다. 눈을 가리는 또 하나의 눈은 선글라스입니다. 시스루가 타인을 향한 내면의 눈이라면 선글라스는 타인의 눈에는 가려진 내면입니다. 차단하되 잘 보려고 하는 도구이기도 합니다. 동시에 선글라스 속의 눈동자가 어디를 보고 있는지 몰라서 타인을 불안하게 하기도 하죠. 강한 햇빛의 공격으로부터 일시적으로 차단할 때 혹은 타인의 시선에 불안을 느낄 때 요긴

합니다.

　우린 종종 말로 다 표현할 수 없는 것을 몸으로 드러냅니다. 그것을 타인이 봐주길 간절하게 원하죠. 그러나 간절한 마음은 드러내지 않은 채 소극적으로 할 수 있는 일이란 단지 자신이 쓴 '가면을 손가락으로 가리키며 앞으로 나아가는 일'입니다. 현명한 사람은 그의 손가락을 보는 게 아니라 가면 속의 얼굴을 들여다봐야겠지요. 당신을 보고 있는 나를 말이지요.

하기정 시인

2010년 영남일보 신춘문예에 시가 당선되어 등단했다. 시집『밤의 귀 낮의 입술』
『고양이와 걷자』『나의 아름다운 캐릭터』를 펴냈으며 5.18문학상, 작가의눈 작품상,
불꽃문학상, 시인뉴스포엠 시인상, 선경문학상 등을 수상했다.

건너가는 마음

1판 1쇄 찍은 날 2024년 12월 23일
1판 1쇄 펴낸 날 2024년 12월 30일

지은이 하기정
펴낸이 김완준

펴낸곳 모악

출판등록 2016년 1월 21일 제2016-000004호
이메일 moakbooks@daum.net

ISBN 979-11-88071-73-9 03810

값 15,000원

* 이 책의 내용을 재사용하려면 저자와 모악의 동의를 받아야 합니다.
* 이 책은 (재)전라북도문화관광재단 2024년 지역문화예술육성지원사업에 선정되어
  보조금을 지원받았습니다.